S

Klaus Schafmeister

Höllenfahrt

Roman

Schöffling & Co.

Erste Auflage 2007

Satz: Reinhard Amann, Aichstetten
Druck & Bindung: Pustet, Regensburg
ISBN 978-3-89561-450-7

www.schoeffling.de

Höllenfahrt

Vorwort

»... eine Gegend, bei der es zweifelhaft ist, ob sie zum Land oder zum Meer gehört. Dort bewohnt ein bemitleidenswertes Volk hohe Erdhügel, die mit den Händen nach dem Stand der höchsten Flut errichtet worden sind. Mit den darauf erbauten Hütten gleichen sie Seefahrern, wenn das Wasser das umliegende Land bedeckt, Schiffbrüchigen, wenn es zurückgegangen ist. Auf die mit dem Meer zurückweichenden Fische machen die Bewohner um ihre Hütten herum Jagd. Es ist ihnen nicht vergönnt, Vieh zu haben und sich von Milch zu ernähren wie ihre Nachbarn. Nicht einmal mit wilden Tieren müssen sie kämpfen, weil jegliches deckende Buschwerk fehlt. Aus Schilfgras und Binsen flechten sie Stricke, um Netze daraus zu knüpfen. Den Schlamm, den sie mit den Händen aufnehmen, trocknen sie mehr am Wind als an der Sonne, mit ihm erwärmen sie ihre Speisen und die vom Nordwind erstarrten Glieder. Zum Trinken dient ihnen nur Regenwasser, das im Vorhof des Hauses in Gruben gesammelt wird ...«

nach Plinius d. Ä. (23–79)

Erster Teil

Er besaß eine Karte, drauf war zwar das Meer, doch kein Staubkörnchen Festland zu sehen. Die Mannschaft war glücklich und lobte sie sehr, denn die konnte jeder verstehen.

Lewis Carroll – The hunting of the snark
(Übersetzung: Michael Ende)

1. Holgrunt, 20. August 1948, später Nachmittag

Die Sonne verbrennt den Tag, verdorrt das Gras, den Sand, Tangfladen liegen erstarrt.

Der Schlick der Hochebbe gibt sich als Schildkrötpanzer, in Graugelb und Schokolade zerrissen. Möwen hocken auf den Klippen, zu faul, die Flügel ins Blau zu stecken. Selbst die Planken des Anlegers so heiß, dass du dir die Füße versengst.

Es gibt massenweise Marienkäfer dieses Jahr. Auch die verharren stur, wo sie gerade sitzen. Wie Blutstropfen, wollen aber nicht trocknen.

Die mollige Dreizehnjährige drückt sich am Anleger herum, trägt barfuß und ein fadenscheiniges Hängerkleid, kniekurz, ehedem rosa mit weißen Blumen und Ranken.

Dem Mädchen hängen die weißblonden Haare über die Wangen und ins Genick, und wenn sie zu Boden sieht, fallen sie ihr bis in den Ausschnitt des Kleides, den sie begonnen hat zu füllen.

Eine Gardine hast du um den Kopf hatte Tante Amalia gesagt *so zauselig!* und sie abschneiden wollen, aber das darf sie nicht. Das nicht!

Bei Sturm knarrt das Holz gewaltig, er reißt an den Katen, die sich ängstlich wegducken. Schaumfetzen fliegen durch die Luft, Sandschwaden über den Weg. Dazu knattert das Wellblechdach vom »Walfisch«, schlägt mit den losen Ecken, die Möwen wirbeln wie losgelassene Papierdrachen, die See rumort um die Insel. Das gefällt dem Mädchen. Da ist was gefällig!

Aus dem »Walfisch« dringen Männerstimmen, in der Küche huscht Amalias Schatten hinter dem Fenster her. Wo die Tote liegt, oben, hat man das Giebelfenster verhangen.

Das Mädchen drückt sich an die wurmstichige Verbretterung, steht jetzt unter dem Schankraumfenster, zieht sich seitlich hoch an der Laibung, das Knie auf den Hauklotz, sieht hinein; die Stimmen jetzt zornrot, man geht sich gegenseitig an.

Die erste: *du kriegst keinen Pfennig zusätzlich!*

Die zweite: *du willst bescheißen. Uns steht mehr zu!*

Die dritte Stimme: *um Himmels willen, das Gewehr weg!*

Wieder Nummer eins: *da liegt Mutters Testament wo drin steht, dass ich derjenige bin, der hier das Sagen hat. Und das Geld. Jetzt hau ab, bevor ich dich kaputtmach!*

Der Erste, der Älteste, steht mitten im Raum mit dem kurzläufigen Schrotgewehr. Vor ihm sein jüngerer Bruder, den hat er mit der Faust an der Hemdbrust, die Laufmündungen unter dessen Kinn, die beiden wuchten sich gegeneinander.

Zwischen ihnen steckt der Jüngste, der erst vor einer Woche wieder aus fernen Meeren aufgetaucht ist. Er ringt mit beiden, stößt den Mittleren zurück, windet endlich dem Ältesten die Flinte aus der Faust *mach dich nicht unglücklich! Nicht an unserem Bruder.*

Dieser Bruder sagt nichts, spuckt nur verächtlich aus.

Der Älteste läßt die Büchse los, der Vermittler entlädt das Gewehr, schließt es weg *es ist jetzt genug!*

Der Älteste steht im Zimmer, wuchtig und in schwarzen Hosen, Weste, Stiefeln, er schnaubt, reißt sich den Kragen auf, ballt die Fäuste, schüttelt sie gegen den Jüngeren, kracht sie auf den Tisch *verdammte Kanaille!*

Auf dem Bord die Flasche, er greift sie sich, schüttet den Schnaps in den Hals, zielt mit dem Finger wiederum auf den Jüngeren *die Alte hat dir Mistkerl schon vor Jahren fünfzehn gute Tausender in den Arsch geschoben, das war dein verdammtes Pflichtteil, genauso hoch wie das vom Kleinen.*

Der *Mistkerl* lächelt, schaut zur Seite. Sieht das Mädchen vor der Scheibe, ihr ins Gesicht.

Er rückt seine Jacke zurecht *das muss mehr sein, was Freya gehortet hat, und der ganze Schiet hier ist auch unter Wert gerechnet. Ich lass mich doch nicht über den Tisch ziehen, nicht von dir. Ich mach dich fertig. Fix und fertig!*

Der Älteste langt blitzartig hin mit einem Holz, das er sich vom Bord gegriffen hat, ein alter Belegnagel, woher auch immer. So schnell schlägt er zu, dass der Jüngere nicht mehr ausweichen, der Jüngste nicht mehr dazwischenspringen kann *meine allerletzte Warnung!*

Er stößt den Jüngsten zur Seite *kannst auch gleich gehen, meinst du, ich weiß nicht, was du alles schon heimlich verhökert hast vom alten Plunder?*

Dreht sich um, ist die Treppe hinauf.

Der ebenso bescholtene Vermittler hilft dem Geschlagenen auf. Der blutet stark, wischt sich mit der Rechten die Stirn ab, sein Hemdsärmel färbt sich, er drückt sein Taschentuch auf die Platzwunde, weist den Helfer brüsk ab.

Lächelt aber nicht mehr.

Vom Treppenabsatz wirft der Älteste einen morschen Kleppermantel herab *hier hast du, den schenk ich dir als zusätzliches Erbteil – damit du nicht ganz im Regen stehst!*

Er lacht. Ein Brüllen.

Wird aus dem Hohn übergangslos ernst *nehmt euch in acht, liebe Brüder. Wehe, ihr bringt noch was an euch, was euch nicht zusteht!*

Er deutet in die Richtung des Geschlagenen *ich will deinen Arsch hier nie mehr sehen. Erwisch ich dich noch mal, lernst du mich richtig kennen!*

Der Ausgewiesene greift betont langsam den Regenmantel. Verneigt sich stumm, dreht sich, stößt die Tür auf, grinst wieder, aber die Hände zittern. Den Belegnagel nimmt er mit.

Am Boden gerinnt Blut. Stiefel tragen es nach draußen.

Das Mädchen hat sich in den Stall geflüchtet, lugt hinter dem Eckpfosten vor, sieht dem Geschlagenen nach. Der trollt sich in Richtung Salzwiesen und ist kurz darauf verschwunden. Oben aus dem Dach, wo die Mutter der drei aufgebahrt liegt, dringen des Jüngsten erregte Stimme und des Ältesten Toben *diese gierige Sau!*

Himmelwärts ist die Sonne am Abfallen, ist dabei, sich hinter den Schäfchenwolken im Westen zu verstecken.

Bei Frauen und Cirren kannst du dich irren.

Diese Schwüle. Das wird ein Gewitter, die Nacht.

Das Mädchen schlendert über den sandigen Pfad, die Haare im Gesicht, die Gardine, köpft Halme mit dem Stecken, verschwendet nur kleine Sorgen an das Geschehene. Der Streit berührt sie kaum. Eher schon die Marienkäfer, die auf dem Weg dösen *ausweichen, ja keinen zertreten!*

Sie kennt es nicht anders. Die Großen streiten sich regelmäßig, die Frauen der Insel müssen schlichten, meistens kriegen sie auch noch was ab.

Im »Walfisch« ist es immer der Jüngste gewesen, der vermittelte – wenn er denn zuhause war und nicht auf See.

Sie disputierten gern und häufig, die drei Brüder. Auch schlugen sie sich, wenn sie getrunken hatten, der Älteste behielt gewöhnlich Oberwasser. Es hatte sich bisher immer wieder eingerenkt zwischen ihnen, warum also heute nicht? Sie werden abends wieder zusammensitzen: der bullige Gewehrträger, der jetzt zweiundvierzig Jahre zählt und ein Jahr länger am Leben ist als der Verjagte und dreieinhalb Jahre länger als der Jüngste, der Ombudsmann. Drei, die sich so unähnlich sind im Aussehen wie in der Seele. Nennt man den Ältesten einen Bären, ist der Mittlere ein schwarzlockiger hagerer Wolf und der Jüngste vielleicht ein Kranich, dürr und aufgeschossen mit strubbeligem Flachs um Stirn und Ohren. Und Goldzähnen.

Werden sich wieder vertragen, werden am Tisch hocken und Schnaps trinken, lachen, johlen. Und die Gläser heben auf die frische Tote oben unterm Dach, ohne die sie alle nicht beisammen wären.

So trauern sie hier.

Mit sechs, sieben Jahren hat bei freudigeren Anlässen auch das Mädchen in solcher Runde gesessen auf des jüngsten Onkels Knien, durfte gelegentlich den Finger ins Glas tupfen, wobei der Jüngste gelacht hat, der Alte, der Vater, nur den Kopf schüttelte; der Mittlere griente *bist ja schon eine richtige Madam!* und hat sie lange angeguckt von der Seite.

Heute Abend wird sie also wieder nicht einschlafen können, weil es laut sein wird wie immer, wenn die Kampfhähne sich versöhnen. Oder sich erneut die Schädel einschlagen.

Aber der Jüngste ist ja dabei.

Ungefähr drei Monate ist es her, da bekam sie ihre erste Regel, saß morgens verstört im Bett mit Blut unten herum. Der Vater hat die Augenbrauen zusammengezogen, sich umgedreht und ist gegangen, Amalia holen. Die erklärte ihr das mit dem Blut. Von Frau zu Frau. Und auch sonst einiges.

Von Frau zu Frau konnte aber nicht der Mund gehalten werden, Amalia erzählte es ihrer Tochter – die Dani war schon vor einem Jahr so weit gewesen – sagte also: *Engelke, die ist nun auch kein Kind mehr!* Dani hatte natürlich nichts Besseres zu tun als gleich alles weiterzutratschen. Doch die Insulaner zucken nur die Achseln, blieben einsilbig, der Vater besonders. Ein paar hatten vielsagend gelächelt. So wie der Verjagte.

Sie stromert weiter. Dorthin, wo der Weg einen Schlenker macht, wo der krumme Martin haust, der immer ein wenig unheimlich tut, die letzte Kate vorm gewesenen Sultanspalast.

Eine Brise kommt auf, ein Hauch wie aus dem Backofen, er spielt mit ihrem Kleid.

Martin Neugamme steht im Vorgarten, kratzt zwischen den Halmen, guckt ihr verstohlen hinterher. Dann dreht er sich abrupt um, verschwindet im Haus und verriegelt die Tür. Schlägt den Schädel gegen die Wand.

Von der imposanten Toranlage des Sultanspalastes sind zwei Säulen geblieben mit einem Quersturz obendrüber. Der Sandstein glänzt kohlschwarz wie lackiert, Winden schlingen sich über die Mauerreste, dazwischen duftet eine Heckenrose und gießt purpurnes Feuer über die Wand.

Das Mädchen drückt sich durchs umkrautete Tor in den Mauerumring, wie so oft. Angekohlte Sparren verneigen sich, werfen sich krustig zu Boden über die Traufbalken hinweg wie ein Mikado, ihr und den Rosen zu Füßen.

Danach folgt ein Ort aus hellem Sand. Geheime Artefakte glimmen dazwischen, Reste des Kristallschnees, den die Ledermäntel gestreut haben vor zehn Jahren, so heißt es. Daran erinnert sich das Mädchen nicht, da war es noch klein.

Hier der Marmor, auf dem der Sultan gekniet hat. Hier haben sie ihm die Stiefelabsätze zu schmecken gegeben.

Sand liegt jetzt darüber, den kämmt das Mädchen mit den Zehen durch, manchmal findet sich eine Perle. Ab und zu kommt wieder eine hoch.

Sie tritt aus den Mauern ins Hofgeviert, das Gras und wilde Blumen freundlich besetzt halten. Die Remise hinterm Apfelbaum, zerfallen wie das Haupthaus, reckt ihren mürben Westgiebel trotzig in den Wind, unten vor rostet der Eisendeckel vom Sod, der ehemaligen Regenwasserzisterne, in die von unten jetzt die See hineindrückt als Häschen in der Grube.

Wo es riecht nach diesem und jenem. Heute noch.

Sie meint gelegentlich ein Wispern zu hören – aber das, wovon die verwunschenen Mauern flüstern, liegt hinterm Horizont, längst verschwunden auf fliegenden Teppichen.

Das Mädchen hockt sich auf eine Baumwurzel. Keine Perlen heute. Dafür auch hier sechspünktige Marienkinder *auch Perlen, ja schon.*

Überlegt, ob sie nach Daniela suchen soll. Dani ist gut ein Jahr älter, aber blöd und zweimal sitzengeblieben in der Klippsbüller Volksschule, mit der kann man nicht viel Gescheites anstellen. Dani hat nur ihre Puppen im Kopf, sonst nicht viel.

Lass uns Mutter-und-Kind spielen. Was anderes konnte die nicht. *Pirat sein? Sieben Meere? Was ist das?*

Wir lagen vor Madagaskar *oh, Dani!*

Die hat einen Dachschaden! sagten diejenigen, welche Daniela auch nicht leiden mochten.

Eine Möwe segelt heran *Krekk* – das heißt: *was willst du denn hier, Mädchen?* Sie landet auf dem bröckeligen Mauerkopf nahebei, äugt her, die silberne Piratin, eine von den großen Freibeuterinnen der Lüfte, die hinter den Küken her sind, wenn die aus dem Anbau vom »Walfisch« trippeln. Jetzt ganz friedlich.

Das Mädchen und die Möwe sehen sich an. *Krekk* macht das Tier noch einmal.

Pickt am russigen Stein.

Du hasts gut, kannst fliegen, wohin du willst, das ist in Ordnung. Möwe sein ist nicht schlecht.

Das Mädchen würde auch gerne fortfliegen, wagt aber nicht, hochzukommen aus ihrem Kauersitz, obwohl es gemein in den Schenkeln zwickt – dass der schöne Vogel sich bloß nicht erschreckt!

Sie lupft ihre Beine trotzdem nacheinander an, die Hände unter die Knie, streckt sie vorsichtig. Die Möwe beäugt die Übungen mit Interesse.

Die Sonne schnippt ihren letzten Strahl herüber; zu Schaum geronnen treibt der auf der See, legt sich über die westliche Kimm. Die Schwüle ist geblieben.

Krekk! Plötzlich wirft sich der Vogel ins Himmelsblau, zwei, drei Flügelschläge, taucht ab hinter den Sandhügel, über den »Walfisch« und zum Meer, bloß davon!

Er kommt aus der Sonne, durch die Säulen, sein Atem geht schwer. Er packt hart ihre Schultern *weißt du was Angst ist?*

Sie erstarrt, schließt die Augen, gleich muss sie wach werden. Die großen Hände.

Keine Worte mehr, schnell geht es. Ein Fauchen, das Kleid wird ihr heruntergerissen und alles andere zu Boden, zu Asche – sie wird nicht wach *schrei doch, schrei!*

Die Hände legen sich auf ihr Gesicht, ersticken den Laut, die Beine auseinander, es zerreißt sie, sie versucht sich wegzuwinden, dieser Schmerz, dieser – Schmerz.

Ihr wird an den Kopf geschlagen. Dann ist nichts mehr.

2. Holgrunt, Anfang der 60er Jahre

Die kleine Insel liegt im Wattenmeer, mitten im horizontweiten Schlick, der zwischen Festland und Eiland lagert. Liegt inmitten verschwiegener Muschelbänke und gurgelnder Tiefen im klammheimlichen Wind; der kriecht winters wie sommers überall umher und hinein, über den Spülsaum, über die Salzwiesen, über den rostigen Schienenstrang, hinauf zur Sandkämpe und weiter bis zu den Häusern und dem *Fething*, dem alten Wassersammelteich fürs Vieh, der hinter der Ruine des Sultanspalastes liegt und an dem ein wenig Rohr stakt.

Und drüberweg.

Im Südwesten gibt es die »Klipptiefe«, die ewig meerwärts flutende Schneise durch den Schlick; vom Festland dringt sie durchs Watt als bodenlose Sammelrinne nimmermüder Bäche und Entwässerungskanäle aus dem Graslanduniversum hinter Klippsbüll. Schmal, aber höllen*tief* zieht sie sich am Holgrunt-Anleger und den Klippen vorbei und in weitem Bogen immer breiter werdend *westwärts-hoh!* in die Nordsee unterhalb von Sylt.

Sonne gibt es natürlich auch – wenn sie sich nur öfter sehen ließe, was der scheinbar ewige Dunst den Holgruntern gern vermiest, wie er auch jede touristische

Erschließung bisher vereitelt hat. Grundstücksmakler fliehen die Gegend *geschenkt ist noch zu teuer!*

Als Dreingabe winterwärtiger Dauerregen, selten Schnee, schon seit Jahren nicht mehr.

Die Kristensens haben ihren Gutteil zum Vereiteln beigetragen. Dafür aber kann der Nebel nichts.

Holgrunt? Een Schiss! hatte der Berliner *jeröhrt.* Der kam bis Mitte der Fünfziger jeden Frühsommer nach Hamburg geflogen, von dort aus mit seinem Kahn, der »Stella«, in Holgrunt vorbei auf seinem Törn, wo er sich wohlfeil flüssig verproviantierte im »Walfisch« und tags drauf ablief nach Sylt *wo der Olle ne feine Jungsche zu sitzen hat!* wusste Amalia Boysen so *ne Bedienung im »Achtermann« in Kampen!*

Die Sylter *Jungsche* packte er dort zu den Holgrunter Alkoholitäten in die Jacht und verschwand unter zwanzig Quadratmetern Vollzeug in Richtung Jylland mit dieser überaus angenehmen Ladung, mindestens zwei Wochen lang.

Een Schiss! rülpste der also dahin, als mal einer nachfragte: Henner Klüthin, Tourismusbeauftragter vom »Fremdenverkehrsverein Schleswig-Nordwestküste e.V.«, just die Insel besuchend von wegen Kontaktpflege – aber eigentlich war Mister Johnnie Walker auch des Eike Klüthins Besuchsgrund *Chef, spendierst nen Zollfreien?*

Paale Kristensen hatte geschnaubt, Klüthin charakterisiert als *ein Suffkopp, der laue Stiesel!*

Der *Suffkopp* also: *wie gefällt es Ihnen denn auf Holgrunt, Herr Gast?*

Der Herr Gast war nicht mehr nüchtern, sonst wäre er sicher freundlicher mit dem Tourismusheini verfahren *det is hiern Kackfladen int Watt! Ne ausjerotzte Schlaftablette! Abjesehen vonne Schmujjel-Schnäpse unne Möpse vonne Jungfer Anjelika kannste det hier allet vajessen, vastehste?!*

Klüthin verstand und war düpiert. Sagte: *wenns Ihnen nicht passt, bleiben Sie doch weg, auf Sie sind wir nicht angewiesen!*

Nie wieder legte sie an, die »Stella«. Die kleine Sylterin trank wohl auch den Köm vom Konsum. Paale Kristensen hat dem Klüthin daraufhin Inselverbot erteilt.

Die modernen Zeiten müssen auch aus einem anderen Grund außen vor bleiben im Jahre 1961: auf Holgrunt funktioniert weder Lang-, Kurz-, Ultrakurz- noch irgendeine andere Welle, sofern sie nicht aus Wasser ist. Absolute Funkstille liegt über den Prielen, das spüren sogar die Festländer ab und zu nach Wetterlage, was dort dann ebenfalls heißt: kein Radio, kein Funk, kein Fernsehen.

Dieses Naturwunder käme vom Sendemast, wusste ein Radiomonteur aus Niebüll. Wär eine Erblast geheimer Wehrmachtswunderwaffen, jetzt ein Versuchssender der Bundeswehr, draußen, mitten vor Holgrunt in der Klipptiefe, das dreißig Meter hohe Gerüst mit den zig Fußbällen oder sonst was dran. Jedenfalls sende es Tag und Nacht, da würde getestet mit neumodernem Störfunk wider die roten Horden!

Vor zwanzig Jahren gings bloß gegen den Tommy, den man lange kannte, bei dem man wusste, wie man miteinander dran war. Aber dieser ehrenhafte Feind war abhandengekommen '45 – nun gegen die Kommunisten also, man nimmt, was kommt.

Nimmt auch diesen Sender, der heute deinen Telefunken schweigend macht und dir morgen dafür in den Empfänger haut wie die Trompeten von Jericho.

Wusste der Monteur, der radio-aktive.

Blödsinn! hatte Amalia geschnappt *gar nichts weiß er, will sich bloß interessant machen, der Stint!*

Ein altes Feldtelefon kümmert auch noch im Stall vom »Walfisch«, hängt am Kabel nach Klippsbüll, sieben Kilometer sind es wohl in der Luftlinie. Die Strippe baumelt an den Staketen, die sie 1954 errichtet haben, um die Elektrizität nach Holgrunt zu kriegen – das Gehänge hätten sie sich sparen können, denn die Komposition funktioniert auch heutzutage nur, wenn Weihnachten und Ostern auf einen Tag fallen, das Telefonieren und das Elektrische sind schon eine faule Sache. Aber das war sie auch schon mit den Dieselgeneratoren vor dem Krieg, auch im »Walfisch« rostet so ein altes Schätzchen.

Die Holgrunter – jedenfalls jene, welche geblieben sind – vertrauen deshalb ihre Wohnstätten noch immer dem erprobten Gas an: den Herd, die Heizung, den Kompressorkühlschrank. Die alten Tanks finden sich auch heute noch hinter jedem Haus, früher immer ein kleines Fest, wenn der Genossenschaftskahn anlegte mit dem flüchtigen Saft, nun gibts das Zeug in roten Flaschen und die ausgedienten Behälter rosten vor sich hin. Aber so ein Gas ist selbst als Flaschengeist verlässlicher als diese Elektrizität, denn die Masten, an denen die Leitung hängt und das alte Telefonkabel, diese krummen Hunde, neben dem Gleiskörper in den Schlick gerammt, die faulen weg im Nu und werden umgeschmissen von den Fluten – mindestens einmal im Vierteljahr. Deswegen haben die Elektrizitätswerke Niebüll das Reparieren längst aufgegeben; nur wenn einer sich heftig beschwert, bequemt sich widerwillig einer heraus von den Elektrischen – vielleicht.

Aber wer meutert schon, wenn er eine verlässliche Batterie Propan hinter der Hütte stehen hat und mindestens noch fünf Petroleumfunzeln im Schapp?

Als Reminiszenz an die modernen Zeiten, ans Wirtschaftswunder und den allgemeinen Zerstreuungsanspruch gibt es im »Walfisch« einen batteriegetriebenen Plattenspieler. Und alle zwei Tage, wenn das Postboot sich sehen lässt, die Bildzeitung.

Mit sonstigen Phänomenen in Sachen Kultur und Technik kann Holgrunt nicht aufwarten. Bis auf eines.

Aber alles nacheinander.

Noch vor wenigen Jahren reckten sich sieben Haushalte aus dem Holgrunt-Schlick mit sieben Hausmännern und Hausfrauen. Die scharrten in ihren Gärten, fütterten ein Schaf und ein bisschen Federvieh, schluckten per Daumenbreite »Holgrunter Robbenschläger«, das abscheulichste Gesöff, was jemals rund um die sieben Meere getrunken worden ist, angeblich gebrannt aus Seehundscheiße, Schilf und Blasentang.

Bis vor einigen Sommern gabs wenigstens noch die Wattläufer und Segler, die hier auftankten auf jede Weise, und von denen die einen nicht sogleich zurückmarschieren wollten oder konnten, die anderen nicht auf ihren feuchten Booten nächtigen mochten. Bett und Fusel waren hier zudem dramatisch billig, kein Vergleich mit diesem Sylt dort hinterm Dunst, welcher hier die Kimm bedeutet, wo dahinter die Sonne beständig lacht, die Menschen jünger und schöner sind, der Liter Markenschnaps aber mindestens einen Zwanziger kostet und nicht zehn *Leichtmark* – wie es auf Holgrunt hintergründig heißt.

Zollfreiheitsgebiet! wie Paale Kristensen Unbedarfte frech zu belügen pflegte. In Wahrheit hieß das: Schmuggeln. Bescheißen.

Und wer will mich dran hindern? Alls klar?!

Diese Zeit ist vorbei, die Rezeptur vom »Robbenschläger« vergessen. Für die ausgedünnten Insulaner lohnen sie sich, auch nüchtern besehen, längst nicht mehr: der Zollfrei-Schnaps, das Inselbett. Ja – früher ging hier die

Post ab, die Schiebereien bis Mitte der Fünfziger *Düvel ook!*

Heute, Anfang der Sechziger, sind fast alle weg vom knapp acht Hektar kleinen Eiland, in diese Fläche sind die Salzwiesen, Buhnen, der Anleger schon eingerechnet.

Weggestorben, weggezogen. Die Katen liegen wie sie fallen. Keiner, der was dagegen tun, was dafür geben will.

Weggezogen. Die Kinnings schon längst, die Schulen stehen auf dem Festland. Die großen Kinder verdienen ihren Lebensunterhalt sieben Kilometer übers Wattenmeer in der Klippsbüller Fischmehlfabrik.

Kleine und Große. Von Letzteren gibts auf Holgrunt noch eine Handvoll.

Die langsam versanden.

Früher fand sich unter den Hausmännern auch ein gerüttelt Maß an Hausfreunden. Glaubst du, dass dem Brandinck junior seine Fünfe ihm alle ähnlich sehen?

Oder das vaterlose Boysenmädchen – das schaute verflucht nach dem legendären Sardinen-Rudi aus. Die Daniela zählt mittlerweile auch siebenundzwanzig Jahre, diese Generation kommt – wenn überhaupt – nur für zwei Ferienwochen im Sommer zurück in die ollen Katen zu den ollen Eltern. Bringt die Enkel mit.

Dani würde etliche Stück angeschleppt haben, wärs nach ihr gegangen und wohl auch nach ihrem lungenkranken Mann, ihre Kinder hatten aber nie weiter als bis zur Geburt durchgehalten.

Dann ließen es Dani und ihr Gatte sein damit. An einem Baum an der Landstraße nach Husum.

Und auch Sardinen-Rudi ist lange tot.

3. Bemerkungen über Engelke Kristensen

Jetzt hat Engelke das Gasthaus am Hals, im Frühjahr 1961. Ach was, Gasthaus: der »Walfisch« ist eine abwrackreife Scheune mit Wohnzimmer als Schankraum, einer kleinen Kombüse, zwei Schlafzimmerchen unterm Dach und einem Verschlag nebenan mit zwei Schafen und einem Schwein, dazwischen ein halbhoch gekachelter Wirtschaftsraum drei auf vier Meter und ein Plumpsklo. Und ein winziges Magazin nebenan, so ein Ramschbüdchen. Das Schnapsregal kann aber durchaus als Offenbarung durchgehen.

Das ist der »Walfisch«. Da steht sie drin von sechs bis Mittag, die gut fünfundzwanzigjährige Tochter des Paale Kristensen, hat nebenbei die Stallarbeit, was heißt: die Sau füttern, die zwei Schafe auf die karge Weide treiben, heute wie vor hundert Jahren.

Engelke. Eigentlich *Angelika*. Haben sie *mien Engelke* gerufen, habens aber nicht so gemeint.

Vorbei diese Zeit. Doch nicht spurlos.

Sie hat Kellnern gelernt in Kopenhagen. Und Kochen. Im Hotel »Bischof Absalon« – mit Vollpension. Im »Walfisch« gibts nur nach Bedarf ein Essen für die Skipper und die noch selteneren Wattwanderer.

Anfang der Fünfziger ist das noch ein Volkslauf und eine regelrechte Regatta gewesen. Heutzutage im Frühjahr 1961 landen nur noch vier, fünf Sailors die Woche auf Holgrunt, bleiben hocken, saufen bis tief ins Morgenrot – aber ohne die liefe gar nichts mehr.

Sie hat von mittags bis abends wieder im Magazin gewurschtelt – schon halb acht? Ein Pulk Segler steht nun doch auf der Matte, sie haben Hunger, wollen Labskaus, wollen Butt, Bier und Buletten, wollen zünftigen Folkloreblick von Engelke *komm Deern, mach uns die Seeräuber-Jenny!*

Manche, zugesoffen, wollen auch noch ganz was anderes. Hat neulich wieder einer so richtig Hand anlegen wollen an ihrem Hintern *is so griffig!*

Engelke Kristensen kommt zwar vom Naturell her schwerblütig längs, aber bei solchen Gelegenheiten zeigt sie doch eine flinke und kräftige Handschrift.

Trotz allem: mach ein freundliches Gesicht! Servier was Hausgemachtes, deftig, preiswert, große Portionen. Dazu Zollfrei-Fusel aus dem Stammend und zum gefälligen Abbuddeln Tuborg oder Budweiser. Mit Fisimatenten brauchst du denen nicht zu kommen im »Walfisch«. *Filet Stroganoff? Geh bloß los!* Papa hatte immer den Daumen in der Suppe.

Papa und der »Walfisch«. Waren trotz Kopenhagen trotz alledem *zuhause* gewesen.

Kleine Mädchen werden nicht so leicht erwachsen.

Dann ging der Alte auf die Bretter: Schlaganfall zwischen Export und Ochsenschwanz-Suppe, da lagen seine drei Zentner. Im Ergebnis stand Engelke von heute auf morgen sowohl in Kopenhagen als auch auf Holgrunt allein da, am Hals eine morsche Räuberpinte samt halber Vaterleiche; die Mutter starb bei Engelkes Geburt, fast gar nicht mehr wahr.

Engelke. Keller- und küchenerfahren. Weite Welt gesehen – Gott ja, für Holgrunter Verhältnisse galt Kopenhagen bereits als hinter der Sonne – Engelke wills den Schnapphähnen schon zeigen!

Bis in die Nacht also. In der Schankstube dämmert das Plattenspielgerät, der Alte unterm Dach. Engelke mit Johnnie Walker im Vier-Stunden-Bett.

Manchmal heult sie.

Oft träumt sie wirres Zeug, das drückt sie schon, solange sie denken kann. Findet sich morgens grün und blau gehauen wieder und mit schmutzigen Füßen. Erlebt so was nicht nur bei Vollmond. Träume. Gott sei Dank sind die am Morgen blasser als das Licht. Aber seitdem sie zurück ist, wird es immer arger.

Um sechs kommt das Postboot mit den Brötchen, im Sommer jeden zweiten Morgen, bei Sturm und Eisgang nur alle drei Tage. Die Träume kommen jede Nacht.

Was hast du in Kopenhagen, in Vesterbro nicht alles gemacht, Klootschetendüvelskermess, Herr Kaptain!

Sie also weg mit einundzwanzig, nach vier Jahren nun wieder hier. Behäbig kommt sie daher, einhundertneunundsechzig Zentimeter Blondschopf, die Loden lang und hinten straff als Pferdeschwanz. Der Hintern breit, die Schultern kantig, der Rest geht so – klar, schöner wirst du beileibe nicht vom Kochen und Schnapsverkaufen. Und nie einer, der vom Heiraten gesprochen hätte.

Affenschwänze! rotzt dir Engelke dahin. Hat keinen nötig, pfeift drauf. Kämpft im Geflecht, eine Eisenmakrele, die sich unaufhörlich in das Schleppnetz knallt, dessen Fäden verrottet sind wie alter Tang, wo sie ab und zu durchstößt, wäre auch sonst nicht auszuhalten.

Dahinter aber ist wieder ein Netz und noch eins und noch eins und Engel-Eisenfisch ist dran und durch *hau weg den Scheiß!*

So liegt Angelika Kristensen im Bett und Holgrunt am Arsch der Welt. Ist nicht die große Dänenstadt, dafür aber das Zuhause. Ein bescheidenes, aber deins. Dafür lässt man sich doch schon was gefallen, nicht wahr?

Aber: Halt! Mit so was musst du Engelke nicht kommen, mit Heimat, mit Zuhause *bloß zurück nach Kopenhagen so schnell wie möglich, aber der Vater, der »Walfisch« – am besten verkaufen, jeden Preis nähm ich für den Dreck, aber es will ihn ja niemand!*

Geschenkt ist noch zu teuer. Wie gesagt.

Dann greift sie sich einen von den zerfledderten Groschenromanen, jeden hat sie zehnmal gelesen, in denen ist Lieben und Leben ganz einfach, und alles richtet sich wunderbar. Schaltet dazu den Plattenspieler ein, legt *put your hands on my shoulder* auf von Paul Anka, dabei kann sie schön wegdämmern. Wenn die Träume sie lassen.

Und schlaf schnell! Denn um sechs kommt das Postboot mit den Brötchen.

Einmal im Monat, wenn die Netzmaschen zu eng werden, haut Engelke auf den Tisch. Dann müht sich Amalia Boysen herüber zur Aushilfe. Sieht widerstrebend nach dem Alten, ob der noch lebt und ob die Sailors was haben in ihren Gläsern.

Oder Engelke hängt einfach einen Zettel an die »Walfisch«-Tür: *Heute geschlossen.* Zieht sich aus vorm Spiegel, beguckt sich darin. Wirft den *Evinrude* an, tuckert mit dem alten flickenübersäten Weltkriegs-Schlauchboot die sieben Kilometer ostwärts durch die Klipptiefe bis Klippsbüll-Anleger, von dort aus aufs Fahrrad geworfen, das in Henning Spiekers Verschlag am Pier wohnt, die fünfhundert Meter zur Kneipe.

Montagmorgen hat sie das laue Schmecken im Mund. Draußen tutet das Postboot.

Das ist so ein Montagmorgen hinter der Kaffeetasse. Mit Ringen unter den Augen. Mit kaltem Zigarettenschwaden, der hängt unter der niedrigen Decke, klebt in den verblichenen Gardinen, die weiß-grün kariert sind wie dein Küchenhandtuch.

Ein Gast hat Sonntagabend sein Budweiser nicht leer gekriegt. Die Boysen, die olle Vettel, räumt nie was weg. Aber gut, dass sie es öfter übers Wochenende macht, das mit dem Alten, das mit den Halben und den Pinnchen, die sie gerne dort vergisst, wo die Skipper sie leersaufen, aufdonnern.

Gestern hat einer sein Glas Bier nicht geschafft. Jetzt zuckt ein Brummer drin.

Engelke stippt ihr zähes Brötchen in Milchkaffee. Kaut sich langsam durch die Gedanken, schwebt draußen vor der Tür, halb sieben, der Nebel tappt ums Haus, Engelke fliegt ihm davon und steigt und treibt und sieht etwas, was du nicht siehst.

Nebel unter der Sonne und im Hirn.

Obs endlich wieder schneit zu Weihnachten?

Zum Brummer kommt eine Stubenfliege, die wie ihr dicker Kollege den Winter im »Walfisch« überdauern wollte. Sie kreisen Reigen durch den schalen Rest, die Fliege versäuft, geht zugrunde mit dem Daumen in der Suppe.

Der Kaffee ist kalt. Engelke schaltet den Plattenspieler an, der Batteriesatz hält sich gerade noch, die verstaubte schwarze Scheibe kommt langsam ins Rotieren, und von den »schönsten Melodien Europas« krächzt der Lautsprecher den *Tivoliwalzer*. Engelke knipst aus u*nerträglich, morgens!*

Brummer strampeln weiter.

Das ist so ein Morgen.

Da fetzt Engelke die Brocken vom Tisch, klatscht die Tasse an die Wand, die braune Brühe rinnt die Tapete hinab über die Fußleiste, das Brötchen glitscht über die

Dielen. Sie schlägt die Fäuste vors Gesicht und muss vor Tränen fast ersticken. Umklammert den Griff des Brotmessers, rammt es in die Platte.

4. Mehr Wissenswertes über Holgrunt

Von Klippsbüll her gesehen, was ein tristes Loch aus graubraunem Schweinestallverblender ist aus Insulanersicht, dümpelt Holgrunt als benebeltes Treibgut im Watt. Auf diesen Fladen gucken die Klippsbüller geringschätzig herab, auf den Haufen Schlick an der Sandsteinrippe, die aus dem Meer ragt, südwestlich vom baufälligen Anleger noch dreimal aus dem Modder aufsticht wie Zahnstümpfe aus welkem Mundfleisch.

Buntsandstein. Tante Helgoland lässt grüßen.

Die Stümpfe, das wär die Klippenkante vom damaligen Groß-Holgrunt, fabulieren die Uralten. Damals, als dort noch festes Land gewesen sei vor anno 1362, vor der Januarflut, der »groten Mandränke«, die hier das meiste auf ewig unter Wasser gesetzt habe und Tausende Menschen umgebracht. Behaupten jedenfalls die Überlieferer – Gott, die Alten, die tun so, als hätten sie das selbst mitgemacht, 1362 die Mandränke. So wie 1939 die Sache Rosencrantz. Aber auf Ehre: 1362, *do verdränkende dat meiste Volk uth den Uthlanden.*

Können die 39er natürlich nicht gegen an.

Die Mandränke. Davon kamen etliche nach, jedes Mal ein hochbeachtetes Volksersäufnis.

Und auch Holgrunt, das halbe. Kannst sie klagen hören, in hellen Nächten.

Ansonsten hat es sich hier durch die Zeiten gleich gehalten, ohne großartige Aufregungen, von den Sturmfluten mal abgesehen.

Bis dass Mitte des 19. Jahrhunderts der Ole Kristensen hierhergekommen ist, den öden Haufen Holgrunt in seiner Gänze erworben hat von den Reventlows. Ole Kristensen, der Schmuggler, der Walfänger und Robbenschläger und so einiges mehr. Dazu Besitzer eines stattlichen Schoners, der »Margareta Kristensen«, Oles eigenes Schiff mit dem Namen von Oles eigener Frau. Dazumal in Husum gelegen. Mit dem respektablen Kahn sollen er und nachher sein Sohn Hendrik sogar bis zum kleinen Holgrunt-Anleger gestoßen sein bei voller Flut bis in den Hafen, mitten durch die tückische Klipptiefe.

Aber auch das ist eine andere Geschichte.

Ole, der Gründer, hat Holgrunt erworben *fürn Appel un n Ei.* Samt Katen, Einwohnern und dem »Walfisch«, der damals noch hochtrabend »Leviathan« geheißen hat.

Aber der Ole hat die Insel wohl kaum gekauft, um Sanddorn anzubauen. Dafür war sein Schoner zu gut bewaffnet.

Nachfahre Enno Kristensen – besser gesagt: seine Gattin Freya – hat in den Zwanzigern von Klippsbüll-Hafen eine schmalspurige Feldbahn legen lassen bis zum Holgrunt-Anleger, die sieben Kilometer. Angefangen als Handdraisine mit Segelunterstützung, später mit einem Motörchen. Freya, das harsche Luder, musste sie allein bauen und eröffnen, weil sich Engelkes Großvater Enno zu dem Zeitpunkt bereits endgültig um den Verstand gesoffen hatte.

Eingeweiht wurde das Bähnchen am selben Tag wie der Hindenburgdamm: am 1. Juni 1927. Doch im Gegensatz zur ausführlichen Berichterstattung über die Eröffnung des feinen Sylter Ferrocarrils ist die Inbetriebnahme der Holgrunter Wattbahn in den Gazetten – so überhaupt – nur mit zwei Zeilen vermerkt gewesen.

Und der Kristensen'sche Damm war viel zu flach aufgeschottert, die Geleise über den Prielen zu sparsam aufgestelzt – *was haben die Geizweiber auch groß für technisches Verständnis!* hieß es bald, und die Hochflut vom Juni 1929 fackelte nicht lange: weg mit Stock und Stein und die Schienen in den Schlick. In einer Nacht.

Manchmal kommt wieder eine hoch.

Drei Jahre später ist noch was anderes hochgekommen. Da hatten sie noch etliche Schafe auf Holgrunt – und plötzlich einen Inselfürsten, den Isaak Rosencrantz.

»Sultan vom Schlick« hieß er weit und breit und war frech zugereist mit seiner jüngeren Schwester; hatte der Jude doch den Kristensens die halbe Insel abgeluchst auf irgendeine Art!

Gleich hat er eine neue breitere Schienenspur zum Festland legen lassen, über die alten Trasse zwar, aber diesmal solide gegründet und hoch aufgeschottert, fertig schon nach vierzehn Monaten, Arbeiter gabs ja billig und zuhauf.

Nach Freyas Bahndamm-Desaster wars bis dato von und nach Klippsbüll wieder mit Pferd und Wagen durchs Watt gegangen und mit Booten über die unheimliche Klipptiefe. Oder zu Fuß, je nach Bedarf, Bedeutung und Flutlage.

Bauer oder Fischer ist der Isaak Rosencrantz nie gewesen, er verdiente durchs Makeln von Kolonialwaren und am Schiffsverkehr, der Stenz. Davor hatte er jahrelang mit Ingvar, dem zweitältesten Sohn von Enno und Freya Kristensen, dicke und dunkle Geschäfte gemacht, sie hatten sich 1928 in einem exquisiten Hamburger Bordell kennengelernt.

Später ist es zum Krach gekommen. Da ist ein fettes gemeinsames Spekulativgeschäft danebengegangen, Genaues wusste keiner, man munkelte aber vom freien Aktienfall einer fortschrittlichen, aber glücklosen Gummiwarenfabrik in Frankreich, deren neumoderne Latex-Präservative dann das nicht hielten, was sie eigentlich sollten.

Was es auch war: im Gegensatz zum Rosencrantz haben die Kristensens fast alles verloren, es blieb ihnen nur das karge Holgrunt mit dem »Walfisch«. Isaak Rosencrantz war schlauer gewesen, hatte den Hauptteil seines Vermögens in stabilen Industrieanleihen angelegt, da fiel der Verlust der Kunstkautschukpapiere nicht so ins Gewicht.

Nun gab Ingvar Kristensen nicht etwa seiner investiven Dummheit, sondern allein dem Isaak die Schuld für die finanzielle Malaise – was er der Umgegend denn auch in derben Worten kundtat *der schleimige Jud hat uns beschissen!*

Isaak hatte nur gelächelt. Und aus dunklen Kanälen einen alsbald fälligen Kristensen-Bankschuldschein gefischt, aufgekauft und den Insulanern präsentiert – Rache ist Blutwurst! Jedenfalls knöpfte der Rosencrantz der Kristensen-Sippe vierzigtausend Quadratmeter ab, ungefähr die Hälfte der Insel. Und die Bahntrasse.

Im Sommer kam er hergeprotzt. Das Ferienhaus, das der Rosencrantz gleich im ersten Jahr in die Dünen setzte, kam für Holgrunter Verhältnisse einem Palast nahe – denkwürdig seine rauschenden Ballnächte, wobei die Plattköppe von Insulanern selbstredend außen vor bleiben mussten. Legenden entstanden über Nacht, denn Außerordentliches soll sich zugetragen haben bei des Sultans nächtlichen Wattfahrten; erregende Mären kursierten über seine Reisen in die Schampusfluten mit leichtgeschürzten Dämchen neben sich auf obszönen Lederchaiselongues – bis man den Lebemann eines Nachts herausverhaftete aus seinem Opulentarium. Das passierte ihm jedoch erst Ende der Dreißiger, genauer gesagt, in der »Reichskristallnacht« November 1938.

Bis heute hat er sich durchlaviert, der Itzig! erzählte Ingvar Kristensen damals jedem, der zuhören wollte *bis gestern war der feine Herr dank seiner krummen Geschäfte besonders beim Göring Hermann hinten drin, bei dem hieß es ja: wer Jude ist, bestimme ich!*

Ingvar hatte dazu fein gelächelt und ergänzt: *aber jetzt kriegt er endlich, was er verdient!*

Der Hetmann der Schwarzleder-Truppe sprach es komprimierter aus: *ein Volksfeind, das Schwein. Und verhurt, versoffen, der Verbrecherjud!*

Und den großkotzigen Bau einfach angezündet.

Vorher musste der Verbrecherjud aber noch seine bestickte Verbrecherjudenkappe fressen, die stopften sie ihm mit dem Pistolenlauf in den Hals. Die Freya hat da seit langem wieder richtig lachen können, und auch dem blödgesoffenen Enno ist der Sabber aus dem Maul getropft.

Und den Sultanspalast ins Feuer. Kannst die Ruinen noch sehen.

Sein Geld ging heim ins Reich und das Grundeigentum zurück an die Kristensens, die verdienten Parteimitglieder.

Dazu kam es gelegen, dass der Rosencrantz nicht nur Jude war, sondern auch ein ganz gewohnlicher Halunke. Es musste nicht extra der Volkszorn her, es ging seinen geregelten Gang. So hat man dem Rosencrantz auch nicht etwa die Auswanderung aus dem Reich verordnet, nein: er durfte erst ganz regulär im Gestapo-Gefängnis Fuhlsbüttel einsitzen und danach im Lager Neuengamme absterben.

Den tiefen Sturz des Isaak Rosencrantz haben die

Holgrunter erst nicht geglaubt – bis zehn Tage nach der Sultans-Kassierung auch dessen Schafe abgeholt wurden. Ins Schlachthaus. Die Wiesen sind eh fürs Vieh versaut gewesen durch das übermäßige Salz der letzten Fluten.

Freya, der das Getue zwischen dem Isaak und ihrem Zweiten ohnehin schon lange auf den arischen Nerv gegangen war, hatte bereits im Mai 1933 eine hochpatriotische Bücherverbrennung organisiert *nieder mit der entarteten Judenkunst!* Aber weil es mit entarteten Kunstwerken und Literarien, weil es mit Kunst und sogar mit Büchern grundsätzlich trübe aussah bei den Holgruntern, konnte Freya nur eine einsame Bibel verfeuern am Anleger als völkisches Fanal – Juden kamen schließlich auch drin vor.

Der Sultan hatte dazu gelächelt. Da noch.

Das ist alles lange her, Enno ist längst am Suff und Freya im Sommer 1948 am Herzkasper gestorben. Der Sultan sowieso.

Die Golda haben sie aber nicht gekriegt.

So steht es im Watt, Anfang der 60er. Treibgut kommt und geht im Dunstkreis des »Fremdenverkehrsvereins Klippsbüll-Schleswiger Wattmarschen e.V.« wie es jetzt rundum heißt – ein Prosit dem Naturschutz! Hier sollst du nicht mal pissen in den Schlick, nur die Möwen dürfen das.

Die halten sich wenigstens gerade. Daran hätten sich die Holgrunter ein Beispiel nehmen sollen. Buhnenflechten? Reparieren? Wer soll das denn heute noch machen?

Sie geben also der See zurück, was der See war und ist, die sich von Zeit zu Zeit einen Happen gönnt seit den 50ern, die den Beginn des Wirtschaftswunders und damit auch den Insulanern den Anfang vom Ende der guten alten Zeit markierten, als noch massig Wattgänger vom Festland kamen bei Ebbe, des billigen Schnapses wegen, um Amalias Labskaus und um ihren Zitronenkuchen – längst vorbei. Nur die Klipptiefe ist geblieben, von Jahr zu Jahr breiter, dunkler. Und einige Kaptains.

An der zahlenmäßigen Auszehrung der Inselbevölkerung ist aber nicht nur die Klipptiefe, sondern sicher auch die jahrzehntelange Inzucht schuld.

Willst du immer sieben Kilometer mühsam hin und her, nur weils dich juckt?

Weitere Attraktionen: die winzige aufgelassene Backsteinkapelle mit verblichener Treibholzverlattung. Die hat Urahn Ole bauen lassen aus gewissen Beweggründen. Der Kapellenraum ist heute Vogel-Beobachtungsstation, diente schon in den 40er Jahren als zeitweilige Unterkunft des Vogelwartes.

Und obendauf flackert ein Positionslicht als Ersatz für den Stangenbehelf des alten Leuchtfeuers am Eingang der Klipptiefe, kurz neben der Wehrmachtsantenne – das mürbe Leuchtgerüst hat die »Hollandflut« 1953 umgeschmissen.

An einen eigenen Pastor für die Insel kann sich aber niemand erinnern, der große Ole soll sich zeitweise einen gehalten haben – nur ein knappes halbes Jahr, erfuhren Uralte von noch Urälteren; das soll gewesen sein nach der dunklen Sache mit Oles Sohn Hendrik. Der Patriarch habe jedoch den Pfaffen alsbald davongejagt, dabei geknurrt, der mache ihn noch schwermütiger.

Willst du deinen Gott verfluchen, musst dus mit dem Boot versuchen! dichtete Amalia treffend. Denn auch der HERR wohnt lieber am Festland in der Klippsbüller Petrikirche nahe dem neuen Klär- und Kompostierwerk, was gleich neben der Fischmehlfabrik rottet. Penetrant riechen alle diese Haubarge, doch scheints Gott egal zu sein, was ihm zum Himmel stinkt.

Sommersegler, die Durst verspürten oder ihre engen Kojen satt hatten und – wie gesagt – noch vor zehn Jahren in Geschwaderstärke festmachten auf Holgrunt, die wohnten dazumal beim alten Dulack im *Appattmong*: Doppelbett, Kochschrank, sogar Bad und WC übern Flur. Die harten Hunde hingegen nächtigten im Ungeheizten mit Kaltwasser an der Pumpe bei der Amalia Boysen, die mit dem Sardinenkind. Boysens schliefen dann in der Putzkammer. Weil sie das Geld bitter nötig hatten, die Dani, die Amalia, deren Rente auch heutzutage nur einen Hauch überm Fürsorgeanspruch schwebt. Nie hat einer gehört, dass der Rudi was gezahlt hätte für die Kleine.

Vielleicht war ers auch gar nicht, der Rudi, doch die

Boysen hält in dieser Sache dicht bis in Ewigkeit-Amen. Aber die große Nase der Daniela ist wohl nicht vom Himmel gefallen, eher dem Sardinen-Rudi aus dem Gesicht.

Und noch etwas muss leider gesagt werden: um Holgrunt herum ist es nicht geheuer *die Insel verflucht!* So wird geraunt. Noch in den Fünfzigern sollen einige hinausgegangen und nicht mehr aufgetaucht sein aus dem Watt.

Genaues weiß niemand. Doch Seherin Amalia wahrschaut fleißig vor sich hin, und Klaus Störtebeker ist angeblich auch mal hier gewesen.

5. Die verlorene Tochter kehrt zurück

Der Chef vom »Bischof Absalon« hat Engelke am Morgen des ersten Februar 1961 ins Kontor rufen lassen und ihr das Telegramm in die Hand gedrückt *vater schlaganfall – lebensgefahr – sofort kommen – oelkes.* Mehr stand nicht da.

Sie bekommen natürlich Urlaub, brauchen Sie mehr als sieben Tage?

Die Frage des Maitre konnte Engelke nicht gleich beantworten, sie entschloss sich aber zu einem *wohl kaum!*

Der Alte war Jahre weit weg gewesen, ein spärlicher Besucher; der Auszug damals war gar nicht schön: die Tochter verloren an einen Dänenburschen, an Kopenhagen, den Moloch.

Und der »Walfisch«? Geh zum Teufel, undankbarer Balg! Hure!

So sind die alten Schädel.

Er hatte natürlich im »Bischof Absalon« wohnen müssen mit Blick auf die Carlsberg-Brauerei, logisch, wenn der Vater nach einem Jahr herkommt und sich überzeugt, dass die Tochter doch nicht in Vesterbros Hurenhäusern gelandet ist, sondern richtig beim »Bischof« in Vollpension mit Fisch-Restaurant.

Ist eine Woche später wieder heim nach Holgrunt.

Dabei blieb es jahrelang. Niemand hat unstillbares Verlangen nach dem anderen gehabt, ein Kärtchen hier, ein Briefchen da. Verziehen hatte der Alte ihr nicht. Aber sie waren einander im ausreichenden Maße gewiss und im Fall des Falles greifbar, das wusste man, das reichte ja auch.

So hielt sich Engelke Kristensen im Stadtteil Vesterbro verborgen, dem Kopenhagener Arbeiterviertel, wo du keine Pelzgeschäfte findest, aber eben die Carlsberg-Brauerei, dazu Puffs und Rabaukenkneipen, wo sich auch heute immer noch das Leben entfaltet, abspult, wo immer noch die »gewöhnlichen Leute« leben und auf den Hund kommen.

Diese Leute.

Daran musste sie denken beim Blick aufs Telegramm.

Vier Jahre sind ein kleines Stück Ewigkeit. Aber ein Schlag ist ein Schlag und zweifellos was ganz Großes.

Und dann kam es ihr doch mit Rotz und Wasser über den Alten.

Am Frühmorgen des zweiten Februar setzt sie sich also in die Bahn, ist mit der Fähre über den Sund, im Omnibus über die Straßen, die Hügel, die Brücken, Geest, Marschen, immer der Nase nach.

Am späten Mittag steigt sie in Klippsbüll aus dem Bus, holt tief Luft: wie früher *das gleiche Fischmehl!*

Traut sich nicht gleich hinaus nach Holgrunt. Macht Mittag im »Kiek in«, wie die Lokalität hieß, als Engelke auf und davon ist. Jetzt riecht die Hütte nach Bratenfett und nennt sich »Schlemmertempel Godewind – das Pommes-Paradies«, wo fettige Engel in himmelblauen Blusen daherschweben mit dem Tempel hinten drauf und dem Paradies vorne dazwischen gedruckt. Dazu tragen die Himmlischen statt Flügeln Eisverkäuferschiffchen, der Mint im Eck lärmt bei der Super-Sieben, was die siedenden Madonnen jedoch einen Dreck interessiert, und aus ihrem Öl sehen sie schon gar nicht auf!

Ach guck: die Daniela Boysen, das Sardinenkind – die arbeitet hier *behalt die neumodernen Kartoffelfleppen, gib Nudelsalat mit ner schönen Holzkohlebratwurst, hey Dani, lange nicht gesehen!*

Doch Dani hat für Engelke nur ein müdes *Hallo* übrig.

Ahnte Engelke, dass sie Amalia Boysens Tochter, ihre Kinderspielgefährtin, nicht wiedersehen wird, weil die sich eine Woche später um den Baum faltet mit ihrer Isetta, mit ihrem Mann und dessen blökendem Asthma, ahnte sie das, ließe sie sich nicht so kurz abspeisen.

Aber so bleibts beim *Hallo!* für die Ewigkeit.

Das Wetter zeigt Mitleid. Es ist zwar kalt, aber sonnig überm Dunst. Postbootsmann Oelkes ist zu dieser Stunde natürlich nicht greifbar, Engelke heuert deshalb den Michael, den Jüngsten vom Hellinghofbauern, ein wenig blöd zwar, aber mit einem stabilen Motorkahn. Der pröttelt sie ausnahmsweise hinüber für zwei Mark *bist wieder da? Dann komm, Frollein Engelke, jetzt fahrn wir übern See!*

Sieben Kilometer, sieben Stoßgebete. Sie taucht zurück in den Nebel, der augenblicklich verflog, als Engelke *schaut her: Ich bins!* Kopenhagen erschütterte. Das Boot biegt aus dem Spätnachmittagsdunst und um die letzte Klippe: der Anleger, der »Walfisch«, die sieben Häuser, die Kapelle, die Erinnerungen – Holgrunt liegt wohlig ausgestreckt im Watt und grüßt die verlorene Tochter.

Der Helling-Sohn bietet der Engelke den Arm fürs sichere Aufentern auf die Plattform, sie ist aber mit einem Satz vom Kahn, über die Planken und durch die »Walfisch«-Luke, lässt das Parterre mit dem Doktor, der Boysen und dem Brandinck hinter sich, springt gleich hinauf zum Vater.

Und als sie ihn liegen sieht mit den glasigen Augen, den blauen Lippen, die Hände zusammengekrampft und mit einer so spitzen Nase, als wolle er damit den Himmel aufreißen, da stürzt sie auf ihn ein, macht seine Lippen mit ihren Tränen heiß und nass und will ihn auftauen aus seinem ewigen Eis.

Sitzt am Bett bis zum Sonnenuntergang, sieht den Staub in den letzten Strahlen tanzen, steckt dem Jesus an der Wand eine Schießbudenrose zu Füßen. Sitzt weiter da, bis Amalia sie herabzieht zum Abendbrot. Das würgt sie herunter, während die Boysen in der Küche kramt, brummelt, dass nichts unsterblich sei unterm

Himmel, der Kristensen vom Schlag getroffen und Gott bald seiner Seele gnädig *in drei Teufels Namen!*

Der Doktor ist praktischerweise mit Jung Michael zurückgefahren. Hoffnung hat er nicht gehabt *Schlaganfall, ich kann Ihnen nur den Sauerstoff hierlassen, die Tabletten. Ihr Vater lebt. Wie lange noch, weiß ich nicht. Jedenfalls ist er nicht transportfähig, müssen abwarten.*

Und die Amalia Boysen sagt darauf laut und deutlich vor sich hin, es wär für den Alten und eigentlich für alle eher eine Gnade, könnten sie den Paale Kristensen bald einem Klippsbüller Acker ins Maul geben, die Grube von den Grabeknechten zupoltern lassen mit friesischer Erde. So die ihn überhaupt haben wolle.

Danach ist Engelke wieder hinauf. Und irgendwann kriegt sie einen Hass *verflucht, warum das alles?* Einen Hass auf den Gott, der so was einfädelt, zweifach verflucht und dreifach *warum gerade Papa warum gerade ich und überhaupt!* Reißt das Kreuz von der Wand, wirfts ins Feuer und schreit zum Bischof Absalon.

6. Diese Leute

Was auffällt, sind diese Kruzifixe. Gemacht aus Walbein oder Walrosshauern, heften sie sich an deine Blicke wie Kletten, wuchern am Wegrand als Bildstöcke, sperren sich über manchen verrammelten Eingang, blühen an verfallenen Zäunen, an morschen Toren. Kruzifixe.

Sogar der Rosencrantz soll eins gehabt haben. Zwischen den Hörnern eines Widderschädels überm Palastportal.

Eine Schande! Ein Kirschbaum hätte besser gepasst bei diesem Lügenbaron, dem Jud, dem Gotteslästerer! wetterte Suedmersen, der damalige Klippsbüller *Paster-op-Halligbesök*. Überhaupt: Jud und Kreuz – geschah ihm recht, das mit den schwarzen Mänteln.

Schleswig-Holstein ist stockprotestantisch. Kreuze deuten eher auf katholisches Pflaster hin. Oder auf schlechte Gewissen. Kruzifixe. Vielleicht hast du selbst eins zuhause.

Wärst du früher gekommen nach Holgrunt, hättest du hinterm »Walfisch« in der Wegbiegung mit Fiete Püngel einen nehmen können, Fiete: König der Döntjes. Lange tot.

Der sei, heißt es, der Einzige gewesen, welcher genauso viel habe saufen können wie ein Kamel. Und so schnell. Zweiundneunzig ist er geworden, zu seinen Zeiten Großknecht gewesen auf dem Ahrendshof nördlich Klippsbüll.

Bestmann Püngel *einen bessren findst du nit!*

Selbst im hohen Alter wär der mit der Sense zugange gewesen, dass die jungen Burschen meilenweit hinter ihm geblieben seien, erinnern sich die alten Strategen.

Und nicht nur beim Mähen: *wenn Fiete einen Bierkrug angesetzt und sich den Halben hereingezogen hat, dann schluckte der nicht, der legte nur die Zunge zur Seite und ließ es laufen, und weg war er, der halbe Liter!*

Auf derselben Seite liegt das Boysen-Haus, etwas zurückgeblieben vom Pfad, etwas zurückgeblieben das Kind mit dem Zinken von Rudi, der Sardine.

Und gegenüber die aufgelassene Kapelle, darüber ein Eisengerüst, das heutzutage das Leuchtfeuerchen trägt. Mit dem uralten plankengedeckten Kapellenkasten darunter, den Herr Capplan vom Naturschutzbund bewohnt seit gut einem Jahr: Peter Capplan, vierunddreißig, Ornithologe und Fotograf. Capplan ist so einer, der sich vorm Abendessen bekreuzigt. Der abends draußen auf der Bank sitzt und sein Pfeifchen schmaucht, ganz romantisch.

Hinterm »Walfisch«, hinter der Schafweide, liegt die Steidler'sche Behausung. Die Steidlerin wohnte dort bis in die späten Vierziger, zusammen mit der Mohshagen, jede für sich und miteinander zärtlich wie Hund und Katze. Heute, beide sind weit über achtzig, dümpeln sie gemeinschaftlich im Heim, sind auf großem Törn gen Alzheimer und kommen wohl nicht wieder.

Zu dieser Zeit residierte gegenüber den Jungfrauen der Frührentner Manfred Brandinck mit seinem Post- und Gemeinde-Hilfsbüro, *Brandsatz,* wie er genannt wurde, ein erlesenes Ekel und fürs Gemeinwohl tätig mit stetem Misserfolg.

Post und Verwalten besorgt seit 1948 die Gemeinde Klippsbüll allein; Brandincks Schwiegertochter waltet dort als Abteilungsleiterin für Soziales. Der trotzige Alte blieb jedoch auf der Insel hausen, singt regelmäßig dienstags im Klippsbüller Kirchenchor die Fistelstimme, wozu ihn seine Schwiegertochter pünktlich abholt mit ihrem feinen kleinen Motorboot – jeden Dienstag ein Holen und Bringen, obs stürmt oder schneit, denn der Alte weiß was über seine angeheiratete filia.

Dazu hat es diese und jene gegeben. Die Wevers beispielsweise, rechtschaffen asoziales Pack und dazu Amalias Vater und Mutter. Und die Noerbrands. Hingsen. Soederland. Vreckenstedt.

Und es hat den krummen Martin gegeben. Martin Neugamme, Heringsbändiger in der Klippsbüller Fischfabrik und dazu gewesener Bedarfspostbote. In der Kate hinter dem gewesenen Kirchlein hauste der, letzter Halt vorm gewesenen Sultanspalast. Seit fünf Jahren vegetiert er nun am Klippsbüller Deich in einem Bauwagen dahin. Wurde vierundachtzig letzten Frühling, ist ledig geblieben. Spielte früher die Orgel der Klippsbüller Petrikirche.

Stieg gern kleinen Mädchen nach. Jungen auch.

Aber das durfte niemand so genau wissen, das ging keinen was an, er war schließlich auch eine Amtsperson.

Er soll Winter 1952 aber in einer Flensburger Klinik gewesen sein, geschlossenes Institut, man hätte an ihm herumgeschnitten. Es wird geraunt, er habe es überwunden.

Jetzt hält er sich zwei Ziegen.

Engelke gibt es seit 1935 – fast draufgegangen bei der Geburt, wie ihre Mutter, Frauke Kristensen, geborene van Hafft, es ihr vorgemacht hat. Von deren Existenz zeugen nur ein blasses Bild über der Kommode und sein Duplikat im wurmstichigen Schreibtisch: dürftige Muttermanifestationen, der Tochter nur aus Vater Paales und Amalia Boysens spärlichem Hörensagen bekannt. Der Ehering steckt der Engelke am Finger als pflichtgemäße Reminiszenz an die Frau, die ihre erste und einzige Tochter nicht hat hergeben wollen aus ihrem Bauch.

Engelke-Kindchen im Gegenteil hat nichts bei sich behalten können. Wie es der Vater, Oma Freya und auch Amalia oben hineingossen, so liefs unten heraus. Als die Kleine fast am Ende war, hat die Boysen, die Hebamme gelernt hat, dazu Kräuterkunde und Erste Hilfe sowieso und noch rechtzeitig herübergetrabt ist, hat also Amalia die Sache leid gehabt und Engelke in einem Anfall von Weitsicht und Weltbürgertum ins Festlandshospital gekarrt. Dort schafften es die Ärzte mit letzten Mühen, dass was drinblieb in ihr. Erst drei Monate später haben sie Lütt Engelke wieder nach Hause gegeben.

Als sie wieder angelandet wurde auf Holgrunt, brach Oma Freya auf der Stelle in ein Dankgebet auf den Führer aus, schmiss den ganzen Säuglings-Tütenkram auf den Mist, kochte stattdessen mehlige Kartoffeln und fetten Grießbrei – sogar das hat Engelke überlebt, das blieb drin, und darum hat sie diese derbe Statur heutzutage, sosehr sie sich auch müht ab und an.

Die schweren Knochen von uns Kristensens!

Widder Freitagskind. Die sind vertrauensselig, viel zu viel. Sind oft einfach gestrickt. Aber reizbar, sind *Kopfdurchdiewand*, nicht wahr, Frollein Kristensen?

Habe die Ehre! meint Engelke stolz.

Und haben Träume.

Freitagskinder weinen viel.

7. Peter Capplans Anteilnahme

Genau besehen ist der »Walfisch« abbruchreif. Herr und Haus haben sich gegenseitig nichts voraus.

Engelke ist geblieben *brauchen Sie wohl mehr als sieben Tage?* Was soll sie nur machen, was mit dem Vater machen? Dessen Zustand hat sich stabilisiert, Doktor Stellvers zuckte letztendlich die Achseln, murmelte *Pflegefall!*

Anfang März, gut vier Wochen nach ihrer Rückkehr, ist es nicht mehr wegzureden: die Sache wird dauern.

Auch der »Walfisch« hat seine Pflegebedürftigkeit. Es muss dringend ein Maurer her, meterlang und fingerbreit klafft ein Riss oben im Nordgiebel wie von einer Himmelssense eingehackt. Der Kristensen hatte nie Geld fürs Renovieren verschwendet, das Dach aus Wellblech, die Wände aus Backstein unter alten Planken, woher auch immer. Feucht wars nur im Giebel, ansonsten dicht, der Bau.

Wellblech. Das rappelt im Wind, rostet in der Salzluft, was das Zeug hält. Aber was für den Alten genug war, ist auch genug für Engelke *damit hat sichs!*

Hat sichs nicht, weil es jetzt rinnsalmäßig hereinsaut

bei Regen durch den Nordgiebel. Kein Maurer in Sicht, deshalb muss Engelke selbst ran.

Wenn er doch nur weg wär, der Bruchkasten!

So turnt sie draußen auf der Leiter herum, drückt Mörtel in den Spalt, der Pamp: ein abscheuliches Gematsche.

Unten schlurfen die Enkel vom Brandinck vorbei, letztmalig die Insel, den Ahn besuchend, bevor der ins Heim geht. Fünf Stück. Zwischen dreizehn und sechzehn. Die junge Frau des jungen Brandinck hat nicht nur Personal zuhause, ist nicht nur Abteilungsleiterin, sondern auch leibesmäßig gottbegnadet: zwei Würfe mit flachsblonden Zwillingen. Und alles Jungen. Musst du erst nachmachen.

Und einen Einser hinterher. Über den Einser, den Feuerroten, schweigen sich Brandincks aber lieber aus.

Und jeden Dienstag ist Chorprobe.

»Ey, Engelke, kipp nicht ab mit deinem breiten Hintern!« wird von den Bengels rübergebrüllt und: »Tust du in die Ritze die Reste vom Mittagessen rein?«

Der Rote stellt sich unter die Leiter, pinkelt die an.

»Hier haste Wasser fürn Zement!«

Engelke hört nicht hin, mörtelt weiter.

»Schmier deine Spalte gleich mit zu«, kommt es hoch, und die Jungen gackern, verdrücken sich flink hinter den Stall, der Pisser weiß die Farben, die Engelke unterm Kittel hat.

»Moin, Frollein Kristensen.«

Noch einer. Unten steht der Fotograf und Biologe, eigentlich: Ornithologe – aber wer kann das aussprechen?

Der wieder: »Moin, Frollein Kristensen. Schaffen Sie die schwere Arbeit denn auch?«

Engelke verzieht das Gesicht *schaffen … meine Güte, warum nicht? Ist fast dicht, der Schaden.*

»Moin, Herr Capplan! Schaff das schon.«

»Bin wieder zurück. Gehts Ihnen gut? Und dem Herrn Papa etwas besser momentan? Die Zeit heilt ja viele Wunden …«

»Zement.«

»Wie bitte?«

»Hier hilft nur Zement.«

Peter Capplan lacht. Dreißig Jahre zählt er, ledig, braune Locken, ein großer Kerl mit kurz gehaltenem Vollbart.

Sagt: »Ich meinte eigentlich die seelisch-körperlichen Wunden – dachte, in den zwei Wochen meiner Abwesenheit hätte sich vielleicht was getan von wegen Genesung.«

»Geht schon mit Papa.« Engelke sagts leise und steigt hinab. »Geht schon.«

Sie wischt ihre Hände am Rock ab und lacht Capplan an. Breit lacht sie. »Kommen Sie, trinken wir erst mal nen anständigen Begrüßungsschnaps!«

Aloha! Engelke gibt einen aus: reinen schwäbischen Birnenbrand, ganz was Exotisches, noch von Papa. Den hatte der vor etlichen Jahren seinem Schnapslieferanten beim Pokern abgeknöpft, zwanzig Literflaschen sind übrig von der Palette. Nichts für das Seglerpack. Nur was für Freunde.

»Ich will Sie aber nicht aufhalten, Frollein Kristensen!«

Capplan zögert, doch Engelke schiebt ihn in den Schankraum, drückt ihn auf einen Stuhl, stellt Flasche und zwei Gläser auf den Tisch, überlegt, ob sie ihm noch mal das *Du* anbieten soll wie neulich, das hatte er aber anscheinend überhört, blieb und bleibt beharrlich beim *Sie* – das kriegt man nicht raus. *Na, denn nicht!*

»... Wohlsein. Runter damit!« befiehlt sie.

»Vergelts Gott«, gibt er zurück, sie gießen den Fünfundfünfzig-Prozenter hinunter.

Dem Capplan schießen die Tränen in den Augen, er röchelt: »Wie passend – ›Williams Christ‹ bei Kristensens!«

Engelke denkt: *siehst propper aus, mein Vogologe!*

Peter Capplan lässt seine Blicke über die Holzwände der Stube spazieren, über die bunten Mitbringsel und Existenzbeweise vergangener Kristensen-Generationen, Bilder ehrwürdiger Kapitäne und ihrer Schiffe, ihrer Frauen, dazwischen der bootsgroße verstaubte Ölschinken, aus dem Gründervater Ole grimmig vorlugt in Kapitänsprachtuniform, augenscheinlich nicht übermäßig liebenswert.

Engelkes Blick hangelt sich hinterher. Bis sich die Augen treffen, zu Boden sinken.

Capplan nach einer ganzen Weile: »Ist wohl ein kräftiger Unterschied zwischen Kopenhagen und Holgrunt, nicht wahr, Frollein Engelke?«

Engelke nickt, ärgert sich wieder übers *Frollein* und stellt das Glas hart zurück auf den Tisch *Kopenhagen. Bloß nicht wieder dran denken!*

Lenkt ab: »Sagen Sie, Herr Capplan – wo kommen Sie eigentlich her, gebürtig?«

»Aus dem Hessischen bin ich«, antwortet der. »Aus Fulda. Nach dem Abitur hab ich Biologie, Fachrichtung Vogelkunde, und katholische Theologie studiert in Augsburg. In Osnabrück im Niedersächsischen bin ich gewesen nach dem Studium, bei der Forstabteilung vom bischöflichen Generalvikariat. Danach weit weg, zwei Jahre in Linz, Österreich. Und dann hierherauf – zwischendurch ein kurzes Gastspiel in Udine, das liegt in Norditalien ...«

Capplan bricht plötzlich seinen Lebenslauf ab, als habe er was gesagt, was keiner zu wissen braucht. Stürzt gleich den zweiten Schnaps hinunter, verschluckt sich, muss böse husten.

»... seit zwei Jahren arbeite ich beim Naturschutzbund, den gibts schon seit 1940, wussten Sie das? Und bin vor rund dreizehn Monaten hierhergekommen als Vertretung des Vogelwartes Anders Tammen, der sich zur Zeit in Langzeitkur befindet ...« Nach dem dritten Schnaps reißt er wieder den Hals auf, bellt, fängt sich aber, »nu gehts wieder, dem Herrn seis gedankt!«

Du heißt nicht nur Capplan, an dir ist auch einer ver-

lorengegangen! denkt Engelke, fragt sich, warum der den HERRN so oft im Mund führt – aber wohl kein Wunder, wenn man auf Katholisch studiert hat *seltene Vögel hier oben, die Katholen.*

Grinst und sagt laut: »Den Tammen kenn ich noch gut. Der hat sich hier früher nach der Knipserei und dem Papierkram immer gehörig abgefüllt.«

Guckt dabei zur Decke zu den tabakrauchigen Balken und Bohlen, als summe der Tammen da um die Lampe.

»Müsste schon über sechzig sein«, mutmaßt sie. »Hat wohl bald seine Pension – und Sie, Herr Capplan? Werden danach vielleicht Sie der Chef-Katastervogel im Wattenmeer?«

»Na, schön wärs. Ich mach mir auch ein Stück Hoffnung auf das Amt – so Gott will.«, antwortet Herr Peter würdevoll.

»Jaja, wenns dem Herrn gefällt ...«, Engelke guckt ihn versonnen an.

»Und dem Vorstand vom Naturschutzbund ...«, stottert Peter Capplan und muss wieder hüsteln vom Williams Christ, der immer noch seine Schleimhäute raspelt, »... das sind allerdings alles Duzfreunde von Herrn Tammen.«

»Und den haben Sie im Sack – was?«, platzt sie heraus.

»Frollein Engelke ...!«, tadelt Capplan, »wie hört sich das denn an?«

Das *Frollein* grinst und füllt die Gläser noch mal nach.

Der Obstbrand schwappt über den Rand und macht sich in die Fugen der zentimeterdicken Platte des Teakholz-Tisches davon, der soll schon beim alten Ole in der Kajüte der »Magaretha« gestanden haben. Ein Wirtshaustisch aus massivem alten Teak: wo gibts das heute noch? Bei Engelke gibts das. Und solche Tischfugen sind wohl allemal einen anständigen Schluck wert.

»Ist ja bloß ein kleiner Bereich, das faunistische Kataster«, kommt Capplan bescheiden daher. »Aber mit Bilddokumentation und Sachschriftenverlag – na: ich kenne viele große Vereine, die ihre Fotoabteilungen aufgelöst und samt Herstellung von Bildern, Publikationen und Werbemitteln komplett an Privatfirmen vergeben haben. Aber der Naturschutzbund ist in dieser Sache Gott sei Dank noch autark.«

Gleich hat er wieder Gründungsdaten, Historien, Entwicklungszahlen parat über Brutvorkommen und dass 1940 der erste Vogelwart das Eiland Holgrunt mit gelegentlichem Wohnsitz beehrt habe, der Tammen, wie gesagt – zu der Zeit wär die Engelke gerade fünf Jahre alt gewesen –, und dass die Vision einer Nationalparkgründung im Raum stehe, in ferner Zukunft. Capplan rechnet Besucherzahlen vor, bewertet den Fremdenzulauf einst und jetzt, »wir müssen auf Sylt schauen. Aber um Gottes willen naturverbunden bleiben.«

Und immer wieder schleswigsche Landes- und Vogelgeschichte; Peter Capplan ist nicht nur statistisch, sondern auch historisch beschlagen. Engelke hat die Historischen immer misstrauisch bewundert, war ihr

Ekelfach in der Schule: Zählungen, Jahreszahlen von Schlachten und Königen. Vögel sowieso.

»Dann haben Sie auch bald was Eigenes«, nickt sie. Bezweifelt im Hinblick auf das ihr zwangsweise in Obhut gegebene Inselköniginnenreich, obs wirklich so erstrebenswert ist.

»Nun hören Sie!«, wehrt Capplan ab. »Was Eigenes – eine Anstellung ist doch kein Bauernhof oder Kaufhaus oder eine Kneipe ... andererseits stimmts vielleicht doch: was haben und was tun, was nur man selbst kann ...«

»Jaja«, brummt Engelke. »Drüber nur der liebe Gott.«

»Zumindest der Vereinsvorstand.«

»Der ist auch weit weg.«

»Na ja ...«

»Da lohnt sichs doch!«

»Lohnt sich?« Capplan-das-Echo räuspert sich. »Lohnt sich der ›Walfisch‹? Ich könnte mir vorstellen: den alten Kasten verkaufen, Geld einstreichen und ab nach Kassel – na ja: Hamburg. Oder wenigstens Kiel. Oder zurück ins quirlige Kopenhagen in Ihrem Fall.«

Er doziert über Rentabilität und Liquidation, kriegt was von Kosten-Nutzen-Analyse daher; er ist nicht dumm, der Herr Biologe, kennt auch was von Betriebswirtschaft und Ertragslage, weiß von Engelkes Krebserei, riecht ihre Abneigung gegen den Hügel im Schlick.

»Andererseits, Frollein Kristensen – hier ist Ihr Zuhause. Und Ihr Vater braucht Sie. Das wiegt die Sache doch sicher auf.«

Wieder Salz in die Wunde. Sie guckt dem Capplan böse in die Augen.

»Meinen Sie wirklich, es macht mir Spaß, zu verschimmeln? Glauben Sie, ich bin stolz darauf, dass ich das Schankmädchen machen muss und die Krankenschwester für den Alten? Denken Sie, dieser Dreckshaufen ist mein Lebenstraum?«

Wie war das noch? Was hatte der Alte früher gesponnen? *Hier braucht man nicht nach anderen Pfeifen zu tanzen …*

»Verflixt noch eins!« Engelke umklammert ihr Glas, trinkt, füllt beiden nach. »Was soll ich in diesem elenden Watt? Ja, Kopenhagen: das war schon was anderes; die Entscheidung, zu gehen, war ganz bestimmt richtig, verdammt auch! Man macht seine Erfahrungen. Sicher, diese Insel gehört mir, und der ›Walfisch‹ gehört mir. Ich gehör hier aber nicht mehr hin!«

»In Dänemark gehörte Ihnen aber gar nichts. Auf Holgrunt haben Sie Ihre Wurzeln, das Gelobte Land sozusagen.«

»Vergessen Sies bloß!«, schnappt sie trotzig. Und endet ihre Litanei. »Gehör hier nicht mehr hin!«

Und: »Wohlsein«

Dann, leiser und verschmitzt: »Woanders gibts natürlich nicht so nette Fotografen …«, worauf Capplan errötet.

Sie korkt die Flasche zu. »Jedenfalls ist das hier nicht für ewig.«

Und damit basta!

8. Bemerkungen über den Marten Hoeger

Zwei Wochen nach ihrem Ausflug in die Giebelspitze lernt Engelke den Marten Hoeger kennen *Hoegi für Freunde!*

An so einem Abend im neumodernen, jedes Mal brechend vollen »Klippsbüller Tanzparadies«, was aber nur der Saal vom alten »Wattwurm« ist, die größte Klippsbüller Dorfkneipe, jetzt gelegentlich bestückt mit einer mobilen Musikanlage. Seit einem Monat legt am Wochenende und manchmal auch mittendrin ein »Conferencier« die schwarzen Scheiben auf für *Danz op de Deel* bei Shantys, Rock 'n' Roll und Appelkorn, also ganz was Modernes mit Musik und Gesabbel, Witze zwischendurch – pah! Nichts Neues für Engelke, so welterfahren, wie die daherkommt. Hier und heute ist »Ersten April eintanzen«.

Und der Hoegi, süße dreiundzwanzig, mit einem Silberring durchs Ohrläppchen.

»Wie unsere Lissa …«, spottet sie. Sagt, weil Marten Hoeger ums Verrecken wissen will, wer denn das sei, die Lissa: »… unser Mutterschaf!« Das trüge ihn, den Ring, allerdings durch die Nase. Der Hoegi schaut erst blöd, lacht dann aber auch, und später, wenn sie sich in die Augen sehen, müssen sie losprusten. Wegen der Lissa.

Aber der Marten Hoeger sieht weit besser aus.

Darüber kommen sie ins Erzählen, ans Tanzen, dabei wird Engelke so wunderlich wie lange nicht mehr.

Die Nacht verfliegt, der Marten Hoeger lässt sich über sein Leben aus, das ist schon so einer, der Hoegi mit seinem Moped *Kreidler Florett! Scharfes Gerät! Hab ich aufgemotzt, geht tierisch ab, weißte?!*

Musikmäßig steht er auf Ted Herold und Peter Kraus, auch auf Conny Francis *die Liebe ist ein seltsames Spiel.* Cliff Richard? Paul Anka? *loggisch!* zum Freischwoofen und Abhotten, und ran an den Speck!

In die Dünen mit der Kreidler, in den Tanzpalast mit Engelke, echt: ob sie denn keinen Macker hätte?

Nee! tut sie sich dick, sie bräuchte keinen Anhänger. Großspurig fabuliert sie von der *Weltstadt Kopenhagen* – dort hätte das natürlich anders ausgesehen: tausend Tage, tausend Nächte, tausend Millionenspiele – Gelegenheiten gehabt und haben können mehr als an jedem Finger zehn!

Und in Klippsbüll? Was hier anläge, wär ja zum Vergessen. Und Holgrunt sowieso.

Sie hat nicht einmal gelogen, hat mit dem Finger geschnippt in Kopenhagen, die Nacht zum Tag gemacht und den Schimären wenig Raum gelassen.

Kerls. Doch was die alle letztendlich im Sinn hatten, das wollte und konnte Engelke nicht bieten. Selbst der Nils hatte das einsehen müssen.

Aber beim Hoegi könnte das anders sein, der hat so

was von Palmensonne. Von Hulamond. Von weitem Himmel, so blau. Und von den Sternen so was.

Und Engelke denkt nicht mehr an die Inselöde, an die halbe Leiche unterm »Walfisch«-Dach, ans laue Schmecken in der Frühe, nicht an das Postboot, den Milchkaffee.

In dieser Nacht ist Engelke *Kopfdurchdiewand.*

Die Liebelei zieht sich hin, sie sehen sich täglich, die Boysen murrt schon. Hoegi findet alles *Spitze*, schleppt Engelke mit in seine Clique, wo die Kreidler Florett, eine KS 50 und zwei Quicklis zwischen die Beine genommen werden, wo Hoegi ihr seine Spezialen vorführt: Andi, Fredi und Bugislaus, verbunden durchs Fischmehl und Mopedbenzin; gemeinsam Freitagabend im Tanzschuppen präsent zum Lohntütenball und durchgemacht bis Samstagmorgen, dann ein paar Sonderstunden gekloppt in der Fabrik und danach auf den Deich gesemmelt mit den Böcken und ins vielleicht trockengefallene Watt. Sonntagmorgen dann Frühschoppen im »Wattwurm« und noch mal auf die Maschinen *echt hammerhart!*

Es sind kurze Nächte. Bei Ebbe baggern sie sich über die Sandzunge und den Schlick bis Holgrunt, wenn sie nicht Bugislaus' Prahm nehmen oder den Bahndamm. Jedenfalls werden die vier Gashähne aufgerissen vor Engelkes Tür zum verschlammten Begrüßungsconcerto – *Mann!* Engelke beginnt wieder zu spüren, was *Leben* heißt.

Fredi, Andi und Bugi ziehen im »Walfisch« die Halben, füllen Gordons Dry Gin darüber und Jubiläumsaquavit, und wenns nicht reicht, den Johnnie Walker obenauf. Hoegi tut sich am Zapfhahn und an den Schnapsflaschen hervor, legt dabei den Arm um Engelke.

Der Wind ist ruhig, unterm Dach der Alte schweigt. Und sie meint, was tief im Bauch zu spüren, das ist warm und gut.

Kurz vor der Dämmerung sind die drei Jungens dann fort – übern Damm, mit dem Prahm über die Klipptiefe oder am liebsten auf den Mopeds quer durch Amalias Stiefmütterchen und Brandincks Dunghaufen ab in Richtung Festland, gieren auf die Muschelbänke, die Priele und haben der beiden Insulaner Flüche im Genick.

Engelke und Hoegi bleiben zurück und allein; wenn er dann auch über den alten Schotterdamm heimknattert in der späten Sonntagnacht, kommts sie richtig bitter an. Aber es bleibt warm drinnen. Das hat Engelke nicht oft erlebt, auch bei ihrem Nils ganz selten, damals in Kopenhagen. Aber mit dem Hoegi.

Sie trinken Williams Christ, sie sagt ihm, dass sie lieber heute als morgen weg will, und Hoegi antwortet *Mädchen, das kriegen wir schon!* Und dann kommen auch die Träume nicht. Natürlich will er ihr an die Wäsche, aber Engelke lässt ihn nicht *noch nicht!* Er murrt zwar, aber er beherrscht sich. Nicht so wie der Nils, der ist bald richtig sauer geworden.

Wie sie alle, die zehn auf Fingerschnipp.

Das erste Mal – obs wirklich so grandios ist, wie es in den gewissen Magazinen steht?

Aber das vertagt sie. Trotzdem ist Montagmorgen Sonne unterm Nebel.

9. Die Lille Havfrue

Der 20. April 1961 wird geschrieben. Steffels reetbemützte Scheune weiß nichts davon, duckt sich hintern Klippsbüller Deich, lehnt dabei gemütlich an einer steinalten Verwunsch-Weide zu ihrer Linken. Inmitten von Schafen und gelbbraunem Wollgras hockt sie da und benimmt sich seit Ewigkeiten so, wie es sich für eine anständige nordfriesische Postkartenscheune gehört.

Hoegi kennt ihren Eigentümer. Den Henner Steffel hat er nicht groß überreden müssen, die Hütte aufzutun und den alten Schrotthaufen, der seit fast fünfzehn Jahren im rechten Eck rostet, herauszurücken: damit wird sich die Schlickrutscherei gründlich ändern! Bugislaus kann ihn ab sofort am Hobel blasen, der hatte sich immer wegen des Benzins, wenn er mal seinen Prahm hergeben sollte für die Flutfahrt gen Holgrunt.

Gestern, Dienstag, stand der 19. April 1961 auf dem Kalender, der Tag von Engelkes sechsundzwanzigstem Geburtstag. Der war von den Jungs natürlich anständig gefeiert worden im »Walfisch«.

Am frühen Abend kreuzte auch Peter Capplan auf; tagsüber auf dem Festland unterwegs gewesen, hat er

Engelke verlegen einen Strauß Tulpen vorgehalten, dabei eine wahre Festrede vom Stapel gelassen. Hoegi und seine Mannen konnten sich nicht einkriegen und gingen nach nebenan zum Auslachen.

Engelke unterbrach schließlich den Sermon, indem sie Capplan die Blumen aus der Hand nahm und in eine Glaskanne stopfte. Hat dem Dozenten einen Schnaps eingegossen, mit ihm angestoßen, ganz einfach.

Der ist dann gleich davongehastet: »... schöne Feier noch, Frollein Engelke.«

Hoegi beeilte sich zu versichern, dass er jedenfalls ein richtig großes Geschenk für Engelke habe und nicht nur ein paar müde Gemüsestiele mit Dummgeschwätz. Dieses Große könne sie aus Zeitgründen aber erst am nächsten Tag bekommen, dafür aber edel und offiziell. Und ohne lästiges Publikum.

»An Führers Geburtstag!«

Engelke verstand *Verführungsgeburtstag*, gluckste albern und bezog das natürlich auf Hoegi und sich, sie hatte es ja nicht so mit dem Historischen.

Hätte es den Rosencrantz noch gegeben, der hätte ihr wohl gerne Nachhilfeunterricht erteilt.

Am Zwanzigsten ist sie mittags mit Hoegi, der diesen Mittwoch extra blaugemacht hatte, per Schlauchboot über die Klipptiefe aufs Festland zur vorgenannten Scheune, welche, wie gesagt, hinterm Klippsbüller Deich steht und Henner Steffel gehört.

Die Sonne meint es in diesen Tagen gut mit der Landwirtschaft, der milde Dauerregen von letzter Woche ist abgetrocknet, das Gras wächst in leuchtendem Grün, über allem liegt weiche Luft, die Vögel singen – Natur und Landschaft sind sich bewusst, was frühjahrsgerecht von ihnen erwartet wird. So grünt und sprießt es, die Schafe und Kühe kommen kaum dagegen an.

Engelke und Hoegi vertäuen das tausendfach geflickte Gummiboot am Klippsbüller Pier, steigen vom Deich ab zu den Wiesen in Richtung Feldscheune. Hoegi giggelt und gaggelt, zupft hier und stupst da an Engelke herum, herzt sie zwischendurch, stolziert über die Weide wie ein Pfau oder schwenkt storchenmäßig die Flügel, als wollte er abheben. Tappt mitten hinein in die Kuhfladen.

Endlich stehen beide vor dem Bau. Hoegi sagt: »Andi hat erst heute den Flachwagen mit der Winde frei«, und: »Augen zu!«

Engelke tut wie befohlen. Das Tor knarrt zur Seite.

»Augen auf!«

Sie steht fassungslos vor dem blau-weiß gestreiften Untier, dass wie eine fette Boje in der Ecke hockt: ein alter Volkswagen-Käfer, einer der ersten – rostig, verbeult, auf einem Rollwägelchen.

»Na«, meint Engelke zweifelnd, »das sieht vielversprechend aus. Was solls denn sein?«

»Das ist unser neuer Schienenbus: Holgrunt – Festland und zurück. Und umgekehrt!«, trompetet Hoegi, gerät vor Stolz förmlich aus den Fugen. »Vorbei, das mit dem Scheißboot. Oder mit dem Moped übern Holperdamm oder durch den Schlick. Guck hier: das ganze Werk steht auf einem Loren-Fahrgestell eurer uralten Inselbahn – die hinteren Käfer-Felgen hab ich mit den Lorenrädern verbunden für den Antrieb, geht ab wie n Dittchen auf der Schiene.«

Dem Henner habe er den Blechhaufen abgeschwatzt, den Brezelbomber, welchen Steffels Alter Ende 1949 nach der Führerscheinprüfung gekauft und kurz darauf zerlegt habe.

»Sie haben ihn hierhergeschleppt, seitdem hat Papa Steffel den düveligen Blechkasten nicht mehr angefasst. Vor einem Jahr hat der Alte den Arsch zugekniffen, Henner hat mir den Karren fürn Butterbrot verscheuert, Unfallwagen, uralt, nix mehr wert ...«

Steffels Alter, der Siggi, war ein Mariner gewesen im Zweiten Weltkrieg, der auf einem Versorger fuhr. Anfang '49 hat er seine erste Auto-Fahrstunde genommen; er aus Klippsbüll raus und immer in Schlangenlinien, bis der Fahrlehrer meinte: *Herr Steffel, Sie können ruhig geradeaus, hinter uns ist kein U-Boot her!*

Siggi kriegte irgendwann seinen Schein – nach hundert Stunden, so heißt es. Hat dann aber gleich noch mal tief in die Tasche gegriffen und sich einen nagelneuen Volkswagen gekauft, der stand erst zwei Monate unbenutzt auf dem Hof, weil Siggi sich doch nicht recht traute so ganz allein am Steuer. Dann hat er aber Mut gefasst und ist tagelang um das Anwesen herumgegondelt über die Feldwege, eine Woche später auch mal auf der Landstraße und in der dritten sogar des Abends durch die Dunkelheit.

Zu der Zeit waren noch wenig Autos auf den Straßen, doch plötzlich ist ihm auf Höhe »Krullkrug«, besser bekannt als *Sechs-Titten-Bar* – liebevoll so benannt nach den hervorstechendsten Eigenschaften der Eigentümerinnen, drei Schwestern – ist ihm also ein Lastwagen entgegengekommen, volle Lotte und alle Positionslichter aufgeblendet.

So was kannte Siggi natürlich nicht – er also in höchster Not seinen Käfer nach rechts gerissen und heftig in die Böschung gesetzt, sich herausgewurstelt, blutend und verdreckt in die Lokalität gewankt an die Theke und geröchelt *giff mich n Bier – he het sich opkröllt!*

Nie mehr wieder hat er ein Lenkrad angefasst.

Nix mehr wert. Aber für Hoegi. Und der lässt nun einen reparaturtechnischen Vortrag vom Stapel, dass es nur so rauscht – *wohl unvermeidlich bei den Kerls* seufzt Engelke inwendig – einen Mechanikermeistervortrag en gros und en détail von wegen: »… die Karre aufgebockt, ausgebeult, neue Batterie, die Räder ab und in den Müll, hinten ein Doppelritzel an die Bremstrommeln geschweißt. Hab dazu Pollings Jochen das alte Insel-Lorenfahrgestell abgeschwatzt fürn Heiermann, das, was er im Vorgarten hatte für seine Stiefmütterchen. Die Kiste untern Wagen geschweißt, genau inne Mitten, die hintere Pendelachse festgerammelt, dass sie genau gerade rausguckt ...«, Hoegi springt herum wie ein Derwisch *hier-da!* »... dann hinten zwei Auslegerstangen an die Lorenräder geschraubt, auch mit Ritzeln dran wegen von einsdreißig auf fünfundachtziger Spurweite, in Höhe von den Ritzeltrommeln zwei Motorradketten drüber zum Antreiben und Bremsen, das musst du mit der Handbremse machen, Seilzug, aufpassen: nicht zu stark in die Eisen, sonst reißen die Ketten ab; Motor hab ich auseinandergerupft, is total fit, das Getriebe funktioniert, nur die Latüchten nich ...«

Engelke umrundet das Gefährt, findet es sehr mechanisch und seltsam gerupft, die Kotflügel vorn und hinten zerbeult, die Stoßstangen fehlen, die Vordersitze durch einen mittig angeschraubten Campingstuhl ersetzt und das Glas des Brezelfensters ausgeschlagen. Hoegi hat auch das Lenkrad vom Armaturenbrett weggerissen, dafür an der Lenksäule eine Griffkrücke fürs Handgas angebracht, »... damit die Fahrt ruhig bleibt und der Gasfuß ohne Krämpfe, weil du ihn ja nicht brauchst!«

Die großflächigen Rostpartien an den Türen hat er grob gespachtelt und die ursprünglich schwarze Chaise marineblau im Wechsel mit Kalkweiß bepinselt. Rechts und links auf die Türen ist noch was draufgeschrieben, drübergeholpert mit zitterndem Pinsel und in Gallegelb: *Lille Havfrue*.

»Weil du beim Dänen gewesen bist!«

Und einen feuerroten Seestern auf die Vorderhaube.

»Das is n Baujahr neunundvierzig mit vierundzwanzig Komma fünf PS, keine hundert Kilometer gelaufen, den Motor kriegste in tausend Jahren nicht kaputt, wenn du ihn nicht quälst; ist noch Wertarbeit. Die Nachfolger warn alles Scheißkarren!«

Hoegi ergeht sich auch weiterhin ausführlich in technischen Erläuterungen, schwillt noch mehr an, stakst dann zur Konstruktion, bedeutet Engelke, nachzukommen *Tür auf!* und hinten auf der verstaubten Rückbank Platz zu nehmen. Er hockt sich vorne hin, startet den Motor, läßt ihn im Leerlauf hochschrebbeln, würgt ihn ab.

»... knapp zehn Minuten von Holgrunt bis Klippsbüll, schätz ich!«

Er dreht sich um, rutscht zu Engelke auf die Rückbank. »Gefällt dir, eh?«

»Das fragst du?« Engelke ist jetzt doch begeistert, umschlingt seinen Hals. »So was Tolles hat mir noch keiner geschenkt, so was.«

Sie probieren die große Freiheit aus, erst mal im Stand. Und ganz intim. Hoegi hat eine Flasche Sekt samt zwei Flöten unterm Sitz versteckt, er zieht die Türen zu, sie stoßen an, knutschen – gings nach Hoegi, würds wohl noch privater. Doch sie klemmt die Beine zusammen, und draußen blubbert jetzt ein Trecker daher, kurz darauf hämmert wer ans Scheunentor, Engelke denkt sich *Gott sei Dank*!

Hier wärs wohl nicht das Richtige, vertröstet sie, zuhause wär man beim Kuscheln und Küssen ungestörter.

Hoegi kommt murrend zur Vernunft, und sie brechen die Sache ab mit Verrenkungen, Muskelziepen in den Beinen und Traktorgedröhn im Ohr.

Draußen harrt Kumpel Andi mit seinem museumsreifen 39er Lanz-Bulldog. Mit dem hat er sich langsam, aber stetig durch die Wiese gemüllert und wartet nun mit heckwärts vors Tor rangiertem Anhänger, an den er und Hoegi hinten zwei Bohlen wuchten, darüber den Wagen hochdrehen mit der am Kopf des Flachwagens angeflanschten Seilwinde.

Endlich thront die »Lille Havfrue« hintendrauf mit Engelke hintendrin *hier geh ich nicht mehr raus!* Mit Gepuffe und Rauchringen werden die zwei Kilometer zurück zum Anleger geholpert, wo Andi ungeduldig drängt, die Meerjungfrau vom Wagen zu bugsieren, weil er noch dringend wegmüsse, Strohballen abholen.

Also: Nixe-Blauweiß scharf an die Schienen abgeseilt, mit Stangen und Wagenhebern geschoben, gewuppt, hoch aufs Feldgleis *tschüss Andi und besten Dank auch!*

Hoegi hat sogar den alten Drehteller am Deich flottgemacht, mit neuer Schmiere versehen und versetzbaren Stoppschuhen; wenn Engelke *ganz wichtig!* von Holgrunt zum Festland gebrettert käme, müsse sie für eine Geradeaus-Rückfahrt bloß den Teller drehen bis zum Anschlag *geht ganz leicht, siehste? Und den Feststeller kannste hier abklappen!* Zum Beweis lässt Hoegi den Volkswagen ordentlich Karussell fahren, »... rückwärts fahren fluppt auch, vom Gang, vom Getriebe her gesehen kein Thema! Aber muss nich.«

Er, Marten Hoeger, schmiere heute Abend auch gleich noch das Gegenstück, die Holgrunter Drehscheibe.

Eingestiegen – und *Heyja, los geits!* Der Kasten röhrt und springt, nimmt langsam Fahrt auf, eiert, knarrt, läuft aber stetig besser und runder auf den Rollen. Engelke sitzt vorne und Hoegi hinten auf der Bank, sie kreischt vor Vergnügen, er johlt; die Meerjungfrau tobt wie ein bockiger Gaul, die Gleisspurweite beträgt eben nur 85 Zentimeter – im günstigsten Fall, der Zahn der Zeit hat doch etliche Wellen in die Schienen genagt und in den Schotter *radomms, rechts-links.*

Nur gut, dass der Rosencrantz so üppig gebaut hatte. Und nicht so billig dahin wie Freyas Spielzeug damals oder die schmale Feldbahn im Torfbruch weit hinterm Deich.

So poltern sie durch die auflaufende See, Gischt spritzt gegen die Seiten, gegen die Frontscheibe, auf der die verbogenen Scheibenwischer herumbröseln; der löcherige Auspuff knallt, Engelke und Hoegi singen raue Lieder in den Wind, in die Flut, die um die Geleise gischtet und um die wilde Jagd – *bei Gott: das ist es, das Leben!*

»Woher hast du gewusst, dass die Schienen noch halbwegs in Ordnung sind?«, schreit Engelke durchs Getöse.

»Immer wenn ich mit der Kreidler rübergehoppelt bin, hab ich genau drauf geachtet!«, schreit Hoegi zurück. »Fester Unterbau, gut über Normalhochwasser. Der Schotter, die Prielbrücken: alles fit und kaum verzogen! Versteh gar nicht, warum die Strecke nich mehr in Betrieb is.«

Da gibt es nichts zu verstehen. Paale hat dafür nie Interesse gezeigt, wer etwas wollte, der kam gefälligst mit dem Boot. Außerdem kostet es Geld, so ein Bähnchen flottzuhalten. Und Arbeit. Und für wen?

Hoegi gesteht, er habe auch heimlich mit dem historischen Felgensatz geübt. Die Strecke abgerollt mit der Kreidler, deren angetriebenen Hinterreifen als Beweger der Konstruktion, das Vorderrad auf dem Loren-Gestell befestigt und zwei, drei Sack Fischmehl drauf als Beschwerung. In den letzten Wochen, als Engelke öfter nicht auf der Insel gewesen wäre, sondern mit ihrem müllhaldenreifen Gummikahn zum Einkaufen.

»Düvelskerl!« Engelke spuckt Salzwasser und haut Hoegi begeistert aufs Knie, worauf der ihr gleich den Hintern versohlen will, weil aber der Wagen jetzt die Holgrunter Salzwiesen entlangrasselt und hinten bereits der »Walfisch« in Sicht kommt, verkneift er sich diese Lustbarkeit.

»Gas weg!«, befiehlt er stattdessen. »Und schön langsam die Handbremse anticken! Sonst krachst du bis in den Anleger, weil der Fahrzeugboden ausbetoniert ist wegen der Lage, damit dich das nicht vom Damm haut bei Wind ... langsam, sag ich! Hat ne mordsmäßige Durchschlagskraft das Dings bei fast fofftich Sachen.«

Na gut. Dann lieber sachte abbremsen.

Kreischend und qualmend kommt das Gefährt zum Stehen. Motor aus.

»War das was?«

Engelke strahlt, reißt die Fahrertür auf, »ja. Das war was!« Und: »Los, komm, Feiern nachholen.«

Sie sitzen beim Champagner, der im Regal ganz hinten schlummerte: zwei Flaschen Pommery, die hat Engelke fachmännisch geköpft mit einem scharfen Aufschwung des langen Tranchiermessers am Flaschenhals hinauf aus dem Handgelenk – und: *Plopp!* Die Korken sind quer durchs Zimmer.

Da sitzen sie und Hoegi schmiedet Zukunft. Spintisiert von Selbstständigmachen, Fremdenzimmer – von einem Transportdienst Klippsbüll–Holgrunt. Zuerst. Dann Hotel, Ferienwohnungen und so weiter. Engelkes Reisepläne lässt er in diesem rosigen Zukunftsgemälde nicht gelten *das kriegen wir schon!*

Und dass sie ihn immer noch nicht ranlässt – *das kriegen wir schon!*

10. Jede Menge Heilande

Im Juni sind mit dem Sommerwind die Träume zurückgekommen, so stark wie noch nie, dass Engelke erst dachte: *die Wirklichkeit!*

Oft ist sie aufgewacht im Bett oder auf der Türschwelle mit blauen Flecken an Beinen, Armen. Dreckig. Und mit einem Brummschädel, der nicht nur vom Schnaps sein konnte.

Immer dasselbe im Traumland: Du guckst von außen auf dich und voller Angst darauf, was noch so west in jener Welt, wo das Meer so weit ist und das Ding aus dem Schlamm so nahe. Du reißt dich los aus deiner Zuschauerrolle, willst zurück ins Haus, die Tür zusperren, dass dieses Etwas nicht hereinkommt, aber diesmal ist es durchs Tor und über dich gesprungen, über dir zusammengeschlagen, du stößt, haust drauf, wieder und wieder auf das schlammige kochend heiße Ding *weg weg du Biest, holla!*

Und wenn der Hahn kräht, verschwindet alles. Dann ists vollbracht.

Das geht nicht so weiter. Da muss man was gegen tun!

Engelke hat einen Termin beim Doktor Stellvers ausgemacht. Der Hoegi hat sich angeboten mitzukommen. Aber das schafft Engelke noch allein.

Im Schlafzimmer des Vaters verstaubt nur wenig Dekoration, eine ausgestopfte Silbermöwe hockt einsam auf dem Fensterbrett. Dem alten Korpuskreuz hatte Engelke den feurigen Garaus gemacht, dem wurmstichigen Ding, das wie der Schanktisch wohl noch von Ole-dem-Gründer stammt, das sogar Paale hat hängen lassen, jetzt ein Fleck noch, wos war.

Engelkes Mutter hatte ein Bild, einen Kunstdruck, mitgebracht in die Ehe, das hängt auch noch überm Bett: ein goldgerahmter Engel. Keiner weiß, warum Paale den italienischen Kitsch im Schlafzimmer behielt, nur die Möwe mags gefreut haben, dass sie was Geflügeltes zum Ratschen hatte.

Ein Engel. Wie beim alten Dr. Stellvers im Wartezimmer. Aber der Doktor hat in seiner Galerie weitaus mehr zu bieten, neben etlichen Federträgern jede Menge Heilande: Jesus auf dem See Genezareth. Jesus im Kornfeld. Jesus und die Kindlein. Jesus beim Abendmahl – eine gottgefällige, aber wertlose Vernissage, gülden gerahmt und kreischbunt wie Amalias Kittelschürzen.

Der Dr. Stellvers zählt an die achtzig, benimmt sich aber noch halbwegs erträglich und ist trotz der dekorativen Devotionalien offensichtlich Atheist – oder nur Antialkoholiker, weil er immer was brummt von der albernen und ungesunden Gewohnheit, zu jeder Gelegenheit Alkohol zu trinken *selbst bei diesem Abendmahl, die Pfaffen lassen doch keine Gelegenheit aus, die*

Leute besoffen zu machen, seis mit ihrem Geschwätz oder mit dem sanktionierten Suff am Kelch!

So hat bei ihm nur der medizinische Alkohol hippokratischen Bestand, für den Durst thront eine Dreiviertelliterflasche Selters auf seinem Schreibtisch. Doch in jedem Praxiszimmer grüßt eins der frommen Bildnisse.

Engelke hat sich ihn als Leibarzt ausgesucht, weil die Kristensens von jeher zum Stellvers gegangen sind beziehungsweise ihn haben kommen lassen. Weil er vertrauenswürdig ist, stumm also.

Und weil er am nächsten hinterm Deich liegt. Es gibt zwar auch noch einen frischen jungen Medicus, der residiert zwei Kilometer weg in einer feinen, modernen Praxis, erst vor einem Jahr hergezogen aus Flensburg, der quicke Doktor Heiko Boost mit seinem Kompagnon, dem glatzköpfigen Frauenarzt Jochen Ungruh.

Zu den beiden feinen Herrchen sind besonders die Klippsbüller Waschweiber gelaufen in später Hormonaufwallung, und so hat sich die Funktion der aktuellen örtlichen Nachrichtenbörse aus Stellvers' klerikal verbrämter Höhle in Boosts und Ungruhs Nierentisch-Ensemble verlagert.

Dann doch lieber zum ollen Stellvers! denkt sich Engelke, der machts noch, weil er nicht anders kann, und in dessen Räumlichkeiten harren wenige – gerade der Richtige für eine verschwiegene Komplett-Überprüfung. Alle Jahre konnte das nicht schaden.

Abgehört, abgeklopft. Gemessen, gewogen, das Maul auf *machen Sie mal Aaaahh!* Und alles aufgeschrieben.

Das mit den Träumen erzählt, das muss auf den Tisch. Stellvers hat bedenklich mit dem Kopf gewackelt, aber erst mal nichts gesagt.

Selbst fürs leidige Frauenspezifische darf gleich im Hause geblieben werden, Boost und Ungruh haben somit nichts umwerfend Neues zu bieten, denn die Frau des Herrn Doktor Heinrich Stellvers, seine liebende Gattin Eleonora – ebenfalls hoch in den Jahren und gleich nebenan übern Flur –, die ordiniert lange schon als »Gynäkologin«, wie es auf dem verwitterten Praxisschild draußen zu erahnen ist. Ohne »Dr.« zwar, aber mit so einem allen Weibern verhassten Folterstuhl, für *aufn Bock*. Dabei kommt sich Engelke vor wie ein Auto auf der Montagebühne, reparaturbedürftig.

Die Stellvers'sche teilt die Bildervorlieben ihres Gatten. Engelke ist das egal, doch – ob ihr unbedingt so ein Jesus zwischen die gespreizten Beine gucken muss?

»Aus ärztlicher Sicht sind Sie gesund«, sagt die Doktorsfrau, die ein brutales Weib ist, sie fährt sozusagen mit beiden Händen gleichzeitig in dich hinein, als wärs da unten ein Scheunentor. Der Jesus lächelt dazu mild aus seinem Rahmen.

Gesund also und zu gebrauchen.

»Haben Sie früher einmal eine Operation machen lassen?«

Dann gewahrt sie ihren Gatten an der Tür, der leicht mit dem Kopf wackelt, was Engelke auf Parkinson schiebt, seine Gattin jedoch hastig kommentiert mit: »Ach ja, der Unfall damals ...« Sie sagt danach nichts mehr, nur noch: »Anziehen!«

Engelke und der Heiland zucken die Schultern.

Anschließend ist wieder der Herr Doktor zuständig und hat noch was zu erzählen.

»Ihre physische Verfassung ist – na ja: relativ in Ordnung«, erläutert er seinen Befund, hockt hinter dem wuchtigen Eichenschreibtisch mit Marmorplatte, studiert die Liste, die ihm die Sprechstundenhilfe hereingebracht hat mit den Werten vom letzten Montag, an dem Engelke auch hier gewesen ist zum Blutlassen und Pipiabgeben.

»Blutfett, Harnsäurespiegel, Zucker... es geht so, alles in allem. Sie sollten aber doch etwas mehr auf sich achten, Frollein Kristensen, die Werte sind zusammengenommen nicht ganz so dolle. Nur ausreichend.«

Er nimmt sie ins Visier. »Probleme mit dem Trinken?«, forscht er und seine Brille blitzt. »Grundsätzlich: Meiden Sie den Alkohol!« Er guckt streng, gießt sich Selters nach.

»Was Ihre psychisch-motorische Verfassung betrifft – ich glaube, Ihre nassen Hände und die Hitzeanwandlungen, Ihr schlechter Schlaf, diese *Träumerei*, die Sie mir beschrieben haben … das ist etwas, was wohl aufs vegetative Nervensystem zurückzuführen ist – weniger ein körperliches, eher ein psychisches Problem, da wett ich fast … können ja noch nicht die Wechseljahre sein, hahaha!«

Dabei beugt er sich vor und tätschelt ihr die Hand.

»Ich empfehle Ihnen jetzt was! Erstens: Wie gesagt, lassen Sie den Alkohol aus dem Körper! Zweitens: was außerhalb der Schulmedizin, dürfte ich eigentlich gar nicht – als Arzt. Nämlich einen Spezialisten, den Apollonius Delfs, gleich nebenan in Husum. *Naturheiler* nennt er sich. Ich kenn ihn von einigen Fällen aus meiner Patientenschaft, er hat verblüffende Erfolge – ein guter Mann, wirklich!«

Welcher gute Mann heißt Apollonius? Und – Heiler? Das ist doch Handauflegen und so!

Stellvers bemerkt das Gekräusel auf Engelkes Stirn.

»Herr Delfs hat erstaunliche Heilerfolge bei der Behandlung von Nervenleitstörungen und Neurosen und weiß meistens profunden Rat bei allem, was die Seele anlangt«, leiert er geduldig wie zu einer kranken Kuh. »Ich werd Sie ihm schriftlich avisieren.«

Er, Stellvers, sei jedenfalls ordentlich begeistert von Delfs. »Der wirkt, zugegeben, auf den ersten Blick ein klein wenig – na: skurril. Aber wenden Sie sich hoffnungsvoll an ihn. Eine Koryphäe.«

Was ist er?

»Haben Sie Vertrauen!« Stellvers drückt ihr die Hand, geleitet sie zur Tür, weist schwungvoll hinaus wie ein Oberkellner, ruft – vergeblich – über die Schulter: »Der Nächste bitte!« und zu Engelke gewandt: »... Vertrauen!«

Auch Jesus rufts, scheints, hinterher.

11. Husum, die Erste

In den ersten Tagen des Juli 1961 hat sich nicht das kleinste Wölkchen am Himmel gezeigt. Gerade recht, eine Reise zu tun, diesen Wunderheiler zu besuchen. Engelke hat sich überwunden.

Heute ist es mit der Wärme allerdings besonders arg; ihr läuft der Schweiß aus allen Poren, als sie im dampfenden Bus bis Niebüll fährt, da in den Bummelzug nach Husum steigt, dort hinaus und ab durch den Bahnhof.

Sie verschwendet keinen Blick ans schöne Städtchen, sondern entert wieder einen Omnibus, den in Richtung Neubaugebiet »Nordheide-Sandfeld«, Husum Nord-Ost. An der Haltestelle »Sandfeld« hoppt sie aus dem stickigen Büssing, der letzte Kilometer muss gelaufen werden, hin zum Ort, an dem Delfs residieren soll: Kreuzdornweg Nummer Vierzehn.

Das »Sandfeld« glänzt mit schmucken Domizilen – die Häuser nicht popelig wie die kleinen steildachigen Siedlerklausen mit Ziegenstall und Kartoffelacker, nein: hier liegt ein baulicher Garten Eden, wie ihn sich romantische Naturen auch in den besseren Magazinen fürs wohnliche Lebensglück nicht schöner abgucken könnten. Da paradieren entzückende Kugelakazien rechts und links der Gartenpfade, die von geschwungenen Pforten zur Straße hin abgesperrt sind; zu Füßen der Baumkugeln wachsen Leuchttürmchen oder Bojen als Briefkästen, etliche mit einem Kinder-Windrad drauf in Blau-Weiß oder Rot-Gelb. Die Parzellen zeigen sich ausnahmslos mit saftiggrünen Hecken oder weißen Staketenzäunen umfriedet, eine stramme Wachparade für die Klinkerwände, die Reetdächer, die Zwerchgiebel, die Fledermausgauben.

Willst du den einen oder anderen Paradiesbewohner dort besuchen, musst du vom Kreuzdornweg aus erst die vom Bebauungsplan verordneten fünf Abstandsmeter zwischen straßenseitiger Grundstücksgrenze und Hausvorderflucht überwinden, mal auf feinem Pflaster, mal auf vornehm knirschendem Zierkies. Wenn das geschafft ist, grüßt dich vor der Haustür eine geflochtene Fußmatte, oben leuchtet dir bei Dunkelheit eine kupferne Schiffslaterne heim.

Und auf den Matte steht: *Kiek in!*

Wenn du Glück hast, flankieren noch zwei gusseiserne Delphine oder Dackel den Auftritt. Daran kannst du dir die Dreckschuhe abkratzen, und die Hausfrau guckt nicht böse, wie sie es täte, wenn du schmodderig hereinbaseltest.

Neben den weißen Türen sind über Klingelknöpfen aus blinkendem Messing Schildchen geschraubt *Amtsrat Speeling, Herr von und zu, Ingenieur Matthiesen, Professor Doktor* und solche.

Von *Wunderheiler Delfs* steht nichts zu lesen.

Am späten Mittag brennen die Laternen über den Podesten längst nicht mehr. Mercedes-Limousinen dösen in teerosengesäumten Einfahrten, auch Porsche, Borgward Isabellas und einige große Amerikaner. An die weißladigen Fenster drücken sich von innen saubere Gesichter, die auf die Fremde gucken *was will die hier?*

Die verharrt unschlüssig auf dem blitzsauberen Gehsteig, gäbe was für ein Stück herumliegenden Müll.

Erst als sie die Sackgasse bis zum Ende heruntergeht und in der Wende steht, findet sie ein winziges Tor, grün gestrichen, mit Knöterich überwuchert, ein Brettchen mit *A. Delfs* drangenagelt. Das zugehörige Backsteinhäuschen liegt zehn Meter dahinter, rechtschaffen vergammelt in Wildwucher geduckt, als schäme sich das alte Entlein vor den jungen Schwestern in ihren Schwanenkleidern.

Sie stößt die Pforte auf, tritt auf den Plattenweg, besser gesagt: auf die flachen Trittsteine im ungezügelten Grün, steigt zaghaft durch den fröhlichen Dschungel.

In der Breitseite vom Backstein ein Türchen, auch hier: Grün. Ein Zettel pappt auf der gesprungenen Scheibe mit *bin gleich zurück!* bekrakelt, Engelke bleibt also erst mal draußen vor.

In der Mittagshitze regt sich nichts.

Ein feines Geräusch schleicht um die Ecke, ein Surren, Singen hinterm Haus, leise, rhythmisch. So tut sie ein, zwei Schritte vom Weg nach links *na: musst doch mal gucken!* Schiebt Rosen, Fingerhüte auseinander.

Hinten im Delfs'schen Garten schwingt eine Schaukel, deren Stelzen sind aus strammen Rundhölzern gefertigt, mindestens vier Meter hoch, schräg gegeneinander verschraubt und oben die Querbohle ordentlich angelascht: eine solide Konstruktion in der Wiese, da rührt sich nichts im Gebälk!

Der froschäugige Mensch, der darauf sitzt, ist untersetzt, fast geschwollen von Kopf bis Fuß. Der Stoppelkopf mag dreißig, vierzig oder fünfzig alt sein, das ist nicht festzustellen auf den ersten Blick. Jedenfalls thront er recht königlich auf dem Brett zwischen den Ketten, steckt in einem hochgeschlossenen Blaumann und in Gummistiefeln. Schwingt immer wieder mit Hingabe den ganzen Halbkreis, bohrt beim *Her* seinen Blick ins Gras, sticht beim *Hin* die Stiefelspitzen in den Himmel, ein Luftsoldat im *Hab-Acht!* Und hängt am Umkehrpunkt jeweils einen Sekundenbruchteil im Äther fest, die Züge dabei edel gefestigt, weder rechts noch links geguckt. Wahrlich, der Mensch ist würdig bei der Sache, ein Perpendikel, das die Zeit bewegt, die Minuten und Sekunden, die sich ansonsten langweilen möchten zwischen den stillen Rosen und den Apfelbäumen.

Da werden keine Faxen gemacht auf der Schaukel, es ist ihm ernst.

Und in den Himmel hinein.

Engelke drehte sich um, schleicht auf Zehenspitzen davon, will nicht stören. Es ist ja nicht einfach. Bei solchen Leuten.

»Wartest du auf mich?«

Sie fährt herum, der Blaumann steht am Eck, kein Quietschen mehr.

»Ich freu mich über jeden Besuch. Über schöne Frauen ganz besonders.« Le Charmeur überreicht Engelke eine Löwenzahnblüte.

»Ich bin der Apollonius Delfs. Hier wohn ich. Oft geh ich in meinen Garten, wenn ich genug studiert und kuriert habe – und versuch, mir die Wolken aus dem Kopf zu schaukeln. Dabei lass ich alles Schwere heraus. Und nachher mach ich mir ein Essen, Kartoffelbrei mit Bananen, das ist Schonkost…«, er dreht den Kopf schief, lächelt verlegen, steckt den Daumen in den Mund, »… weil der Delfs sonst immer so viel pupen muss.« Was er auch gleich vorführt.

Engelke fährt es den Rücken herunter *ein wenig skurril*? Der Stellvers-Doktor hatte nicht übertrieben.

Der Blaue langt unter die Männertreu, hebt ein mit gelöchertem Pergamentpapier verschlossenes Marmeladenglas auf, öffnet es: »… guck sich einer das gierige Pack an!«, und hält Engelke den Napf unter die Nase. Im Glase wimmeln mindestens hundert Marienkäfer.

»Hab ich von den Büschen am Parkplatz, gute Ernte dieses Jahr. Nur in meinem Garten sitzen sie spärlich – ganz seltsam. Die sollen aber die Blattläuse auf den Rosen fressen, die kleinen Racker. Das nennt man *naturfreundisch!*«

Der Dompteur rührt die Löwenbrut mit einem Halm um, die kleinen Raubtiere wollen sich natürlich über den Becherrand davonmachen, aber Delfs schiebt sie mit dem Zeigefinger zurück. Stapft an Engelke vorbei zwischen die Rosen, welche er sogleich mit den Marienkindern bestreut.

Engelke, zaghaft: »Wär das nicht einfacher mit der Giftspritze?«

»Ich leb *mit* der Natur und nicht gegen sie!«, wird sie streng belehrt. »Wenn unsere Obrigkeit so was sagt, ist es Inspiration. Aber wenn Apollo so was sagt, heißts: *der Blödmann.* Pah! Ich hab schon mit Flora und Fauna im Einklang gelebt, als die meisten sogenannten Naturschützer diese Worte noch gar nicht schreiben konnten!«

Engelke guckt schuldbewusst auf die Löwenzähne.

»Nun, schönes Frollein, wie heißt denn du?«

»Engelke«, sagt Engelke. Und: »Kristensen.«

»Ha!«, schnaubt Delfs und bohrt den Finger in seinen Gast. »Kristensen – richtig, ich erinnere mich. Das hab ich in dem Brief gelesen, den mir der Stellvers, der alte Trottel, geschickt hat. Du bist der schwere Traum.«

Klar, bin doch angemeldet!

Er schnippt einen Käfer vom Armblau, guckt Engelke freundlich an aus runden Augen, weist auf die Laube, die schattige Gartenbank, gurrt: »Dann setz dich nur, du Schöne.«

Die weiß nicht recht *das mag was werden!*

Nimmt dann doch Platz. »Was meine Probleme betrifft, Herr Delfs …«

»Du darfst Apollo zu mir sagen.«

Engelke nimmt sich vor, dies nicht zu tun.

Solche Leute.

»Was meine Probleme betrifft, hat Ihnen der Doktor Stellvers sicher schon …«

»Ich kann Wunder!« Er hockt sich neben sie.

Engelke nickt. Wundert sich schon.

»Sagte bereits: bin mit Mutter Natur auf Du und Du. Deshalb vermag ich in allem mehr zu sehen als jenes, was die Sonn' bescheint … Hamlet oder so.« Er nickt sich begeistert zu. »Und auch bei dir seh ich was«, strahlt er ihr ins Gesicht.

Eine vorlaute Wanduhr schlägt drinnen an. Die Stille bleibt lieber draußen bei den beiden.

»Was träumst du denn so?«, fragt Delfs übergangslos, »immer das gleiche? Oder in Fortsetzungen?«

Ohne Engelkes Einlassung abzuwarten, leiert er: »Schlechter Schlaf gibt schlechte Träume, voller Bauch tuts auch.« Grinst. »So was geht auf die Nerven. Muss man öfter einen Beruhigungsschluck nehmen. Aber aufpassen, dass man nicht zu viel trinkt. Oder zu wenig.«

Sein Gesicht leuchtet, er guckt sie scharf an, lehnt sich zurück.

»Wenn Sie glauben, ich wär so eine Schnapsdrossel … das ist großer Blödsinn!«, empört sie sich. »Hat der Stellvers das geschrieben?« *der muss gewechselt werden, der Hausarzt, der Idiot. Auf der Stelle!*

»Weiß ich nicht von ihm«, wehrt Delfs ab, »seh ich mit innerem Auge!«, und weinerlich: »Bitte nicht schimpfen! Ich sag nur: Wer Sorgen hat, hat auch Likör. Und umgekehrt.«

Er bricht ab, als Engelke heftig den Kopf schüttelt, auf die Uhr sieht *das bringt nichts!* und aufstehen will.

Apollonius Delfs greift ihren Unterarm, hält sie mit leichter Hand fest, wischt den letzten verirrten Marienkäfer von ihrer Schulter, sagt: »Du wohnst auf einer Insel – ich stell mir vor, dass an solchen Orten die schönsten Frauen wohnen ... in meinen blühenden Hort will ja keine hinein, ist aber doch auch eine Insel, für mich und ...« – er guckt sie an, grinst verlegen – »... eine schöne junge Dame. Der Apollonius und eine schöne junge Dame: das wär was.«

Engelke schüttelt den Kopf *ein Spinner!* Sagt nur: »So angenehm ist das auch nicht. Holgrunt jedenfalls ist klitzeklein und stinklangweilig. Wenn ich nicht meinen kranken Vater am Hals hätte, wär auch ich lange weg, dort wohnen sowieso nur noch ein paar Alte ...« *und die Gestalt, die du siehst, wie sie näher kommt, näher und näher, endlich vor der Tür steht, und wenn sie drin ist und die Treppe hinauf, dann ist es aus, das weißt du, und der Gestank, der Kampf, die Flecken – noch hältst du dich – wehe, wenn du nicht aufpasst!*

Erzählt auch das dem komischen Heiligen.

»Ei – oh!«, er schlägt die Hände vors Gesicht, lugt durch die Wurstfinger. »Aber du hast es bisher immer besiegt?«

»Bisher ja, kurz vorm Schlimmsten wach ich auf. Dann ist es selbstverständlich weg, das Unding – aber mir ist, als lauere es im Zimmer, ganz klein unterm Bett vielleicht oder im Kopfkissen, weil es mir wieder ins Ohr schlüpfen will, wenn ich eindusele …«

Delfs wendet sich ihr zu, nimmt ihren Kopf in beide Hände – sie lässt es geschehen, unbegreiflicherweise. Er lächelt sie an, plappert weiche Reime, seine Stimme ölt sie ein von Kopf bis Fuß, trägt sie auf Händen; sie redet, redet, wird müde, sinkt zurück, löst sich auf in Wohlgefallen.

Nur in einem vergessenen Eckchen innendrin ruft es *was geschieht mit mir?*

Er streicht mit der Hand über ihren Kopf.

Sie erwacht und ihre Nackenhaare stellen sich auf, flugs entzieht sie sich Delfs Fingern: »… weiß sonst nichts mehr!« Ist bockig.

»Vielleicht läuft wirklich einer leibhaftig herum und will das nette Frollein ärgern.«

»Ach was!«, faucht sie. »So einen hätt ich längst am Kragen. Außerdem gibts keine fremden Spuren, drinnen nicht, draußen nicht – Gott, zuletzt hab ich sogar geglaubt, dass was umgeht. Doch dann sag ich mir: *blöder Aberglaube!*«

Der Blaumann nickt und verzieht respektvoll den Mund. Engelke steht auf, geht umher, wringt die Hände.

Delfs: »Sind es feuchte Träume?«

Sie zieht die Brauen zusammen. »Wie bitte?«

»Feucht«, gibt er zurück und wuppt auf der Bank herum. »Traumficken.«

Sprachlos ist sie. Schnaubt: »Wenn Sie glauben ...«

»Wirklich? Wenns nichts mit ficken ist ...«, er scheint ehrlich besorgt.

Plötzlich macht er sich gerade, nimmt Haltung an, beginnt mit getragener Stimme zu deklamieren »... ist es ein nichtverarbeitetes Trauma. Dabei knipst sich der Hippocampus, sozusagen das Gedächtnisarchiv, einfach aus. Mit Extremerlebnissen geht das Gehirn nämlich anders um als mit normalen Begebenheiten, Extremes verarbeitet es nicht. Und in einer Ecke lauert es dann, dieses Erlebnis. In Stellvers' Brief stand etwas von einem Unfall, der könnte der Grund dafür sein, der Grund für Ihre schlimmen Bilder ...«

Wie auswendiggelernt kommt das, Engelke macht große Augen, dieser plötzliche Vortrag. Als wenn ein anderer spräche.

»Wenn ein passender Auslöser vorhanden ist«, summt Delfs, »kann das ganz schnell gehen. Ein Duft vielleicht, ein Geräusch, eine Situation – Frollein: da will eins hinaus!«

Er springt hoch »... hinaus«. Wirft den Kopf hin und her, dass ihm die Spucke herausfliegt, rennt zur Schaukel, stürzt sich aufs Brett und nimmt Schwung, ruft noch mal: »... will hinaus!« Stößt einen markerschütternden Juchzer aus; hin und her geht es, und als er wieder im Aufwärts ist, eine tausendstel Sekunde vor der Kulmination, wobei die erdgebundenen und die himmlischen

Kräfte sich gegenseitig aufheben, ruft er noch mal scharf: »... hinaus!«

Und der Handaufleger löst sich von der Schaukel, hebt mit gestreckten Beinen ab, fliegt und fliegt – und bricht krachend in die Büsche, dabei kein Bein oder Arm regend, herabgekommen zur Erde auf eigenen Befehl, ein dumpfer Schlag.

Die Schaukel knarrt nach, Apollo ist in Ruhe.

Engelke will das Herz aus dem Hals.

»Siehst du?«, ächzt es aus den Büschen in die wiederhergestellte Nachmittagsstille, »es ist – hinaus.«

Delfs humpelt heran, schwer gezaust, beide Arme weit von sich wie kreuzigungsbereit. »Erst hinein, dann hinaus«, und an sich heruntersehend: »Rucke di gu – Blut ist im Schuh.«

Da jagt Engelke hoch, reißt dabei die Bank um, rennt vom Grundstück, den Sanddornweg entlang, an der Haltestelle Nordheide-Sandfeld vorbei und weiter, bis sie zur Landstraße kommt, ein Auto anhält, was sie bisher nie getan hat; das nimmt sie mit bis Niebüll, schweratmend erwischt sie gerade noch den fälligen Landfahrer und hin und weg bis Klippsbüll-Anleger gekeucht in den Schutz der »Lille Havfrue«, ab nach Holgrunt – fort, nur fort.

Es braucht den Rest des Tages und den ganzen nächsten, bis sie bei sich ist.

Dem Hoegi erzählt sie lieber nichts von dieser Safari.

12. Das Schlachtfest

Der erste Mittwoch im November. Spätherbst, da schlachtest du das Schwein, dann gehts ihm an den Kragen.

Das Wetter tanzt Hochseil, wirft ab und zu ein paar warme Böen über den Sand, dann Nachtfröste und tags drauf vielleicht eine feuchte Kühle, durch die sich eine blasse Sonne quält.

Die dunklen Novembertage sind gut fürs Schlachten.

Schlecht für die Sau.

Dann kommt der Riclev Bethlehem ins Haus, die düsterhagere Gestalt. Vom Festland kommt er über dich, Jüngerbruder des größten Klippsbüller Marschbauern. Der Bethlehem, welcher vorzeiten Metzger gelernt hat in Niebüll, in Kanada Bäume gefällt und in den Schlachthöfen Chicagos gearbeitet. Seit Jahr und Tag ist er zurück, wegen des Bruders, der hinfällig geworden ist.

Knochige zwei Meter stapfen daher. In Schwarz mit Schlapphut auf dem kahlen Schädel, in Schaftstiefeln durchs Watt mit langem Schritt, der Gevatter. Oder Charon stakt seinen Nachen durch den Priel. Aufrecht steht er im Kahn. Außenborder verachtet er.

Man nennt ihn nur den *Schlachter*.

Und er ist bestellt für Mittwoch. Dann ist sie dran, die Sau, weg mit Schaden! Engelke hat den »Walfisch« zugemacht wegen Schlachten und Wursten, das Letztere am Freitag. Der Schlachter macht das natürlich *schwarz*, deshalb darf kein Amtstierarzt mit seinen Stempeln und Papieren von der Sache Wind kriegen, sonst wirds teuer, da kannst dus Vieh gleich in die Klipptiefe schmeißen. Doch das ist ja verboten.

Am Mittwoch kommt also der Schlachter.

Beim Brandinck, wo der Weg sich gabelt, sich der krümelige Vorkriegsasphalt neben dem Gleis nördlich zum Sultan und östlich zu den Salzwiesen schlenzt, zweigt zum Westen hin der Sandpfad zur Schlaider'schen Kate ab, fast überwachsen, Spüllöcher dazwischen, *wassergebunden* sagt man dazu. Rechts und links davon träumen Mauerreste von besseren Tagen, versandete Steinkarrees, mürbe Fundamente von anno dazumal, als hier noch was los war – Ruinen jetzt, im Lenz ein blütenüberhauchtes Schmetterlingsparadies. Ein heimlicher Ort, wos Kobolde geben soll, hörte man auf Amalia, in der Summe aber und besonders im November ziemlich trostlos. Egal, ob Winter oder Sommer: stürzte diese Brache auch in die See, wer würde es bemerken?

Ohnehin geht niemand gern übers Wassergebundene, nicht die selten gewordenen Wattwanderer und auch die Kaptains nicht, er hat unausgesprochen *so was an sich*, dieser alte Pfad, der sich frühlings windet durch weiße, gelbe und blaue Blumen, novembrig sich dahinquält unter Nebel und Matsch hinterm Sultan vorbei bis an die hohe Klippe, sich drüber hinwegstürzt Meter hinunter in die grüngurgelnde Tiefe.

Wie die Vibe Drosinck vor rund sechsundzwanzig Jahren. Mit dem Totgeborenen im Arm.

So wird erzählt.

So wie Amalia Boysen sie ganz selten, dann aber unaufgefordert herausstößt, wenn sie wieder in die Spöken kiekt: Erzählfragmente von Vibe, dem hinkenden Schmaltier mit dem weißen Haar, den blutfarbenen Augen und dem leisen Mund. Und von den Sprüchen der Insulaner *der Klumpfuß geschwängert von wem oder was* – wer hatte sich nur eingelassen mit so einer albinotischen nussdummen Trine, die nur schief lächeln und hinken konnte?

Dass es doch mit dem Teufel zugehe: Vibe Drosinck, besprungen, schwanger – man glaubt es nicht!

Wer der Vibe an die Wäsche gegangen ist, kam nie raus, aber der Holgrunter Tun hat immer Hand und Fuß gehabt: die Vibe getrieben mit Wort und Blick, die Burschen nagelten ihr den Riemen von einem Schweinswal an die Tür.

Da geht doch wohl nur der Leibhaftige drüber!

Vergelts Gott. Und die Vibe über die Kante.

Der Schlachter. Von daher kommt er.

Halb sechs. Engelke rumort im Schuppen. Presst die Hand auf den bersten wollenden Magen, das mit dem Trinken ist wirklich zu arg geworden.

Sie legt die Stricke bereit, die winden sich gleich um die Haxen, dann gehts ans Sterben. Die anderen Sachen herrichten: Leiter, Stricke, Haken. Und der große Tisch. Der wird hinausgeschoben, bevor es losgeht, der muss aus dem Weg.

Hände reiben, warmhauchen in der Finsternis. Wenn der Tag kommt, kriecht er durch die Ritze unterm Stalltor.

Nebenan in der Wirtschaftsküche braust der Wasserkessel überm höllenroten Feuerloch. Scheite knacken, prasseln, Funken spritzen hinaus in den Gang und ins Dämmerlicht der Stalllaterne, die mit ihrem matten Petroleumflämmchen schwerlich dagegen anfunzeln kann.

Engelkes Hände stecken in Wollhandschuhen ohne Finger, die wärmen, aber man kann dennoch zupacken und was halten. Steht da in Gummistiefeln und Wolljacke überm Kittel, Kopftuch, Schal – du glaubst, ein altes Weib wär das.

Oben im Stroh rascheln Mäuse, halten den Atem an – es geht was ums Haus. Auf harten Sohlen. Laut pocht es ans Tor, dreimal.

Engelke öffnet der schwarzen Gestalt, die aus dem Dunkel tritt, »Moin, Kristensen« sagt und dafür ein »Moin, Bethlehem« zurückkriegt.

Der Schlachter stellt das Ruder in die Ecke, den Jutesack, brummt: »Schnee werden wir bald haben.«

Selten hält er so lange Reden.

Er legt den Hut ab, wirft den Umhang von den Schultern. Die Jacke drunter hält ein Strick zusammen. In diesem Leibgurt birgt er das lange blitzscharfe Messer, das er jetzt herauszieht und behutsam auf den Tisch legt. Er langt in den mitgebrachten tiefen Sack, entnimmt ihm weitere Schneiden, die Schabekegel mit den Zehenhaken, Axt, Wetzeisen, die Gummischürze, die er gleich vorbindet, dazu weitere Henkersdinge, inspiziert diese, alles gleich retour in den Sack und in die Ecke damit! Nur das Bolzenschussgerät dreht er sacht, fast zärtlich in seinen Händen, legt es behutsam neben den blinkenden Dolch.

Der Bethlehem richtet sich auf, steht wie gefroren, fasst Engelke in den Blick. Die Beleuchtung verlischt im Saal, das Höllenfeuer im Ofen macht dem Gesicht des Schlachters brennende Kanten.

Engelke kennt ihre Rolle im großen Theater. Sie langt in einen Kasten, nimmt eine Flasche Obstbrand heraus, den Williams Christ, gießt dem Bethlehem einen Becher voll. Diesen ergreift der mit der Linken, hebt den Pott empor, schlägt mit der Rechten das Kreuz.

»Trutz, Blanke Hans!« Leert den Becher in einem Zug. Vollendet mit »Amen«.

Der Schlachter dreht sich um, stellt den Becher ab, stößt das Tor weit auf; der Dunst will sich hereinstehlen, doch das Kesselfeuer vertreibt ihn. Engelke greift den Tisch an einem und der Schlachter greift ihn am anderen Ende; sie schieben, ziehen ihn vor den Stall; in den Nebel, in die Dämmerung, die schwere Schlachtbank.

Schlag auf Schlag gehts jetzt: Engelke im Koben *heraus mit dir, Schwein!* Das spürt das Unheil, sperrt sich, quiekt wie nicht gescheit, doch Engelke prügelt es aus dem Verschlag, keilt es in den Gang *Mistviech, geh weiter, holla!* Drängt, stößt. Der Schlachter wirft sich übers Tier, schlägt die Stricke um die Hinterläufe der Sau, die schreit in Todesnot – wusstest du, dass Schweine richtig schlau sind? Engelke jedenfalls nicht, vom Schlachter weiß das keiner, und jetzt hilft sie der Sau auch nichts mehr, die Intelligenz.

Der Schlachter hockt sich vor das zitternde Tier und streichelt sanft dessen Stirn, krault es hinter den Ohren *hohoooh.* Die Sau wird ruhiger, grunzt. Der Schlachter hypnotisiert es *hohoooh*, streichelt, krault das Schwein.

Und setzt mit einer geschmeidigen Bewegung das Bolzenschußgerät an die Stirn des Tieres – es knallt, die Ladung treibt den Stahldorn tief in den Schweinebrägen. Die Sau fällt vom Blitz getroffen, zuckt nur noch, vibriert.

Und mit einer zweiten glatt-geschmeidigen Bewegung führt der Schlachter das blitzscharfe Messer an die Schweinekehle, tief schneidet das Schwert, Blut spritzt rhythmisch aus der durchtrennten Ader, trommelt hohl in Engelkes vorgehaltenen Eimer, die mit kahlem Stecken emsig gegen das Gerinnen rührt; der Quell strömt ihr über die zitternden Hände, dampft ihr in die Nase – ihr, die sie den Stecken rührt und das verspritzende Leben schaumig schlägt, die Finger ableckt, sich über die

Stirn wischt, übers Haar, über die Lippen *das Blut so rot*, sie verschlingt es mit Wonne.

Engelke regt sich erst, als der Schlachter vor ihr steht, sie stirnrunzelnd ansieht. Ihre Hände zittern. Dieser Geschmack – der bleibt in Mund und Nase.

Die Hülle zuckt noch matt, und *Halali* und Aus, du arme Sau. Sie rafft sich auf.

Der Schlachter, Engelke nehmen die Stricke an den Hinterläufen, wenden, ziehen das Tier aus dem Gang, die paar Schritte, draußen am Fleischberg der Holztrog. Ihn angekippt – *hoolupp* – auf Kommando, die Schweinebeine hoch, den Leib hineingewuchtet, die Stricke weg. Das Kesselwasser brodelt gierig, zerbrüht die Haut wie der Teufel arme Seelen. Leichter gehts dann mit den Borsten, die kleben händevoll an den Schabeisen, die Engelke und der Schlachter in ausholenden Schwüngen über die Schwarte ziehen, links, rechts im Gleichklang wie Rudern, alles ist Rhythmus.

Vorn am Trog gibts eine Öse, da hindurch knüpft Engelke den Strick, draußen hat der Schlachter schon eine breite Bohle an den Tisch gelegt und mit Schmierseife eingerieben, die schiefe Ebene, die der Trog jetzt aufklimmt, vom Schlachter gezogen, der sich ins Geschirr wirft, dass ihm die Adern stichblau aus der Stirn quellen.

Engelke liegt hinterm Trog, drückt, presst – *dass du ja nicht abkippst!*

Dann ist es gut, das Werk. Hätte noch gefehlt: das

Schwein hinunter in die Borsten, in den Sand, in den Scheiß, den es reichlich gemacht hat vorm Abstechen.

Jetzt aus dem Trog gewuppt, zwei, drei Eimer Wasser drüber, das Viech gedreht, die andere Seite, die Nacharbeiten.

Dann ist die Schwarte blank. Die Zehennägel reißt der Schlachter mit den Haken ab, es bleiben Ballerinaspitzen.

Engelke keucht, hält sich am Tisch. Sieht langsam auf.

Nackt liegt das Schwein in seinem letzten Schlaf, fast schön zu nennen in seiner rosa Unschuld.

Und die Nebel weichen scheu dem dampfenden Katafalk.

13. Der Mohr und seine Schuld

Gestern war der Tag, an dem das Schwein sein Leben lassen musste. Bis zum Nachmittag des Donnerstages war Engelke nicht aus dem Haus gekommen vor Aufräumen und Saubermachen. Am Abend ist auch ihr vom Inneren her zum Putzen, zum Ausleeren zumute, es wird Zeit. Der Hoegi hörte nie richtig hin, also: Capplan besucht. Zum Reden, zum Grog.

Und sie reden. Übers Schlachten. Übers Wetter. Über Engelkes lustige Sturmfahrt im April mit der »Lille Havfrue«. Reden über den »Walfisch« und den Vater, dem der Capplan neulich schon die Letzte Ölung hat geben wollen als finale Würze vorm dunklen Loch – hätte er ja dürfen und können, der diplomierte Freizeitmonsignore.

Es war beim herbstlichen Quartalsbesäufnis vom »Nordfriesischen Wattkämpferverein Erster Weltkrieg e.V.«; die Veteranen fallen seit Urzeiten jedes Jahr Ende Oktober für einen langen Tag auf Holgrunt ein, da hat die Küche Hochsaison. Alle zwar gut über siebzig, werden jeden Herbst weniger, gebärden sich dafür aber immer unangenehmer *Frollein hier, da, nu machense endlich!*, das Friedhofsgemüse. Ein *Hopphopp*, als könnts minütlich zu Ende sein. Aber einmal im Jahr gen Holgrunt, zehn Mann noch.

Da wars, dass der Alte oben röchelte *Engelke, Engelke* … dass die glaubte, es ginge ans Sterben, *kein Zeit!* den greisen Kämpen zugeschrien, aus dem Schankraum gestürzt und mit dem zufällig eintreffenden Capplan und der Sauerstoffflasche vom Doktor den Paale wieder hinbekommen im letzten Moment. Dann die alten Fahrensmänner hinauskomplimentiert, die murrten und knurrten *kein Zeit? Hochmut kommt vor dem Fall!*

Später hatte der Vater ihr tagtäglich bedeutet, dass er ihr das nicht verzeihe, das Wiedererwecken *lass mich endlich gehen, ist kein Leben mehr!*

Engelke ist weinend hinausgelaufen.

Vater. Jetzt röchelt er nur noch.

Und auch über den Hoegi wird gesprochen, Hoeger, sagt Capplan, den kennt er flüchtig von der Jugendgruppe vorletztes Jahr im Sommer, die eine begleitete Freizeit gemacht hatte in Sachen »Naturverbundener Tourismus«. Der Hoeger hat geholfen den Zeltplatz herzurichten in Klippsbüll hinterm Deich. Zwar nicht ganz freiwillig – aber immerhin!

»War da gerade verurteilt und ohne Arbeit, Ihr Herr Hoeger. Ist einen Monat drauf in dieser Fabrik angefangen, glaub ich.«

Und vom Geburtstag im April, klar, davon kennt er ihn auch.

»Wohl ein wenig grob, der Mann«, mutmaßt Capplan.

Engelke guckt erst, nickt dann. Sagt, dass sie sich daran gewöhnt habe, er meine es ja nicht bös, der Hoegi, sie wolle ihn schon zähmen auf die Dauer.

»Der Marten Hoeger«, sagt der Biologe und bläst lichte Tabakswolken aus der Pfeife, »das ist so einer, der stammt auch aus dem fernen Land der Unwägbarkeiten.«

Engelke runzelt die Stirn *was will er?*

»Der Marten Hoeger«, wiederholt Capplan, »der hat ein sonniges Gemüt unter seinen blonden Borsten.«

»Und süße abstehende Ohren.« Engelke kichert und hat wieder dieses Gefühl.

»Der Hoeger«, sagt Capplan, »der hat ein Kind draußen in Niebüll.«

Der Hoeger hat einen Ring im Ohr, ein Moped. Hat ein Kind und nichts davon gesagt. Und will am Freitag beim Verwursten helfen, das kennt er aus dem *Effeff* vom Onkel in Niebüll, der auch Metzger ist. Hat sich extra und regulär Urlaub genommen für Freitag.

So einen Bankert kann man doch erwähnen. Ist passiert, ist so schlimm doch auch nicht, warum sagst du das so abfällig, Capplan?

Warum sagst du nichts davon, Hoegi?

Der Hoegi hat einen Ring im Ohr, ein Moped, ein Kind in Niebüll.

»Und der Marten Hoeger«, ergänzt Peter Capplan, »der ist in Aventoft verheiratet!«

Spät noch drückt sich Engelke im Magazin herum. Zwischen Wodka und Waschpulver, Salami und Schmieröl. Mit Wasser in den Augen, die Hände im Fass mit den Trockenerbsen. Die Rechte hält sie heftig zusammengepresst, das grobe Erbsmehl rieselt zwischen den Fingern hervor. Warmes ist nicht mehr in ihr. Nur Stiche.

»Wem«, flüstert sie »hab ich nur was getan?«

Geht dabei ihren Lebenswunschzettel durch, vom Großen ins Kleine. Aber – warum bescheiden, warum nicht *Rosencrantz*?

»Will auch so einen Sultanspalast«, stößt sie laut hervor, »mit Ebenholz und Lacktapeten, Elfenbeinschnitzzeug und dem ganzen Plunder. Und darin einen Mohren, schwarz und gold. Der bringt mir Pralinés und Türkisch Honig, Räucherlachs ess ich und Kaviar. Und obendrauf ein Fläschchen Schampus. Und mitten im Zimmer steht ein rundes Bett, groß wie der Bodensee mit meinem Mohren drin, und Muskeln hat der wie ein Herkules. Und alle Nächte ist Silvester!«

Sie guckt durch die Tränen auf das Blut, das aus den Handflächen tropft, wo sich die Fingernägel eingegraben haben. Zuckt endlich resignierend die Schultern *war wohl schon ausverkauft!*

Streicht das Händerot am vormals weißen Kittel ab, den sie im Garten und in der Küche spazieren führt. Den Ring am Finger hin und her gedreht, den von der blassen Frau.

Sie sperrt das Magazin zu, steht auf dem dunklen Hof, verflucht inbrünstig den alten Kasten *sollte dich abfackeln!* – senkt dann den Kopf und steigt auf zur Dachkammer, nach dem Alten sehen.

Sie merkt gleich: Er hat sich wieder eingeschissen. Also waschen, umziehen, zudecken.

Danach steigt sie hinab. Hockt sich in die Küche vor die Reste vom Mittagessen, Bier dazu. Und Schnaps.

Soso! Das Inken wäre zart und krank, fast weggestorben bei der Niederkunft mit Hoegis zweitem Kind, der Totgeburt, das hatte Capplan noch ergänzt, fast gutgelaunt – woher wollte ausgerechnet der alles so genau wissen?

»Von Herrn Tammen«, hatte er geantwortet. »Der kennt Gott und der Welt.« Und den Hoegi.

Was schert das Engelke? Jede ist sich selbst die Nächste. Hast du Angst gehabt, Marten Hoeger, dass die Engelke so reformiert und bibelfest ist, dass sie zurückweicht vor der kranken Ehefrau? Hast du gemeint, die Engelke ist so eher mitzunehmen, eher reif zum Abschuss: wenn sie nix weiß, ist sie eher heiß?

Du Affenschwanz! Engelke haut auf den Tisch, dass es kracht *komm du mir nur am Freitag, Bürschchen: dir werd ich was posaunen!*

Die Müdigkeit hat heute Ausgang. Gegen Mitternacht steht sie auf von ihrem Romanheftchen, drin kämpft die Baroness ums Erbe, Engelke um den Schlaf.

Der Alte rumort oben. Als sie herzrasend angestürmt kommt, ists aber doch nichts, außer, dass sie ihn wieder trockenlegen muss, der Gestank – sie zwingt sich, in solchen Momenten könnte sie seinem Letzten Willen fast nachgeben. Aber dann steht sie erschrocken *Gott, wer gibt mir so was ein?*

Beim Brüten kommt der Gedanke zurück, obs nicht doch besser wäre, so ein Heim. Doch das verbietet sie sich gleich.

Warum? Ist das ihre Pflicht? Oder ist es, weil sies ihm endlich auf diese Art heimzahlen kann, all die Querelen, all die Kälte, die Nichtbeachtung, er ist ihr ausgeliefert. Oder ist es, weil sie ihn trotz allem – liebt?

Sie wandelt kopflos durchs Haus; der Mond hingegen hat sich vollständig rekonstruiert, strahlt in die Wurstküche. Hier hängt es auf der Leiter, das Schwein, kopfüber, aufgeklappt wie ein Buch, wo vom Leben drin steht und vom Sterben, die Hälften wie ein Gesicht, mit Nieren im Fett wie Augen. Unten der Schädel ist mitten entzwei, sauber mit zwei Axthieben.

Der Schlachter hat bis auf die Nieren alles herausgenommen aus der Sau: Därme, Leber, Magen, Herz, Blase und Lunge, alles nach hinten zum Verwursten. Die Galle weg, vorsichtig. Und die Möse auf den Mist.

Dann hat er die Axt gehoben, zugeschlagen, den Schädel gespalten der Länge nach. Eine Dose aus dem Sack gegriffen, den Schweinebrägen aus den Schädelhöhlen und vom Boden aufgeschabt, in die Büchse damit.

Den Brägen isst der Schlachter mit Zwiebeln scharf gebraten zu hartem Brot. Das Hirn, das nimmt er sich immer, das bedingt er sich aus. Der Schlachter weiß, was gut ist.

Engelke tippt es mit dem Finger an. Fährt fast zärtlich übers kalte zähe Opferleder, Haut auf Haut, der Tod am Leben. Auf den Schinken klatscht sie mit der flachen Hand, geht zur Lade, nimmt einen vom Williams Christ, noch einen, meint beinahe, die beiden Hälften wollten was reden. Hängen aber völlig entspannt.

Wollten vielleicht sagen: *es ist vollbracht*.

14. Auf die Schnelle

Heute ist Freitag. Wurstetag. Hoegi kommt per Kreidler-Florett, weil der Schienenbus inspektionsbedürftig am »Walfisch«-Zaun steht. Und er landet früh an, noch nicht mal halb sechs, der Schlachter erscheint kurz danach. Mustert den Hoeger von oben herab, er kennt seine Pappenheimer, diese Kater – die sind nicht wegen der Sache da, die streichen nur geil ums Haus, weil sie drinnen eine rollige Katze vermuten, diese Gockel halten nur auf. Da ist nicht der nötige Ernst.

Sie arbeiten schweigend nebeneinanderher, Engelke, der Schlachter, der Hoeger. Dampfschwaden verhüllen den brodelnden Wurstkessel, dorthinein wandert alles, was sich nicht im Stück braten oder sonstwie im Ganzen verhökern lässt.

Aber des Schlachters Mettwurst ist berühmt. Und die Sülze.

Unterm Kessel lodert es und in Engelke. Der Marten Hoeger ahnt, dass was nicht stimmt, die Begrüßung war doch recht kühl gewesen. Derweil schwingt Engelke das Filetiermesser, zittert, steht kurz vorm Explodieren, kriegt aber nichts raus vor Wut und Trauer; das ist, als wenn du vor Kraft nicht laufen kannst.

Hoegi gerät dauernd in ihre Nähe, will sie auf den Mund küssen, das anhängliche Hündlein, vor ein paar Tagen wars noch warm und gut. Jetzt sieht sich Engelke auf der Leiter und Hoegi wühlt in ihren Eingeweiden. Nimmt ihr den Brägen.

Sie wird heftig, klatscht Fleischstücke in den Topf, dass es Hoeger anspritzt. Hoegi stutzt, will aber nicht aufhören mit dem Begrabschen.

»Verzieh dich!«, fährt sie ihn an. »Lass mich in Ruhe!«

Der Hoegi flüstert daraufhin verwirrt, wenn der Schlachter störe, könne man doch kurz ins Schlafzimmer und endlich einmal – ganz auf die Schnelle!

Da kocht der Topf auf, schäumt über die Herdplatte; Engelke stößt Hoegi vor die Brust, schreit: »Du Arsch! Geh doch zu deiner Frau. Sicher darfst du bei der *ganz auf die Schnelle*«, wischt ihm eins mit dem Messer über den Handrücken.

Der Marten Hoeger, der solche harten Angänge nicht gewohnt ist, braust ebenfalls auf, »was fällt dir ein?« Schlägt der Engelke mit der Faust auf die Brust, dass sie stolpert und rücklings auf die Speckseiten fällt, er ihr nach, trampelt auf den Fleischstücken herum – plötzlich ist der Schlachter über ihm, reißt ihn weg und verpasst ihm eine solche Maulschelle, dass dem Hoeger das Blut aus den Lippen spritzt. Denn er hasst es, der Bethlehem, wenn man sein Werk mit Füßen tritt.

»Verschwinde!«, sagt er. Nicht laut, aber so, dass der Hoegi die Beine in die Hand nimmt.

»Verschwinde und komm nie wieder!« Das hört Marten Hoeger auch aus Engelkes Mund; sie steht ihr in den Augen, die maßlose Enttäuschung. Doch erst als er auf seiner Maschine hockt, am Gas reißt, wagt er die Faust zu schütteln, zu geifern, doch das geht im Gekläff der Kreidler unter.

Der Schlachter hätte auch nichts drauf gegeben.

Engelke ist an diesem Abend wieder zum Capplan gekrochen, hat übers Liebesleid lamentiert; klar, der Himmel ist schuld!

»Sie haben ja eine schöne Meinung von unserem Schöpfer«, sagt Peter Capplan und pafft Tabaksqualm daher. »Ist Ihnen nicht mal der Gedanke gekommen, dass solche Erlebnisse, solche Enttäuschungen alle Menschen haben und durchmachen müssen, nicht nur das Frollein Kristensen? Dass das zum jungen Leben dazugehört und etwas mit Selbstfindung, Reifen, Verantwortungsbewusstsein, Vernünftigwerden zu tun hat?«

Er rückt näher, sieht ihr in die blauen Augen. Meint begütigend: »Die wahre Liebe … das ist doch ganz was anderes. Liebe kommt aus dem tiefsten Herzen und ist, ursächlich und intellektuell betrachtet, höchstens an Ideen oder Ideale, nicht aber an Personen oder Sachen bindbar, liebes Frollein Engelke: bei Ihnen ist das wohl mehr Begehrlichkeit. *Reine Liebe* ist im Grunde nur die zu Jesus, unserem Herrn, und andersherum ist nichts reiner als die Gottesliebe, die einem durch Jesus Christus zuteil wird und durch die Jungfrau Maria, dem zarten weiblichen Aspekt unseres Schöpfergottes ...«

»Schön dahergeblasen, Peter Capplan«, spottet Engelke mit bitterem Unterton. »Was will ich denn schon? Doch nur ein bisschen Wärme, Zärtlichkeit. Dass einer da ist, wenn ich ihn brauch. Will ganz bestimmt keinen, der nur auf *das eine* aus ist, der meint, den Playboy spielen zu müssen. Will doch nur geborgen sein. Aber da ist niemand – und auch Ihr Herr Jesus kommt nicht oder Ihre Maria und streicheln mir übern Kopf in den Nächten. Sie mögen ja die Himmlischen zur freien Verfügung haben, ich hab nur mich allein. Und das ist nicht viel.«

Capplan springt auf, bleich. »Der Herr Jesus und die Heilige Jungfrau sind für uns alle da, für Sie genauso wie für mich!«

»Und warum zeigen die mirs dann nicht?«, schreit sie zurück. »Überhaupt: Sehnsucht, Liebe, Herr Capplan – Sie wissen doch gar nicht, wie das ist!«

Capplan lässt sich auf den Stuhl fallen, senkt den Blick. »Doch«, murmelt er. »Das weiß ich gut.«

Später liegt Engelke in ihrem Bett. Heult wie ein Hund wegen dem Nils, dem Hoegi, wegen Papa, Holgrunt – alles stürzt zusammen.

Wüsste sie, dass gleichzeitig Peter Capplan noch stundenlang auf seinem Stuhl sitzt, den Kopf in den Händen vergraben, und in die Lampe stiert – und warum, da würde sie wohl noch viel mehr heulen, so gottserbärmlich, dass sie schier ersaufen müsste im Bett an ihren Tränen.

15. Nächtlicher Besuch

Rausgeworfen! Aufs Maul geschlagen! Mit dem Messer geschnitten!

Aber ein Hoeger lässt so was nicht auf sich sitzen. Unbändige Wut auf den Schlachter und besonders auf Engelke tobt ihm im Kopf, so sprangen die nicht um mit dem Hoeger Marten *das werden die schwer bereuen!*

Er wälzt sich auf der Matratze, die zersprungenen Lippen beißen und der Schnitt auf der Hand, das Blut steht mittlerweile.

Die Matratze liegt in Kumpel Andis Stall. Mit dem, mit Fredi und Bugislaus hat er sich gleich am selben Abend im »Wattwurm« sturzbesoffen – nun ist es da, das heulende Elend, die Wut auf Engelke, aufs Leben *auf das scheiß Zuhause, wo die Alte dauernd krank ist und unten nicht mehr hochkommt, und das andere Balg, was das alles kostet, gleich kommt der Kuckuckskleber, wenn du mal nicht zahlst, sollen alle sehen, wo sie bleiben – ist doch kein Leben mehr! Und dieses unverschämte Aas von Kristensen – abhauen, weg!*

So ein Schmerz.

Is klar, Hoegi. Sie haben genickt, die drei Kumpels. *Is ja kein Leben mehr.*

Fremdenlegion. Oder auf See.

Klar, Hoegi.

So geschieht es, dass sich der Marten Hoeger mitternächtens auf der Matratze krümmt und langsam durchs innere Gefechtsfeld würgt, rechts die Alimente, links die kranke Frau, ein saurer Ringelreihn. Und dahinter Holgrunt, die Schmach.

Das gnädige Wegdösen in traumlose Weiten funktioniert nicht. Marten Hoeger geht mit seinen verbliebenen Hirnströmen die Auslagen durch, die er bisher fürs Unternehmen Leben getätigt hat. Den Ertrag. Die Möglichkeiten.

Das Flensburger Bier rechnet, wägt ab, stellt fest, verwirft: Herz gegen Schmerz. Pils gegen Penning. Aber die Wut klappt das Kontenbuch einfach zu.

Dann springt der Marten Hoeger auf: *Nur weg! Schlimmer kommts nimmer.*

Aber nicht, ohne vorher der Kristensen-Kuh zu zeigen, dass ein Hoeger so nicht mit sich umspringen lässt. Das ist er sich schuldig. Das will er auch der Engelke nicht schuldig bleiben.

An den Schlachter traut er sich nicht.

Er bringt sich innerlich in Schweiß, gießt nach, schwankt zur Tür, die letzte Flasche Bier als Wegzehrung in der Hosentasche und ab dafür aufs Moped, das hinter Andis Schuppen steht.

Für die zwei Kilometer bis zum Inselbahndamm nimmt er die Abkürzung über den Deichpfad. Hoegi reißt den Gashahn auf, da können ihm die krummen

Hunde, die tanzenden Schlieren und Verwerfungen des Wegrandes nicht so viel anhaben; also mit Karacho in die Lichtröhre hineingestochen mit der Florett und nicht zur Seite geguckt!

Bei der Drehscheibe der Meerjungfrau gehts rechts herum auf den Schotterdamm – nicht so kommod wie mit der »Lille Havfrue«, aber Hoegis Unterpartie ist aus Kruppstahl, sowieso *und nur die Harten komm in Garten!*

Hätte er das alles nur geahnt, bevor er sich für diese blöde Kuh in Arbeit und Kosten geworfen hatte.

Abserviert ... na, die konnte was erleben.

Weg da, Obacht, Nebel! Und: *Obacht, Kristensen!*

Schwellen und Schotter stoßen, treten ihn. Seine Finger krallen die Lenkergriffe, ganz taub schon – auch zwischen den Beinen, doch er weiß einen Weckruf für seine edlen Teile, davon wird die Kristensen, diese ewige Jungfrau, noch Jahre zehren können, von der Nummer, die er in sie hineinrammeln wird. Erst die Fresse polieren, grün und blau. Und ein paar Tritte. Und vögeln, bis sie nicht mehr weiß, ob sie Männchen oder Weibchen ist *am besten totvögeln – ja: das isses!*

Der Martin Hoeger pumpt sich auf, bis ihm Scharlachwolken vor den Augen wabern, der Zorn strahlt ihm durch den Schleier mit hunderttausend Watt.

Hoeger, hier kommt er!

Das Vorderrad der Kreidler mahlt an der linken Schiene, bleibt dran hängen, das Gleichgewicht geht zum Teufel; Hoeger bremst scharf, reißt die Lenkergabel nach rechts – viel zu spät, viel zu hektisch. Mann und Maschine krachen auf den Damm, rollen in die Klipptiefe neben der Bahn, das Kreidlerpferd auf Nimmerwiedersehen, sein Reiter mit Wucht über den Schotter in den Schlick, wo er im Wasser liegenbleibt mit blutendem Gesicht und Schädel, der Helm schläft gut in Andis Bude.

Und mit einem blutendem Bein, denn selbst Freund Bierflasch hat ihn verraten und sich feig in der Tasche zersplittert, eine Scherbe steckt im Oberschenkel, Bier und Blut flüchten hinunter in den Stiefel.

Marten Hoeger klaubt sich mühsam aus dem Dreck, im Kopf schwebend wie stocknüchtern gesoffen.

Er wischt sich mit dem Halstuch das Geschmiere aus dem Gesicht, zieht den Glasdolch aus dem Oberschenkel – Gott sei Dank, nur zwei Zentimeter tief! Gott sei Dank nicht in die Schlagader! Der Saft quillt spärlich, so halten sich die Schmerzen in Grenzen, der Alkohol im Schleppverband mit dem Schock machen sie erträglich.

So erklimmt er fluchend die Geleise, merkt dann, dass er schon bei den Salzwiesen ist. Humpelt den Rest des eisernen Pfades entlang, schleppt sich die letzten hundert Meter still und stetig über den Schotter, wie seine malträtierten Knochen es gerade noch erlauben. Der Riss an der Stirn hat sich verklebt, gibt Ruhe, der Dunst vor den Augen klart auf. Nur das Bein zieht der Rächer nach. Außerdem schält sich der Mond aus den Wolken.

Des Marten Hoegers schlimmster Feind ist der Marten Hoeger selber gewesen. Und der Alkohol.

Das liegt im Menschenschlag! hatte der Richter gesagt, als er den Hoeger – die Sache hatte sich vor ungefähr zwei Jahren zugetragen – zu hundert Stunden gemeinnütziger Arbeit verurteilt hat wegen schwerer Körperverletzung im Affekt. Da hatte der Hoeger nämlich den Schlott krankenhausreif geschlagen, Hinnerk Schlott, Wirt der zweiten Klippsbüller Kneipe, Neuer Damm 19, wo es heißt: »Zum Tampen«.

Ehemals Hoegis Stammlokal. Bis er angesoffen eines Abends einige hierher verirrte Sommerfrischler anpöbelte, mit einem ihrer Kerle zusammengeriet, der ein großes Maul riskieren wollte. Schlott hat den Hoeger vor die Tür gesetzt, der kam aber – nunmehr volltrunken – eine Stunde später zurück, trat die Tür ein, schwang eine handliche Dachlatte. Und weil die Fremden sich mittlerweile verdünnisiert hatten, machte er eben den Laden und besonders den Hinnerk Schlott fertig. So fertig, dass den kurz darauf eintreffenden Polizisten schlecht geworden ist vor lauter Blut vom Schlott, von dem sie den rasenden Hoegi aboperieren mussten mit ihren Gummiknüppeln.

Aber es war doch nicht so schlimm wie es aussah, Hinnerk konnte nach einer Woche entlassen werden aus dem Hospital.

Hoegi hat deswegen feste brummen sollen. *Mindestens ein Jahr!* forderte der Staatsanwalt. Und etliches an Geldstrafe.

Doch unter Berücksichtigung des einfachen Wesens vom Marten Hoeger und weil der sonst noch nicht auffällig geworden war und dazu in Rücksichtnahme auf seine relative Jugend und das uneheliche Kind, weiterhin verweisend auf deren trübe finanzielle Lage und die Schande für Hoegis arme alte Eltern sowie unter Bezug auf die gezeigte tränenreuige Zerknirschung des Delinquenten und nicht zuletzt des bösen Alkohols wegen – und was sich Hoegers Verteidiger sonst so daherkriegte – ja, aufgrund all dessen rang sich der alte Richter Peddersen durch, es mit einem halben Jahr auf Bewährung und hundert Stunden Sozialdienst bewenden zu lassen.

Das liegt im Menschenschlag! so Peddersens Überzeugung. *Muss man auch mal ein zugeben.*

Jeder kriegt seine Chance.

Danach ist der Marten Hoeger nicht mehr auffällig geworden, hat seinen Sozialdienst abgerissen, einen großen Teil davon beim Naturschutzbund, wo er half, ein »Naturerlebnis-Ferienzeltlager« für blasse Hamburger Kinder herzurichten, das ein Herr Capplan organisierte und leitete.

Hoegi hat schwer geschuftet. Geprügelt hat er sich zu der Zeit ausschließlich drüben in Niebüll.

Jetzt steht Marten Hoeger also vorm Haus, drückt vorsichtig gegen die Pforte vom »Walfisch«, die ihn anknarrt.

Sein Gemüt brodelt jedoch längst nicht mehr wie auf der Matratze, es verleiht ihm – unterstützt von der kleinen Taschenlampe, die er stets in der Jacke bei sich führt – jedoch gewisse Hellsichtigkeiten. Er kann den Schankraum in Einzelheiten erkennen, als luge der Vollmond noch ins Haus, was die angeflogenen Wolkenhaufen und auch die zugezogenen Vorhänge verhindern. Am großen Teakholztisch schiebt er sich vorbei, längs der Küchengrotte nach hinten – da: die Treppe, wo es hinaufgeht zu Engelkes Kammer, kuschelige Höhle aus besseren Tagen.

Es ist die Erinnerung und nicht nur die Hellsicht, die ihm diese traumwandlerische Sicherheit verleiht, auf die er bald angewiesen ist, denn die Osram verweigert sich plötzlich, macht nur einen gelben Klecks an die Wand mit fast leeren Batterien.

Nicht nur die Lampe versagt. Mit jeder Stufe, die er emporknarrt, nutzt aufkeimende Wehmut die kleinste Chance gegen die schwelenden Mordgelüste; der Rausch stiehlt sich davon, hatte doch gerade noch für drei gereicht.

Hoegi ruft sich zur Ordnung *das bist du dir schuldig!* Verspricht sich noch mal fest, es dem Weibsstück ordentlich heimzuzahlen *sie hat es doch verdient!*

Die Kammertür. Die Hand drauf. Vom Alten gegenüber ist nichts zu hören. Und wennschon. Der kann eh nicht krauchen, Hoegi will es wohl mit beiden aufnehmen.

Tür aufdrücken, es wagen. Den Griff an den Schritt, nahe der mittlerweile elend pochenden Wunde, Hoeger, da steht er!

Und nun?

Wenigstens gucken, ob die Engelke da ist. Wenigstens wachrütteln, ihr gehörig die Meinung geigen.

War nicht alles schlecht gewesen.

»Engelke?«, geflüstert. Doch kein Laut.

Ob sie ein Pflaster hat?

»Engelke ... ich bins.«

Draußen poltert es. Hoeger zuckt zusammen. Der Mond blinzelt gerade durchs Wolkengeflecht und durchs unverhangene Dachfenster in den Gang.

Auf dem Anleger eine Gestalt, Mantel, Kapuze, die guckt her, Hoeger meint, ihm in die Augen. Er zuckt zurück, nimmt die Hand vom Türgriff, lauscht – nichts zu hören, zu sehen im dunklen verhangenen Gehäuse, nichts von Engelke, tief und fest schläft die. Und gegenüber nur das leise Gurgeln des Alten.

Die finstere Gestalt draußen bewegt sich.

Teufel! Das macht keinen guten Eindruck.

Er leise wieder die Treppe hinab, Feuer lodert in der Beinwunde, über den Nacken rinnt es kalt – nicht etwa, dass der Marten Hoeger ängstlich wäre, der nimmt es mit jedem auf!

Den Schlachter mal außen vor gelassen.

Unten ist niemand. Hoeger schleicht zum Fenster, schiebt die Gardinen zur Seite – keiner mehr am Ort *der Alkohol, verdammt, nur geträumt, klar!*

Aber zum Träumen fühlt er sich eigentlich zu aufgekratzt. Deshalb: *besser weg!*

Marten Hoeger tastet nach dem Griff der Hintertür, wo es zum Stall, zur Wurstung geht und zum Magazin und nach draußen. Drückt auf die Klinke, die Faust nach oben *ist hier einer?*

Die Schlachtkammer blinkt im Mondlicht, jetzt wieder eine klinisch reine Angelegenheit: Regale. Schüsseln, Gläser. Der große Kochtopf, der Ofen, die Leiter, die Kacheln – alles blank gewienert, es riecht nach Fleischbrühe und Scheuerpulver, auch nebenan im Gang nur Schatten und der große Tisch. Die Mäuse sind still. Wolken fliegen heran, knipsen den Mond an und aus. Geraschel.

Da liegt der Sack, in dem der Schlachter seine Werkzeuge hat, hiergelassen, weil er morgen noch mal herkommt wegen der Bezahlung, die sich in Williams Christ und Fleischanteilen bemisst.

Määh! – die Schafe nebenan waren es, die Geraschel machten *Dummes Vieh!* Doch drückts erst mal Hoegers Panik weg.

Der Mond ist ausgegangen. Hoegi nestelt ein Zündholzpäckchen aus der Jackentasche, die große Petroleumlampe anzuzünden wagt er aber nicht, das Hölzchen muss genügen.

Doppelt gehts daneben. Nass. Abgebrochen.

Beim dritten zündet der Schwefel. Ein mattes gelbes Flämmchen zuckt in seiner hohlen Hand wie ein verlorenes Leuchtfeuer – besser als nichts, und die Schatten flüchten in die Ecken.

»Au!« Hoegi springt hoch, schüttelt die Hand aus; das verdammte Zündholzlicht frisst seinen Finger.

Dabei stößt er rücklings gegen etwas Biegsames, dreht sich um, prallt zurück.

Der Kapuzenmantel steht hinter ihm, schimmert. Hoegi ist perplex: »Wer …?«

»Weißt du, was Angst ist, Marten Hoeger?«, fragt eine leise Stimme.

Fragt nicht etwa: *Wer bist du?*

Oder: *Was willst du hier?*

Hoegi, vorsichtig: »Engelke?«

Quatsch. Nicht Engelke, nie!

Geflüster: »Wer ist schon Engelke?«

Die Gestalt bewegt sich langsam auf Marten Hoeger zu, öffnet den Mantel, Hoeger erkennt trotz der Dunkelheit den Frauenkörper – nackt unter dem Umhang, das Gesicht verhüllt durch die Kapuze. Und die langen Haare davor.

Eine Hand legt sich sanft auf seine Brust, die andere fasst sein Hemd. Reißt es ihm mit einem Ruck vom Körper, die Fetzen hängen herab. Knöpft ihm den Gürtel, die Hose auf, Marten Hoeger glaubt zu träumen, schluckt trocken, Blutdruck kommt auf, die Ratio versäuft im Testosteron.

Er wirft von sich, bis er nackt dasteht, die Hosen auf

den Stiefeln, das Tuch um den Hals. Hat nur Rauschen in den Ohren, gafft auf diesen Körper, süße Lust.

Sie streicht ihm mit der Hand über den Bauch und tiefer, dass er grunzt. Nimmt ihm den Schal ab, führt den Hoeger rückwärts, schlingt das Tuch sanft um seine Handgelenke, drückt sie über seinen Kopf an die Leiter, an den Haken. Vergisst das Streicheln nicht.

Hoegi hat von so was nie zu träumen gewagt, das war so viel besser als das Missionieren auf den Weibern bisher, besonders die Kristensen ist ja überhaupt nicht entgegenkommend gewesen – und nun das … Er windet sich an der Leiter, stöhnt, das gibts also auch außerhalb der Pornofilmchen, die Bugislaus aus Dänemark anschleppte, gibts auch im richtigen Leben, man verguckt sich *komm, mach!*

Ein Finger legt sich auf seinen Mund. Einer mit Salzgeschmack.

Engelke? Nie! Besuch? Sonst wer? Scheißegal!

Die Gestalt lässt den Umhang fallen. Tritt vor ihn. Hoeger spürt ihre harten Brustwarzen auf seiner Haut, die langen Haare in seinem Gesicht. Die Gestalt packt mit der Rechten sein erigiertes Glied, presst es zusammen, dass der Marten Hoeger aufschreit vor Lust und Schmerz.

Sie führt es in sich ein, schiebt, stößt, nimmt ihn sich vor und hämmert ihn im Stakkato gegen sich und die Leiter, Marten Hoeger explodiert augenblicklich mit einem gutturalen Laut.

Volles Mondlicht fällt durchs Fenster.

»... du? Was ...?«

Sie hat jetzt Dinge in beiden Händen. Und Hoeger am Haken reißt die Augen auf, dass sie heraustreten, setzt an zu einem Schrei, der bleibt ungehört auf ewig; die Gestalt nimmt das Bolzenschussgerät hoch mit einer geschmeidigen Bewegung, dem Hoeger auf die Stirn. Drückt ab.

Hoeger sackt in sich zusammen, die Augen werden stier, sein Mund steht auf, er sabbert, röchelt, hängt schlaff herunter in seiner Handfessel.

Die Gestalt rammt ihm das Schlachtmesser zwischen die Beine, reißt es knirschend über das Schambein und mit einem so scharfen Ruck nach oben, dass seine zerfetzten Gedärme herausquellen, Scheiße und Blut auf den Boden spritzen; das Messer sichelt herauf bis unters Brustbein, und mit dem Blick in seine erlöschenden Augen presst sie ihren Körper gegen den aufgebrochenen Rumpf, küsst Hoegers Lippen ein letztes Mal.

Und die beiden Hälften sprechen *es ist vollbracht!*

Zweiter Teil

Habt ihr bis jetzt verheimlicht dies Gesicht, so haltets ferner fest in eurem Schweigen; und was sich sonst zur Nacht ereignen mag, gebt allem einen Sinn, doch keine Zunge.

William Shakespeare – Hamlet

1. Holgrunt, 20. August 1948. Am Abend

Aus der Sultansruine kommt die Dani gerannt, der Neugamme hinterher, sie schreit *Mama: die Engelke liegt da im verbrannten Haus, nackt und mit Blut am Kopf und am Bauch und untendrunter,* und der Neugamme hat gestottert *ek war dat nich!*

Amalia nimmt die Beine in die Hände, ist hin, was sie im letzten Dämmerlicht sieht, lässt ihr das Herz stillstehen – *die Deern is nicht mehr.*

Sie zittert, kann nichts sagen, denken, deckt das Mädchen zu mit dem alten Gummimantel, der dort liegt *das ist kein Unfall gewesen, da hat sich einer dran vergriffen!*

Plötzlich ein leises Stöhnen unter dem Mantel – *sie lebt noch, mein Gott* – zurück rennt Amalia, rafft Verbände, Tücher zusammen, allein – sie haben sie alle allein gelassen: Paale, besoffen in seiner Kammer, versteht nichts von dem, was die Boysen ihm in die Ohren schreit, Rudolf war gleich nach dem Streit abgehauen mit dem Boot zum alten Leuchtfeuer hin, seine Reusen begucken.

Bis Paale halbwegs nüchtern ist, sind Stunden verloren. Amalia war zwischenzeitlich mutterseelenallein mit dem Boot nach Klippsbüll gerudert, hat den Doktor

Stellvers geholt, mit dem und ihrem galoppierendem Puls nach Holgrunt zurück. Als der Paale endlich halbwegs begreift, was vorgefallen ist, stürmt er mit dem Gewehr in die Nacht und über die Insel wie blödsinnig. Und über den Damm gerannt.

Die Holgrunter haben sich eingeschlossen aus Angst, aber er treibt sie brüllend wie ein Stier aus ihren Hütten, das Gewehr in Vorhalte, kehrt das Unterste zuoberst, doch den, den er sucht, findet er nicht.

Um Mitternacht kommt er zurückgewankt, ohne was ausgerichtet zu haben. Geht zurück an die Flasche.

Amalia hockt derweil zitternd am Opferbett, hört das Wimmern, vermeint, trotz ausgiebiger Waschung dieses Blut an ihren Händen zu sehen, sosehr sie die auch wringt, auf die Schläfen, die Augen presst – das wehe Bild aus dem Sultanshof will nicht vergehen.

Jetzt liegt die Deern sterbenskrank, untenherum böse zugerichtet, alles gerissen. Und am Kopf die Platzwunde, sicher eine schwere Gehirnerschütterung. Wie lange noch?

Und oben die Alte, fast vergessen.

Fette Beute auf Holgrunt für den Gevatter.

2. Fröhliche Weihnachten

Es hat am Heiligabend 1961 wirklich geschneit. Einen Zentimeter nur, aber Amalia Boysen weißsagte es noch vorige Woche: *Weihnachten gibt das Schnee!* was einen fetten Strich im Kalender wert ist, wenn man die vergangenen Jahre betrachtet.

Der Schlachter wusste es lange.

Schnee ist was Besonderes. Er deckt die Sachen fein zu. Vom Dreck ist nichts zu sehen, und wenn die Sonne scheint, leuchten die Dächer! So schwärmen diejenigen, die erst Weihnachtsruhe spüren, wenns draußen knackt und rieselt, möglichst mit Eisblumen an den Scheiben, Bratapfel im Rohr, *O du fröhliche* auf dem Plattenteller. Aber Weihnachten ist nicht nur ein Fest der Geschenke. Man muss auch selber was hergeben.

Vor etlichen Jahren – es muss der Tag vor Heiligabend 1955 gewesen sein, jedenfalls ist Engelke kurz drauf nach Dänemark ausgerückt –, da hat es zwar nicht geschneit, aber das Wattenmeer fror fast bis zum Hörnumtief großflächig zu. Woanders sind sie mit Schlittschuhen losgezogen, doch am Klippsbüller Deich hats vom Bürgermeister geheißen: *Raus bleiben!*

Zwei Burschen gingen trotzdem. Zwei in den unverschämten achtzehn, zwanzig, bekannt ruppige Gesellen in allem. Hatten sich an Verboten nie gestört, der Nikolaus Nossingk und der Birger Köllmann, sind also raus übers Gefrorene in Richtung Holgrunt, wos Eis glatt liegt, nicht so aufgeworfen und verzwirbelt wie vorm Klippsbüller Deich.

Mal gucken, was so anlag auf der Insel.

Das Eis dort war dünn. Davon hatte der Bürgermeister nichts extra gesagt, weil jeder wusste: *bei der Klipptiefe ist das immer saugefährlich!*

Und so hat sie sich wohl die beiden halben Hähne geholt, die Tiefe, die in Wirklichkeit nie völlig zufriert und unter dem Harsch auf dich lauert.

Die See hat die beiden Burschen erst im darauffolgenden Mai freigegeben ans Sylter Gestade, bei Morsum. Viel war an ihnen nicht mehr dran, eigentlich nur eine höfliche Geste der Natur, damit die Menschen was auf den Kirchhof zu tragen hatten.

Zu dieser Geschichte gibts noch eine andere Wahrheit. Die hat mit der Sage vom Meerfrollein zu tun.

Wer will sie wissen?

Um *Wahrheiten* gings auch viel früher an einer anderen Weihnacht. Engelke muss um die zehn Jahre alt gewesen sein, da ist sie mit ihrem Vater am zweiten Weihnachtstag bei Ebbe bis zu den äußersten Holgrunter Sandsteinklippen gegangen, im Schlick, zweihundert Meter südlich vom »Walfisch«. Das Wetter war trocken und frostfrei, der Alte wollte Möwen schießen, diese Kükenräuber und Junghühnertöter. Das Gewehr hatten die Tommys nicht gefunden, aber die sollten es nur wagen, ihm den Püster wegzunehmen! Außerdem ließ sich der Englishman auf Holgrunt so gut wie nie sehen.

Der Alte ballerte, was das Zeug hielt. Engelke hatte hinter den Schroffen Deckung genommen, Paale war ein lausiger Schütze, die Möwen konnten aufatmen.

Mit dem letzten Schuss der Doppelläufigen holte er doch noch eine besonders große vom Himmel.

»Was für ein Kaventsmann!«, brüllte er. »Die lass ich ausstopfen!«

Die Silbermöwe schlug nahe Engelke ins Watt, die wetzte los, hob den blutigen schweren Vogel auf und hielt ihn über den Kopf. »Volltreffer, Papa!«

Der Schnee war in dem Jahr ebenfalls ausgeblieben, zwischen den Sandsteinzähnen hing dafür allerlei anderer Weihnachtsschmuck: Tang und Leinwandfetzen, ein zerbeulter Blecheimer, Seile – Müll, von Kuttern und Fähren ausgewürgt, von den Gezeiten hergetragen.

Engelke sagte plötzlich nichts mehr, stand und zeigte mit zitterndem Finger auf etwas. Aus dem Fleck, auf den die Möwe gestürzt war, ragte die Vorderfront eines menschlichen Schädels. Auch Paale zuckte zusammen, ging dann in die Hocke, scharrte mit den Händen vorsichtig den Sand weg vom graubraunen Knochen.

»Kann sonst wer gewesen sein«, brummte er. Die Knochenkugel klein und zart. Ein Kindskopf beinah.

»Na«, beschied er weiter, »sicher ne unvorsichtige Fischersfrau gewesen oder eins ihrer Brut.«

»Vielleicht ist das die Vibe, Papa, die ist doch nie gefunden worden, die Teufelsvibe ...«

Da ist der Alte herumgefahren, hat sie angeherrscht: »Was gehen dich diese Schauermärchen an? Vibe, Vibe – ist alles lange her. Das hier war nur eine dumme Seekuh, die irgendwo über Bord ist, hergetrieben und verfault. Vibe – red nicht von was, wovon du nichts weißt!«

Hat hektisch ein Loch gewühlt, den Schädel ganz hineingetan und mit Schlick zugerakt.

Engelke hat geweint. Als die Tränen liefen, ist von Paale das Raue abgefallen, er hat Engelke hochgenommen, stumm gedrückt, eine Sekunde lang.

Beide sind still nach Hause gegangen. Der Kristensen nahm die Möwe, hat sie nach den Weihnachtstagen zu Henner Vaarenkrog geschafft, dem Präparator in Niebüll.

Seitdem hockt der silberweiße Vogel in Paales Schlafzimmer auf der Fensterbank.

Der Alte hat nie mehr ein Wort verloren über die Vibe.

Aber jetzt wird Weihnachten 1961 geschrieben. Capplan hatte sich vorgestern abgemeldet, die Familie besuchen in Fulda, wo die hauste. Als er ins Postboot stieg, meinte er, er käme wohl erst vier, fünf Tage nach Neujahr zurück.

So halten zu Weihnachten lediglich die beiden Kristensens die Holgrunter Fahne hoch, dazu Amalia und der olle Jakob Brandinck. Der hat sich wie meist einsiedlermäßig in seiner Kate verkrochen vorm Verwandtenpack. Will außerdem Mitte Februar endgültig weg, will übersiedeln ins Altersheim nach Niebüll, ins Stift; die Schwiegertochter hat ihm das noble Obdach besorgt.

Den Brandinck sah man auch sonst unter der Woche kaum, er machte sich nur bemerkbar, wenn er jeden Dienstagnachmittag hustend zum Steg wackelte, wo die Schwiegertochter pünktlich mit ihrem Sportboot wartete, ihn zum Singen zu chauffieren.

Nun auch bald weg. Wieder einer.

Die Amalia Boysen hingegen hat zu den Feiertagen und besonders bei Schneelage zwar keine Weihnachtsruhe, aber eine Melancholie gekriegt, die sie dann heftig begießen musste. Was aber nie weggespült werden konnte, das war älter. Tiefer. Das war Rudi, Paales jüngster Bruder, *Sardinen-Rudi*, der verfluchte Bastard, der Satansbraten, der Teufelskerl, ja: mit dem hat sie einiges erlebt. Der hat sie oft besucht, wenn Erich Boysen auf großen Fahrten war, welche sich selbst zu Weihnachten zutrugen.

Sogar auf Schlittschuhen, auf langen Kufen ist Rudi gekommen, kurz nachdem er aus der Kriegsgefangenschaft entlassen worden ist und es einen gewaltigen Frost gab zu einer Weihnacht am Ende der Vierziger.

Sardinen-Rudi war nämlich wasserdicht und der Einzige, an dem sich selbst die Klipptiefe die Zähne ausbiss, zur Not hätte er sie nämlich ausgesoffen.

Wenn es also von oben rieselt oder auch sonst alles über Amalia zusammenstürzt, und das war beinahe täglich der Fall und zu Feiertagen garantiert, dann nimmt sie sich einen. Auch mehrere, es kommt darauf an, wie präsent der Rudi gerade ist in ihren Hirnströmen, woraus sie ihn auszuwässern sucht mit Aquavit, aber es hilft nichts – weil: den Sardinen-Rudi kann man nicht ersäufen, der hätte – wie gesagt – auch die Klipptiefe leergeschluckt, dann würde er wohl mit ein paar lächerlichen Pullen Kümmel im Handumdrehen fertig werden.

Zugegeben: Melancholie auch ein Stück wegen der Dani.

Die ist allerdings nur Beiwerk gewesen, überschäumende Muttertier-Instinkte entwickelte Amalia nie, und die Dani kam in der Werteskala an den Rudolf nicht annähernd heran – ihre Geburt eine Last, das Vorhandensein der beschränkten Göre ergab zusätzliche Malaisen, die den Rudi letztlich fliehend gemacht hatten. Sie verzeiht ihrer Tochter einiges, das aber nicht, über den Tod hinaus.

So ankert Rudi der Amalia ganz nah an der Tränendrüse. Und folglich Amalia am Schnaps.

Trotzdem hat Witwe Boysen jedes Jahr aufs Neue gehofft, dass die Tochter über Heiligabend mal zu Besuch käme – aber die hat nur nach Capri gewollt, dabei gings Danis Gatten Herbert nie gut in Sachen Reisefertigkeit, die Lunge. Die Armut. Außerdem die Wolkenkinder.

So hieß es Dani-seitig jedes Jahr, dass es zu gefährlich wär für den kranken Ehegatten *wir alle bleiben Weihnachten schön gemütlich zuhause. Mutter, du kannst uns ja im Frühjahr besuchen kommen!*

Bei solchen Bemerkungen ist es jahrein, jahraus geblieben, seit dem Unfall im Sommer herrscht endgültig Stille an der Versprechungsfront.

So heißt dieses Jahr Amalias Fluchtpunkt: *Engelke.*

Heilig-Spätnachmittag. Das Frollein Kristensen hat gerade ihren Vater versorgt, der heute besonders abwesend daliegt, kaum ein Brummen von sich gibt, fortschreitender Verfall, da klopft es. Vorm »Walfisch«-Tor schwankt die Boysen Amalia, ein brüllbuntes Paket in der einen Hand, den Krückmann in der anderen; steht da, den breiten Steiß in der Kittelschürze, die gewickelten Beine in Schlappen und obenherum die mächtige Wolljacke. Auf dem Kopf trägt sie eine von jenen Plastikhauben, die Omas gegen den Regen aufsetzen. Dabei von einem Bein aufs andere gezittert, den Fieselschnee immer man hinten rein in den Kragen.

Engelke lässt sie gleich ins Haus, kann das arme Weib doch nicht erfrieren lassen. »Moin, mien Deern!«, und *schwupps!* ist Amalia in die Stube, hin zum Ofen, aufs Kanapee gehockt, das bunte Gedöns in Vorhalte und:

»Was macht Vattern? Das ist für dich, mien Deern – schöne Weihnachten auch!«

Im Geschenkpapier lauern selbstgestrickte Strümpfe, in solchen Gespinsten kannst du den Nordpol ansteuern ohne Schuhe, so dick, so flauschig. So lila.

Engelke weiß Bescheid, zieht also die Buddel aus dem Schrank, »... danke Amalia, dir auch ein schönes Weihnachtsfest!« Und hoch die Tassen.

Amalia begutachtet den dürren Weihnachtsbaum, den Engelke schon vor zwei Wochen vom Festland hergekarrt hat, »... wirklich, Deern, n prächtiges Gewächs!«

Ein Tännchen zum Fest muss sein. Auch auf Holgrunt. Das gönnt sich Engelke, selbst wenns nur für eine kleine halb abgenadelte Fichte langt mit dem ein oder anderen Lamettafaden und sieben Silberkugeln. Dafür trägt die Konifere schwer an einem Gros Kerzen aus echtem Bienenwachs, die leuchten, duften, das hat was!

Besonders nach ein paar ordentlichen Magenwärmern.

Amalia bringt gleich drauf die alte Leier von Capri aufs Tapet, die hat sie zu jeder Gelegenheit parat – allerdings nach dem Ableben der Daniela Duvendack, geborene Boysen, leicht modifiziert mit der neuen Endung: »... es hat nicht sollen sein.« Darauf nimmt sie noch gern einen Aquavit.

»Prost und Moin-Moin!« Und runter damit.

Traurig! denkt Engelke *wenn man sich das Leben schönsaufen muss.* Zuckt dann aber zusammen.

Die Dämmerung sinkt herab, die Kerzen spenden warmes Licht. Engelke leiert den Plattenspieler an mit *Am Weihnachtsbaume*, *O Tannenbaum* und *O wie lacht*, die ganze Hitparade. Nur gerade heute sind die Batterien ziemlich darnieder, dabei geraten die Sängerknaben auf dem Vinyl schon mal ins Jodeln. Dann ist es ganz vorbei, und Engelke hat keine Ersatzladung, wie so oft.

»Na, Amalia: müssen wir wohl selber singen.«

Engelke und Amalia grinsen sich an, verzehren lieber Buletten und Weißbrot, prosten sich zu aufs Christkind, auch Sardinen-Rudi muss erneut herhalten.

Zu Weihnachten ist bei Engelke besondere Milde angesagt: vielleicht kam sogar mal was Neues heraus bei den Boysen'schen Historiengemälden. Und richtig: Amalia verrät plötzlich, dass der Rudi sogar das Kapitänspatent angepeilt hätte, er aber nicht lange vorgehalten habe, der Drang zu den goldenen Ärmellitzen. Das Nautische, kichert Amalia nachhaltig beglückt, wäre beim gegenseitigen praktischen Studium der Liebeskunst auch nicht von unmittelbarer Bedeutung gewesen. Ja, der Rudi – wer so in einem anderen Hirn spuke, der könne nicht ganz weg sein von dieser Welt.

»Bei seinem feurigen Heimgang ist er man gerade vierundvierzig gewesen, keiner hat den verbrannten Leichnam einwandfrei erkannt, nur an den Zähnen konnte mans beweisen.«

Doch die alte Leier, Engelke seufzt, denkt: *Wo sonst als in Rudis verkohltem Kadaver hätte man sein goldenes Haifischgebiss finden können?*

Danis Heimgang wird ausgespart, auch wenns erst ein Vierteljahr her ist. Engelke meint fast noch die Sommersonne im Genick zu spüren, heiß wars, als sie die Boysentochter und ihren Mann drüben in Niebüll in den Acker versenkten. Engelkes Augen sind dabei feucht geworden, Amalia dagegen ist trocken dagestanden, hat nicht ins Grab, hat nur in die Ferne geguckt, blass, doch die Nase voraus im warmen Wind.

Draußen jammert dieser Wind jetzt um vieles kälter um den »Walfisch«. Muttern Boysen zieht sich die Wolldecke um die Schultern. Blinkert mit den Augen, die trüb sind vom Star und vom Schluck.

Meint plötzlich, fast widerstrebend: »Es geht wieder um. Das Flutkind ist ums Haus!«

Die Boysen genügte gern ihrem Ruf als große Spökenkiekerin *sozusagen eine nordfriesische Pythia,* wie Capplan ehedem spottete mit einem Zwinkern zu Engelke hin. Amalia zeigt sich denn auch gewandt im Vermeiden von Leitern, schwarzen Katzen und verstreutem Salz; so gut wie zu allem und jedem kommt der passende parapsychologische Handhabungskommentar. Das ist bekannt, darüber darf gelacht werden. Aber das Flutkind ist neu.

Diese Erkenntnis steht dem Frollein Kristensen klar in die Augen geschrieben. Ohne Zögern holt Amalia deshalb aus und überschüttet Engelke mit einem frischen Aufguss aus Sage und Seemannsgarn.

»Vor langer Zeit«, beginnt sie und ruckt vor, »da ist

am Strand ein Meerfrollein angespült worden, eine Nixe, eine *Lille Havfrue,* wie der Däne es nennt...«, Amalia verfällt dabei in einen Singsang, dem Engelke sich nicht entziehen kann, »... die sich unsterblich in einen jungen Holgrunter Fischer verguckt hat.«

»Schön«, sagt Engelke, die merkt, dass der Schnaps auch ihr den Kopf schwer macht und die Augenlider. »Wird doch wohl nicht auch so ein vermaledeiter Kristensen gewesen sein?«

Amalia lässt das mal im Raum stehen, wiegt bedächtig den Kopf. »Der Fischer hat es gerettet, als das Meerfrollein verletzt unter allerlei Bruch und Plunder am Spülsaum gelegen ist, er hat es gepflegt, gesund gemacht, und beide sind füreinander in Liebe entbrannt.«

»... entbrannt?«, gluckst Engelke.

»Nur...«, fährt Amalia unbeirrt fort, »... dass der junge Mann verheiratet war und dessen Frau, die lange krank darniederlag, nix merken durfte. Darum haben sich die beiden nur nachts getroffen, wenn die Frau des Mannes tief geschlafen hat. Und Meerfrolleins auf dem Land haben ja auch nur des Nachts richtige Beine. Und auch sonst so.«

Engelke merkt an, der Kerl habe bei seinem Ehegespons wohl öfter mit einer Flasche Köm nachgeholfen von wegen nichts merken. Amalia zuckt bei dieser Despektierlichkeit zusammen, murmelt was von *keine Ehrfurcht vor den Dingen zwischen Himmel und Erde* – aber der Erzähldrang quält sie, und wenn du plötzlich einen zum Zuhören hast, wo dir sonst niemand zuhört, dann nimmst auch du die Chance gnadenlos wahr und lässt ihn nicht aus, selbst wenns der Leibhaftige höchstpersönlich wär, der vor dir hockt.

Amalia also weiter im Text.

»Getrieben haben sies draußen am Strand, in der Düne, bei jedem Wind und Wetter, das ging wochenlang so«, summt sie, scheint dabei jedoch eher an Sardinen als an fischgeschwänzte Meerfrauen zu denken.

»Dann kam der kalte Winter, da sind die beiden heimlich-leise ins Haus. Der Fischer musste Türen und Luken auflassen, und der Ofen durfte nicht brennen, das ist so ein Gesetz: Ein Meerfrollein kann zwar einige Zeit außerhalb des Wassers leben in Menschengestalt, von der Dämmerung bis zum ersten Morgenlicht – aber man darfs nicht einschließen: *Morgensonnenstrahl, verriegelt' Schloss und warmer Herd, hast du beisammen diese drei, die Nix zur Hölle fährt ...!*«

Dabei reißt Amalia die Arme auseinander, sitzt kerzengerade auf der Couch, ganz starr und unbeweglich, und guckt aus rollenden Augen ins Geviert wie der Pastor, wenn er in der Kirche seinen Segen auf die Gemeinde loslässt.

Sekunden später sackt sie zusammen.

»Schlecht ists ausgegangen fürs Meerfrollein«, flüstert sie, »des Fischers Frau hat irgendwann mitbekommen, was ihr Gatte nachts trieb. Am Abend der Wintersonnenwende ist sie den beiden auf den Boden nachgeschlichen, hat sie liegen gesehen auf den Decken und

Netzen neben Kisten und Kästen, beide schliefen tief, sie in seinen Armen.

Die Fischersfrau, die um den Abwehrzauber wusste, hat leis den Deckel einer Kiste angehoben, die zarte kleine Seenixe mit der Decke aufgenommen, *zack!* in die Kiste geschmissen, Deckel zu, Schloß umgedreht. Hinuntergerannt, Fenster und Türen zugesperrt und den Herd angefeuert, bis er geglüht hat.«

»Pech aber auch…«, gähnt Engelke, »…dass die Oltsch was gemerkt hat«, *andere fahren bei so was auf die Doggerbank und versenken sich selbst auf anständige Weise!*

»Ein gewaltiges Tosen und Wehklagen hat angefangen«, nuschelt Amalia. »Jedoch der Fischer schlief so tief, dass er vom Lärm nichts mitbekam. Seine Frau hat sich hingelegt und gebetet bis zum Morgen. Und als der erste Sonnenstrahl auf das Haus gefallen ist, war es schlagartig still, und ab dem Tag hat niemand mehr das Meerfrollein gesehen.«

»Schade!«, meint Engelke und füllt die Gläser nach. »Ehrlich – tut mir leid. Hätt ich ihnen gegönnt, ihr Glück.«

»Seitdem kannst du es nachts klagen hören, dass Meerfrollein«, deklamiert die Witwe Boysen mit erhobenem Zeigefinger. »Weil: sie kann nicht vergehen, sucht im Dunkeln ihren Menschengeliebten – und ihre Freiheit. Noch heute hört man gelegentlich was schlurfen, rutschen hierherum. In der Dämmerung und bei Nordwind. Das ist das Meerfrollein, das umgehen muss bis zum Jüngsten Tag, das den einsamen Wanderer quält, ihm aufhuckt, ihn schlimm zurichtet; es sei denn, ein reines Wesen entlässt sie aus ihrem Gefängnis und geht selbst für sie hinein …«, und zu Engelke: »Kriech nie auf Dachböden, mien Deern, und mach fremde Kisten und Kästen auf!«

»Ach was!«, sagt die Deern und tätschelt ihr den Rücken. »Auf Holgrunt gibts keine Seekisten mehr. Die sind alle längst an Antiquitätenhaie verscheuert und in Schnaps umgesetzt worden. Engelke bricht ab, denn Amalia kriegt sowieso nichts mehr mit, haucht nur noch: »… die Seefrau in die Hölle fährt!«, und ist selig auf dem Kanapee entschlafen – weg mit Rudi auf Sardinenfang.

Draußen heult der Wind. Auch ohne Amalia Boysen.

2. Zwischen den Jahren

Engelke kauert mit untergeschlagenen Beinen im knarrenden Lehnstuhl. Einen Luftpostbrief auf dem Tisch, zwei Fotografien, eine davon das Schwarz-Weiß-Bildnis ihrer Mutter, auf sechs mal neun mit der Box geknipst und aus den *guten alten Zeiten*, wo Abgelichtete so ernsthaft aus der Wäsche guckten, als säßen sie nicht vor der Linse, sondern beim Zahnarzt. Ihre Mutter, hoch in der Schwangerschaft und im dunklen strengen Kleid mit hartem Blick, dahinter der Vater, ebenfalls versteinert und mit besitzergreifender Hand auf Mutters Schulter – eigentlich junge Leute, beide haben sich auf dem Anleger positioniert, die See als Hintergrund, *Holgrunt im März 1935* hinten auf dem Bild verzeichnet.

Mutter. Starb an Engelkes Geburt.

Engelke empfindet nichts. Die Lieferung wurde vor sechsundzwanzig Jahren bezahlt.

Na Pech, du Mutter.

Papas Welt zählte. Raue Welt. Und Amalia, ein wenig.

Das andere Bild, im selben Jahr aufgenommen, es fand sich im Aufsatz des wurmstichigen Küchenschrankes, hinter einer der Türen, in denen früher bunte Glasscheiben steckten, jetzt krumme Furnierplatten.

Die drei jungen Kristensen-Kerls drauf, zerknittert, aber stattlich. Mit Seehundschnauz der Paale, glatt bis auf einen Menjou der bebrillte Ingvar, Rudi ganz ohne Tang im Gesicht. Neben Paale, zwischen Ingvar und Rudi, die Golda, im Gegensatz zum ersten Foto sind alle guter Dinge, und Golda lacht, versprüht die Funken ihrer fünfundzwanzig Lebensjahre – fünfundzwanzig, so jung ungefähr wie heute die Engelke.

Paale posiert mit jovialem Lächeln in Uhrketten-Weste überm muskelunterfütterten Hemd. Ingvar in Parteiuniform – ohne Mütze, dafür mit dunkler Wutlocke über den hellen Augen – hat auch die Mundwinkel oben. Die Sardine gewinnt erst auf den zweiten Blick mit ihrem Bubenlächeln unterm aufgebürsteten Schopf. Trägt dazu einen weißen Anzug, weiße Schuhe, Strohhut in der Hand, der Bonvivant.

Und die lachende Golda mit ihrem hübschen Lärvchen, Haare hochgesteckt und das Rüschenkleid mit Puffärmeln. Weit hinter Rudi, ein blasses Gesicht mit Korkenzieherlocken: Amalia – die hat nichts zu lachen.

Die da auf dem Foto.

Auf Engelkes Nachtschränkchen stand zwischendurch und zeitweilig auch so ein »Familienbild«: *Holgrunt, April 1961,* die motorisierte Seejungfrau drauf, Engelke daneben mit Hoegi, der sie keck im Arm hält vorm Selbstauslöser.

Der da auf dem Foto.

Aus dem großen vaterländischen Krieg gibts keine Kristensen-Ablichtungen. Und keine Abenteuergeschichten. Rudi ist der Einzige der drei gewesen, der ins Gefecht ziehen musste. In einer Sardinendose von U-Boot.

Hatte Glück, wurde nicht versenkt, ist bereits aufgebracht worden im September 1940 vor den Shetlands von einem britischen Zerstörer, danach Kriegsgefangenschaft bis '46 in Schottland – Glück muss man haben und heil rauskommen aus so einem schwimmenden Sarg.

Paale und Ingvar, Letzterer sowieso frontuntauglich wegen Kurzsichtigkeit und seines – angeblich – schwachen Herzens, waren natürlich auch sonst unabkömmlich. Und Ingvar dazu verdientes Parteimitglied.

Paale kommandierte eine Art von Heimatwehr: fünf Insulaner, dazu drei Reserve-Seesoldaten, die auf Holgrunt stationiert waren in Sachen Abwehr englischer Spionageschiffe oder Lander. Einen geruhsamen Krieg hatten sie gehabt.

Am ersten April '45, kurz vor der Kapitulation, ist ein britisches Kanonenboot vor Holgrunt aufgekreuzt. Den Käpitän der »H.M.S. Bonito« kannte Paale gut, das war sein Spezi McDermott, mit dem hatte er bis kurz vor Kriegsausbruch einträglich geschmuggelt. Und der hatte '39 die Golda in Sicherheit gebracht.

Die drei kleinen Reichsmariner wurden auf der »Bonito« abtransportiert und mussten als P.O.W. zwei Jahre brummen. Wie Sardinen-Rudi. Stellvertretend. So hatte die Gerechtigkeit wenigstens in Ansätzen gesiegt.

Engelke weiß über diese Zeiten gar nichts, als Kind hast du andere Sorgen, die Kriegsfurie kam nie wirklich nach Holgrunt, was sollte sie dort?

Engelke weiß überhaupt wenig von der Welt um sie herum. Als Capplan sie Mitte August hochgradig erregt und in heilig-politischem Zorn anging *haben Sie die Bildzeitung gelesen? In Berlin haben vorgestern diese Kommunisten eine Mauer errichtet, die Stadt geteilt!* – blieb ihr Berlin mit und ohne Mauer ziemlich schnuppe *Mauer – na und?*

Paale, Rudolf, Ingvar. Der Letztere blieb in den mündlichen Überlieferungen – die spärlich genug ausfielen – so gut wie unbesprochen. Aber nicht unschuldig: *Ingvar ist ein Satan gewesen. Der hat allerlei auf dem Gewissen. Ich hab ihn rausgeworfen, er ist nach Hamburg und hernach verliert sich seine Spur, das Dreckschwein hat sicher längst der Teufel geholt!* hatte der Alte geknurrt, *tauchte er hier auf, schlüge ich ihn tot!*

Ums zwölfte, dreizehnte Lebensjahr herum, direkt vor und nach ihrem Unfall – obs zu der Zeit war, dass was vorgefallen ist zwischen dem Vater, den Onkeln?

Aus dieser Zeit fehlt ihr alles, Filmriss. Was aber nicht schlimm ist, das konnte so viel nicht sein – oder weißt du noch, was du Spektakuläres erlebt hast mit dreizehn?

Und der lose Rudi. *Hat sein Leben weggeschmissen, der Windbeutel, der Dieb. Lebensuntüchtig!*

Bis zum bitteren Ende in der Feldscheune.

Mögen die zwei vergammeln … Rudi zumindest hat

das schon hinter sich! Paale Kristensen hatte ausgespuckt *weil sie mich betrogen haben!*

Betrogen – ein schlimmes Wort für einen Kristensen. Vor allen Dingen, wenn er selbst das Opfer war.

Der Alte ist, soweit Engelkes Erinnerungen wieder einsetzten, regelmäßig jedes halbe Jahr aufs Festland, morgens hin, am übernächsten Abend zurück, kommentarlos. *Hat sicher ne Bekanntschaft!* zogen die verbliebenen Holgrunter ihre Schlüsse, selbstverständlich nur hinter vorgehaltener Hand, den Paale mochte keiner vergrätzen. Nicht, wenn man in einem Kristensen-Haus wohnt und auf Kristensen-Grund die Schafe hält oder den Kohl zieht.

Er reiste, machte krumme Geschäfte. Oder er spazierte über seine Insel, inspizierte hier und dort. Landete dabei immer bei der Sultansruine. Und bei der Klippe, wovon sich die Vibe Drosinck ins Meer – aber das ist auch schon gesagt worden.

Wenn ich mal nicht mehr bin ... hatte Paale vor Zeiten gebrummt ... *hab ich alle Papiere in meinem Schreibtisch. Im rechten oberen Laden. Den machst du auf. Wenn ich nicht mehr bin.*

Ansonsten hatten sich die familiären Zutraulichkeiten in engen Grenzen gehalten.

Nach Jahr und Tag ist sie mit dem Nils auf und davon.

Abrupt knipst sie die Familienerinnerung aus, aber so einfach ist das auch nicht. Familie – nie wars richtig herzlich gewesen, wie man sich das bei den leidgeprüften Beteiligten eigentlich hätte vorgestellt, nein: es stand fast greifbar was im Raum, das den Alten kühl werden ließ gegen sie – er schwankte permanent zwischen Muffigkeit und Gleichgültigkeit. War da noch eine Schuld – über Kopenhagen hinaus –, die sie abzutragen hatte?

Du machst ohnehin alles falsch.

Obs daran lag, dass sie kein Junge war? Oder obs doch um die Mutter ging? Die kam in ihrer Welt nur als Zitat vor, war aber ein Stück von Paales Leben gewesen.

War Engelke daran schuldig, an ihrem Tod?

Das nagt seit Ewigkeiten in ihr. Paales Verhalten die Jahre über war nicht besonders förderlich gewesen, ihr diese Bitternis zu nehmen. Zärtlichkeiten? Fehlanzeige.

Fürs Herz war höchstens Amalia griffbereit, aber die hatte ihre Seele früh verloren an den Teufel in Gestalt Sardinen-Rudis und nur ein winziges Eckchen übrig. Um diesen Ort lagen Engelke und Dani im dauernden Gefecht, Dani hatte meist die schlechteren Karten.

So lebten sie nebeneinanderher, Paale mit seinen dunklen Verrichtungen, Engelke mit sich selbst und dem unterschwelligen *hast wohl was verbrochen.*

Aber dass Paale sie je geschlagen hätte, daran kann Engelke sich nicht erinnern.

Scheiß drauf! Sie versenkt die schweren Eingebungen im Schnaps, plötzlich ist ihr nach ein wenig *Jubilate* – sie probiert noch mal *O Tannenbaum*; der Plattenspieler muckt kurz auf, knackt, flabbert, verreckt endgültig.

Für diesen schäbigen Rest an Seelen lohnt sich das ganze Weihnachtsgetöse ohnehin nicht!

Damals waren wenigstens Hirten auf den Feldern gewesen. Auf Holgrunt könnte sich der Engel die Kehle heiser brüllen von wegen Christi Geburt, es käm keiner. Amalia nicht: besoffen. Der Vater: darnieder. Und der alte Brandinck auch nicht – zumindest dienstagabends nicht. Außerdem war der im hohen Alter zu den Atheisten konvertiert und somit an himmlischer Verkündung nicht sonderlich interessiert.

Und Engelke hätte einfach keine Lust.

Sie würde dem Geflügelten einen Keks anbieten, einen Williams Christ vorsetzen – gratis natürlich – und sagen: *Komm im Sommer wieder. Da findest du hier wenigstens ein paar Sailors – und im Frühherbst die alten Weltkriegssäcke, mag sein, dass von denen einer was hören will von Verkündigung, sind ja selbst nah dran, Engelchen zu werden.*

Sie hat die Briefe, Urkunden, Grundbuchauszüge ein ums andere Mal gelesen, erst verwirrt, dann freudigzittrig; steckte alles zurück ins Geheimfach zur Sicherheitsverwahrung.

Das war einschneidend, was der Alte da noch angerührt hatte, richtig glauben kann sie es selbst jetzt nicht.

Sie trinkt sich noch mal Mut an, ist hinauf, hält dem Alten einen Vortrag, die Stimme fest. Er nickt schwach, die Vollmacht unterkrakelt er, sie muss ihm die Hand führen.

Holgrunt für einen Haufen Silberlinge.

Es geht seinen Gang.

Die Morgen zwischen den Jahren klaren früh auf, sind ruhige Vertreter. Der Wind hat sich in der Nacht vom ersten auf den zweiten Feiertag ordentlich abgearbeitet, danach mit eisigen Fingern in die Wolken gegriffen, kaltes Lametta in die kahlen Sträucher gehängt und überall einen Finger dick Schnee aufgefieselt. Sich am Abend des zweiten Weihnachtstages zum Festland verzogen, auf und davon.

Stille Tage. Die Sonne mogelt sich öfter als sonst durch den Hochnebel. Streichelt über die verzuckerten Dächer, die Wiesen, die glitzernde Pracht. Da gibt es Stunden, wo du vom Meer, vom Festland so gut wie nichts hörst und siehst, kein Wind, kein Watt, kein Wasserschlag. Ab und an von fern eine Schiffströte. Nicht für dich.

Engelke erwacht ausgeruht meistens erst gegen neun *endlich mal länger durchgepennt!* Nicht so wie in der Nacht zum ersten Weihnachtstag, als sie um fünf vom Sofa hochschreckte mit dem Meerfrollein in den Haaren, durchs Haus gewetzt ist auf der Suche nach der besäuselten, aber vertrauten Boysen. Die ist natürlich längst weg gewesen, das macht sie jedes Mal – egal wie stark sie sich abgefüllt hat. Spätestens um vier in der Früh kriegt Amalia das Reißen – und *zack!* aus der Tür.

Meistens besucht Engelke den Vater morgens gegen sieben, meistens duselt der noch. In diesen Tagen wird es aber schon mal halb zehn, da zeigt er sich ansprechbar, bemüht sich wenigstens um ein feierliches Gesicht wie der Engel über seinem Bett, der den Hirten die Geburt des Christus verkündet, eins von den Flügelwesen, die sich bei Engelke einen genehmigen dürften.

Der Alte ist friedlich. Flüstert etwas, das unverständlich bleibt, guckt verklärt durch die Zimmerdecke. Engelke schließt leise den Raum, nachdem sie den Vater versorgt hat: gewaschen, gefüttert, Bettpfanne, Hintern abgewischt; verlässt das Vaterunserzimmer, Mann und Engel verblassen im diffusen Licht.

So lässt sie die Tage dahingehen. Das Wetter hält sich die Waage. Sie bleibt im Haus, verlässt es erst am Morgen vorm Jahresende. Stiefelt auf den Anleger, guckt auf den gefrorenen Schlick und in die Weite.

Hält die Hand über die blauen Augen, gegen die Sonne.

Ihre Regel ist seit zwei Wochen überfällig.

Die Hand zittert.

3. Auf ein Neues

Silvester: wieder Boysen-Alarm. Amalia schlurft bereits am späten Nachmittag ins Haus, Pralinenschachtel unter dem einen, die Dose mit dem Bleigieß-Besteck unter dem anderen Arm. Engelke positioniert sie in die Schankstube aufs Sofa, stellt ein Glas hin, den Aquavit daneben, verschwindet im Magazin und hinten raus, ihr ist am frühen Nachmittag nicht schon nach alten Boysen-Lamentos, da gehört zum Ertragen mehr als ein Hochprozenter dazu, was aber der alte Quacksalber Stellvers gar nicht gern sieht.

Zum Henker! Am liebsten wär sie wieder um neun ins Bett!

Ist aber doch auch einsam, die Amalia.

Kartoffelsalat, Buletten liegen genug im Kühler. Köm erst recht.

Gegen halb sieben tuckert das Postboot vor, überfällig seit dem Morgen. Engelke hat nicht mehr damit gerechnet, da teilt der Bugscheinwerfer doch noch die Dämmerung, die Hupe geht, sie raus. Stefan Oelkes hat die Medikamente für Vater an Bord, die Morgenbrötchen, die Bildzeitung von gestern, Werbezetttel und einen Brief dabei.

Ein richtiger Brief. Und was für einer!

Amalia brummt, Engelke wär gut dran. Sie kriegte nie was, nicht mal die kleinste Depesche, wäre ganz abgeschrieben, die arme alte Amalia, und gleich fängt sie an zu schluchzen. Engelke meint, dass sie doch mindestens einmal im Monat den Oelkes auf dem Sofa zu sitzen hätte, den Postbüdel mit der Rentenauszahlung *hoch die Tassen!* – Oelkes spucke ja auch nicht rein. Und wenns auf einen *Brief an sich* ankäme, sie könne gern Engelkes Reklame haben!

Na, das wäre, antwortet Seehund Amalia spitz, denn doch wohl kaum dasselbe!

»Weißt du was? Ich löse einige Preisrätsel, auf deinen Namen«, verspricht das Frollein Kristensen. »Vielleicht gewinnst du sogar was.«

Davon zeigt sich Amalia schon eher angetan.

Der Brief. Sie schließt ihn vorsichtshalber weg in den Sekretär. Amalia kriegt nichts davon mit, die schwelgt gedanklich bereits in Stößen von Glückwunschbriefen mit Rätselgewinnen.

Die trockenen Frühstücksbrötchen sind an Bord geblieben. Viel interessanter ist, was der Äppelkahn noch so ausgespuckt hat: Peter Capplan ist schon nach knapp einer Woche zurück von seiner Fulda-Familie. Hatte sich vielleicht gekracht zuhause, oder war es ihm langweilig geworden – ohne Engelke? Vorn auf dem Anleger steht er, mit Oelkes Boot im Rücken, das sich eilig entfernt, den Scheinwerfer in Richtung Klippsbüll gerichtet, ahoi, Oelkes: er pröttelt heim, der vierzigjährige Versehrte, dem die Eisenbahn in Niebüll Arm und Bein gefressen hatte vor zehn Jahren; da fährt er hin an die Silvesterkarpfenschüssel und an Anni Oelkes ausladenden Busen, nie hörte man, dass die beiden Feuerwerk nötig gehabt hätten.

Peter Capplan eilt den Weg herauf, strahlt. »Bin wieder hier! Pünktlich zur Jahreswende.«

Ja, hier bist du wieder. Mir doch egal!, denkt sich Engelke. Aber besser, als nur die olle Amalia um die Ohren.

Na: so egal auch nicht. Aber der Kerl soll sich nix drauf einbilden!

Capplan ächzt Rucksack und Pappkoffer vorbei an Engelke, vorbei am »Walfisch« in Richtung Kirchturm, blökt im Vorübergehen: »... hab Ihnen was mitgebracht, darf nachher hereinschauen, ja?!«

Eine Ankündigung, die keine abschlägige Antwort zulässt. Engelke verdreht die Augen und legt ein Gedeck mehr auf.

Eine Viertelstunde ist gerade vorüber, da pochts an der Tür, und auf Engelkes *Herein!* sprengt Peter Capplan in Gala-Uniform über die Schwelle: tiefblauer Blazer überm weißen Rollkragenpulli zur hellgrauen Flanellhose. Das Reisebündel muss flink abgeworfen worden sein, er zeigt sich geschrubbt und frisch rasiert, duftet nach herbem Gesichtswasser, trägt zwei Päckchen in den Händen.

»Für Sie, liebes Frollein Engelke!«

Die besieht ihn sich belustigt von oben bis unten, wirft die Tür zu, platziert ihn neben Amalia aufs Sofa, welche den Hereinkömmling ohne rechte Anteilnahme beäugt, »... Tach« brummt, dabei hochruckt und ächzt: »... will ich mal wieder gehen, ich stör, wusste ja nich, dass du noch Besök kriegst, Deern.«

»Red nicht!« Engelke drückt Amalia zurück ins zerschlissene Polster, beruhigt: »Der Herr Capplan hat sicher nichts dagegen, wenn wir drei zusammen Silvester feiern, nicht wahr, haben Sie doch nicht?«

Der muss nicken. Ob er will oder nicht. »Klar, Engelke ... nichts dagegen, natürlich nicht. Im Gegenteil, wir machen uns jetzt nen schönen Rutsch, wir drei.«

Lacht und zeigt dabei die Zähne.

Gleich wickelt Engelke das eine der beiden Pakete aus: Feuerwerksraketen. Capplan enthüllt das andere: eine Flasche Henkell-Trocken, er zeigt ihn stolz in die Runde, verkündet: »Die köpfen wir zum Neujahr!« und zwinkert Amalia zu. »Sie sehen heute auch so frisch und prickelnd aus, Frau Boysen.«

Dabei lächelt er, dass sie puterrot wird und mit glühenden Wangen dahinschmilzt, aufspringt wie ein junges Ding, »... Sektgläser holen für nachher.«

Engelke dreht sich weg, schüttelt den Kopf. Beobachtet im Spiegel überm Spülbecken Capplans Gesicht. Fragt sich, ob einer, der so mit den Kiefern mahlt bei den Honneurs, ob der das mit der Freundlichkeit wirklich ernst meint.

Die Buletten sind gegessen und der Kartoffelsalat. Auch der Aquavit ist schwer gefragt, verspricht aber, mindestens bis Mitternacht seinen Mann zu stehen. Amalias Litaneien perlen immer flüssiger, hat sie doch mit Capplan einen aufgebracht, der die Sardinen-Geschichte noch nicht in aller Ausführlichkeit kennt. Ihre Obsession, das wahrschauende Bleigießen, muss eben Pause machen bis bis zur nächsten Neujahrsnacht.

Der Schnaps wogt mächtig, Capplan hält fleißig Kurs, quält das Boysen-eigene Glas eine Ebbe, flutet er umgehend. Döntjes fliegen zwischen den beiden hin und her, ein Lachen, ein Zwitschern, dass Engelke denkt: *Dunnerlittchen!*

Dann plötzlich, mitten im Satz, mitten in den guten alten Zeiten, kippt Amalias Kopf nach hinten, das Schnapspinnchen plumpst zu Boden, der Boysenmund macht nur noch Schnarchgeräusche und ein Pfeifen durch die Zahnlücke.

Als das Glas auf den Dielenboden schlägt, schreckt Engelke hoch, vom Gesäusel eingelullt. Sie sieht auf die Uhr – *elf? Na, das meiste haben wir hinter uns.*

Capplan flüstert: »Die Frau Boysen verträgt aber einen gehörigen Stiefel. Nur den guten Sekt wird sie nun nicht mehr verkosten können.«

»Jahrelange Übung ...«, gähnt Engelke und lächelt in Capplans Richtung. »Hab schon mitgekriegt, dass Sie höchstens ein Drittel von dem getrunken haben, was Sie Amalia eingetrichtert haben. Trotzdem hats bannig lange gedauert, bis sie abgekippt ist. Haben die Olle unterschätzt, biologisch sozusagen?«

»Ist eine veritable Gegnerin«, bestätigt Capplan und schmeichelt: »Ich jedenfalls werde mich nicht volllaufen lassen, wenn ich mit so einem netten Frollein …« – plötztlich liegt er mit Amalia im Clinch, denn die ist hochgeschreckt und dann mit Masse rechts über Capplans Beine geknickt. Jetzt sitzt er in der Falle, sozusagen mit einer gefällten Eiche im Schoß.

Engelke kichert, beide wuchten gemeinsam die Boysen zur Seite *hoo-lupp!* Und die gewickelten Stampfer aufs Sofa gehoben. Madam dankt ihrerseits die Liebesmüh mit einem zufriedenen Röchler und blitzt mit ihrem rosa Nylonunterrock. Den trägt sie am liebsten, ja, das sieht man.

Engelke guckt, wie es der Sekt so hat mit der Temperatur. Besser wär, er stände vor der Tür im Schnee.

Gesagt, getan.

»Jetzt sind nur wir zwei übrig!«

Capplan, der doch nicht ganz unversehrt geblieben ist, sagt: »Ja, übrig …«, und greift todesverachtend zum Hochprozenter. »Nur wir beiden Hübschen.«

Er holpert herüber zu Engelke, die hat sich auf die Bank unterm Fenster gehockt. Fragt jetzt: »Warum sind Sie denn so früh zurück?«, knufft ihn in die Seite. »Wollten Sie nicht bis mindestens Dreikönige bleiben bei Ihrer Familie?«

»Ach, Familie …«, grummelt Capplan. »Ich fand das so … so öde. Meine alte Mutter, meine Schwester mit ihrer Familie: Mengen von kleinen Kindern, sechs Stück. Und alles dreht sich nur um die Bälger.«

Da sei er fehl am Platz gewesen.

»Bin fünfunddreißig und ledig, in Sachen Familiengründung *altes Eisen*. Mutter hat mich längst aufgegeben, und für die Gören ist man doch nur der fremde Onkel vom Meer…«

Beide lachen. Capplan etwas säuerlich.

»So bin ich zurück, keiner war besonders traurig.«

»Hier ist keiner traurig, dass Sie zurück sind, Herr Capplan«, tröstet Engelke.

»Ehrlich?« Der Ornithologe strahlt. »Ich hatte schon Angst, ich sei fünftes Rad am Wagen.«

Sie: »Warum heiraten Sie eigentlich nicht?«

Er: »Ich hab die Richtige noch nicht gefunden.«

Gefasel! denkt sie, sagt laut: »Bemühen sich wohl nicht genug, sehen doch ganz nett aus, haben sogar studiert. Es muss doch eine für Sie zu finden sein.«

Dann reitet sie der Teufel, »… muss ja nicht unbedingt Maria heißen!«

Das trifft ihn. *Hopp!* sitzt er kerzengerade auf dem Sofa und guckt verstört.

Da hast dus, Quatschliese! schilt sich Engelke, und gleich tuts ihr leid. Aber Capplan ist drin im Schneckenhaus.

Die Konversation wird unverbindlich, Engelke hört nur halb hin *jaja*, ist weggeflogen, wieder da, schlittert im Geiste kurz hinüber zu Amalia auf ihrer Sardinenreise.

»... mein Gott, ich red dummes Zeug, und es ist doch fünf vor zwölf«, Peter Capplan springt auf. »Schnell! Wo bleibt der Sekt? Wo die Raketen?«

Sekt. Raketen. Na hier! Müde schlurft Engelke zur Tür, die Flasche her, drückt vorher Capplan die Tüte mit dem Feuerwerk in die Hand, zieht dem schlummernden Boysenberg eine Decke über die Steilhänge. Schlüpft in Galoschen und Wolljacke, vielleicht ist auf dem Anleger was vom Sylter Großfeuerwerk zu sehen.

Das mitternächtliche Draußen ist kalt und klar wie der Sekt. Die Sterne hängen festgefroren, es bläst eine scharfe Brise aus Nordwest. Atemfetzen werden aus Engelkes Mund gerissen, als sie orakelt: »Sturm könnte es geben.«

»Wie bitte?« Capplan beschäftigt sich intensiv mit den Raketenzündschnüren, versucht eine leere Schnapsflasche in einen Plankenspalt zu keilen als Abschussrampe.

»Prosit Neujahr!« Engelke gießt den überschäumenden Henkell-Trocken in die Gläser. »Auf ein Neues. Schlimmer wirds nimmer!«

Angestoßen. Den Schaumwein hinuntergegossen. Der Neujahrskuss – Engelke spitzt den Mund vergeblich, Capplan zündelt gleich an den Raketen, die erste geht erst gar nicht hoch, verlischt in der Flasche, genauso die zweite. Die dritte flackert matt und hüpft die wenigen Meter ins Eiswasser der Klipptiefe. Die anderen Geschosse stehen ihr nicht nach im Versagen.

»... so ein Schund!«, flucht Capplan nach Fehlstart Nummer sechs. »Man hat mich betrogen!«

Das Festland liegt ruhig, nur vereinzelt Glitzersternchen. Am Sylter Himmel ist dafür richtig was gefällig: ein Blitzen, ein Blinken im Westen, Silberstreifen, Wetterleuchten so bunt.

»Wenn einer auf dem Mond wohnen würde, mit einem großen Fernglas zur Erde guckte – was der wohl dächte, wenn er immer zu Silvester dieses Feuerwerksspektakel auf der Erde sehen müsste?«, fragt Capplan in den Wind, steht schwankend neben Engelke, nimmt sie nicht in den Arm.

»Wenn er schlau ist, dächte er: *Neujahr!* Oder er dächte: *Die spinnen, die da unten!*«, sagt Engelke. »Aber er bräuchte sich nie einen Kalender zu kaufen, so oder so.«

Dann dreht sie sich weg, geht fröstelnd zurück ins Haus. Capplan stolpert ihr nach, schlägt beinahe mit dem Kopf an den Türstock, die Klinke rettet ihn. Engelke verharrt im Gastraum, das Gesicht zur Wand gedreht. Wringt ein Küchentuch in den Händen. 1962 – der Anfang von schönen neuen Zeiten?

Capplan fragt: »Haben Sie was?«, reibt sich schweratmend die Schulter.

»Durst«, sagt sie. »Warum ist nichts im Glas?«

Sie trinken stetig und schweigend. Hocken da, gucken aneinander vorbei. Gegen eins springt Capplan plötzlich auf, rennt zur Tür, kotzt vor die Schwelle *nicht ge-*

gen den Wind! will Engelke rufen. Aber es geht kein Wind mehr.

Danach ist Capplan in besserer Verfassung. Schwanken ja. Aber nicht untergehen.

Sie guckt ihn sich genauer an *na – muss man auch mal ein zugeben!*

Er sieht auch hoch. Engelke klappert mit den Augendeckeln, sagt: »Mensch, Capplan, sei doch nicht so steif. Lass uns doch mal was zusammen unternehmen – wolln wir im neuen Jahr nicht mal zum *Biikebrennen* gehen? Gemeinsam?«

»Ääh ...«, hebt er zu stottern an, und in seinem Gesicht tobt Sturmflut, »... nein, also wirklich ganz heidnisch, dieses Biikebrennen, dabei gehts um ein Opferfeuer für Wotan, da geh ich nicht hin ... außerdem bin ich langjähriges und bekennendes Mitglied in der Ur-Fuldaer Marienkongregation, und das heißt ...«

»Das heißt: Ich bin klein, mein Herz ist rein, soll niemand drin wohnen als Maria allein. Verstehe.« Engelke nickt heftig *rutsch mir doch den Buckel runter!*

»So ... so ungefähr«, stottert Capplan, verstummt und guckt auf seine gefalteten Hände.

»Na dann ists gut!«

Das bunte Wachs der Tropfkerze schliert den Flaschenhals hinunter, ergießt sich auf den Tisch.

Capplan erzählt, dass er so gern ein *richtiger* Pfarrer geworden wäre und katholisch deshalb *weil in dieser Konfession noch die gläubige Sinnlichkeit triumphiert* – seine Mutter habe ihm das jedoch schwer verübelt, hätte mit Rauswurf gedroht, mit Selbstmord gar – Kunststück: eine strenge Sektiererin *von wegen katholischer Pfaffe! Von mir hast du das nicht, Junge!*

Aber sein Entschluss habe felsenfest gestanden, denn seit jungen Jahren wär er rechtschaffen durchdrungen gewesen von Jesus und Maria, fügt er stockend hinzu, kann Engelkes trübes Gesicht nicht sehen, sonst hätte er das alles nicht dahergeblasen.

»Sie hat mich regelrecht erpresst – wir haben uns dann geeinigt: sie blieb am Leben, ich katholisch, aber den Pfarrer hab ich sein lassen.«

Dann: »Es ist kurz vor halb drei …«, er will sich erheben, schwankt. Engelke bemüht sich, ihn zu stützen, beide poltern zurück aufs Sofa, wobei Capplan über ihr zu liegen kommt – und plötzlich hat der seine Hände da, wo er sie nach seinem Reden nicht haben dürfte, an ihren Brüsten, an ihrem Hals – krallt plötzlich die Hände in ihre Kehle, röchelt: »… weiche, Satanas, Maria hilf!« Stürzt im selben Moment zu Boden, Blut läuft ihm über die Stirn von den Scherben des schweren Kristallglases, das ihm Engelke an den Kopf geschlagen hat.

»Du …«, zischt sie, steht breitbeinig über ihm, den scharfen Glasrest in der Faust, seiner Kehle nahe, zittert. Richtet sich langsam auf, lässt das Glas fallen, kaut an dem, was geschehen ist *mein Gott!*

»… schuldigung, weiß auch nicht …«, Capplan kommt hoch, ächzt, wischt sich das Blut von der Stirn mit seinem Taschentuch, will die Scherben aufsammeln.

»Keine Umstände!«, sagt Engelke tonlos, geht hinüber zum Tisch, schiebt die restlichen Trinkgläser zusammen. »Wenn Sie gehen, drücken Sie bitte die Haustür ins Schloss.«

Dreht sich nicht um, richtet Amalias Decke.

Hinter ihr klappt die Tür. Engelke löscht das Licht und steigt die Treppe hinauf. Ihr ist übel, nicht nur vom Schnaps. Wirft sich aufs Bett.

Geht doch alle zum Teufel

4. Vergeben. Nicht vergessen

Der erste Tag des Jahres 1962 schwebt herab aufs Eiland, findet jedoch auf Holgrunt nichts, was ihn erfreuen könnte. Kein einziges Schneeglöckchen läutet ihn ein, nur gefrorener Matsch mit Binsen am Ort. Kein Willkommen.

Um neun ist Engelke heraus, erst den Vater gerichtet, danach ein wenig über die Insel, jetzt hinterm Bau. Nichts geträumt – und keinen sehen wollen. Selbst Amalia nicht, die wieder früh gegangen sein muss.

Sie steht hinterm »Walfisch«, stochert im Dreck. Frische Luft tut gut um den Kopf, die See eine Milchpfütze, die Sonne ein geeler Möwenschiss im Dunst. Die Kimm, still und frostig, blinkt wie ein polierter Draht, der Wind liegt auf der faulen Haut.

Capplan lungert hinterm Zaun. Weil es ihn umtreibt, das Gewissen. Weil es ihm eine schlechte Neujahrsnacht gemacht hat. Dazu die Beule, der Ratscher unterm Stirnpflaster. Und der Kater.

Jetzt grämt er sich noch mehr, weil Engelke ihm abrupt den Rücken zugedreht hat, so darf er nur die Aussicht auf eine kalte Schulter genießen.

»Hallo, Frollein Engelke, wie geht's Ihnen heute morgen?«

Die zeigt keine Lust, was zu reden.

Die Hühner scharren ebenfalls lustlos im kalten Dreck, gucken dann, ob der abgenadelte Weihnachtsbaum noch was hergibt, den hat Engelke heute auch aus dem Haus geschmissen.

Sie wirft ihnen eine Handvoll vertrockneter Kartoffelschalen dazu, was das Leghorn veranlasst, aufgeregt zu gackern, meinend, jetzt gäbs hochherrschaftlich was vor den Schnabel. Der Hahn tut sich besonders hervor, hackt in Engelkes Schuhe, die tritt ihm in den Steiß, dass er quer über den Misthaufen fliegt und lamentiert.

Und knurrt endlich, zum lästigen Capplan hin: »Haben Sie nichts zu knipsen heute?«

Der versichert eilig, dass er seine Fotoserie exakt vor seinem Fulda-Urlaub fertig gehabt hätte, exzellente Tieraufnahmen aus dem Mischwatt bei Ebbe, von den Felsen, vom Spülsaum. Und den Salzwiesen. Und den Seehund-Sanden. Ganz hervorragend gelungen die Fotoserie, klare Abzüge in Schwarz-Weiß!

»Die Negative geb ich morgen dem Postboot mit, für die Druckerei, für die neuen Prospekte ...«

Kleine Pause.

»... soll ich Ihnen die Bilder zeigen?«

Engelke brummelt was, das er als *aber gern!* auffasst, sogleich sprintet er los – »... nur eine Sekunde.« – um die Ecke herum in sein Kirchlein, Bilder herbringen.

Sie sitzen in der Stube, Engelke seufzt ergeben, *mach endlich hin, Kerl!*

Capplan wirft die Abzüge hektisch auf den Tisch, Meeresgetier aller Art: Wattläufer, Seehunde, Gänse, Krebse, Würmer und sonst was.

Und alle scheißen. Kackende Heuler, kackende Möwen, kackende Wattwürmer. Stuhlgang, wohin man sieht. Und auch ein Bild dabei von Engelke, mit dem Teleobjektiv geschossen, wie sie vorm »Walfisch« steht und sich am Hintern kratzt. Das will Capplan gleich wegstecken, aber Engelke schnappt es und meint, er hätte nur was sagen müssen, sie hätt auch nen Haufen dahingesetzt.

Dabei sieht sie dem Peter Capplan ins Gesicht. Der guckt ängstlich zurück, senkt den Blick, ein geprügelter Hund.

Engelke ist es leid. »Mein Gott, Capplan – nun machen Sie sich keine grauen Haare wegen der Sache gestern«, fährt sie ihn munter an. »Waren beide ziemlich betrunken. Hab ich nicht so ernst genommen, ist kein Grund, auf sterbenden Schwan zu machen. Ich weiß, dass Sie das bestimmt nicht bös gemeint haben. Eigentlich bin ich gar nicht so ruffig, weiß auch nicht, was über mich gekommen ist, Ihnen den Römer über den Schädel zu ziehen, wohl so ein Reflex. Das hab ich eben von Haus aus, das Jähzornige, ne Kristensen'sche Spezialität. Sie haben mich auch ganz schön erschreckt!«

Peter Capplan verzieht das Gesicht, als habe er noch eins übergezogen bekommen, stößt die Luft aus, »ehrlich, Frollein Engelke: ich habs wirklich nicht böse gemeint, Ihnen bestimmt nicht wehtun wollen, ich muss nicht bei mir gewesen sein, das verzeih ich mir nicht ... ich schwör Ihnen, das kommt nie mehr vor. Ich kann ihre Reaktion gut verstehen, da müssen Sie sich ohnehin nichts vorwerfen, das war meine gerechte Strafe ...«

»Vergessen wirs«, unterbricht sie. »Hand drauf?«

So geschieht es *was bleibt uns auch sonst übrig?*

»Helfen Sie mir lieber bei der Inventur.«

»Gerne!« Peter Capplan tänzelt durchs Zimmer, ganz aufgekratzt, weil absolutiert und wieder benötigt, tütet seine Fotos ein. Das Frollein Engelke besaß zwar offensichtlich wenig wissenschaftliches Interesse am Stoffwechsel der umgebenden Fauna – aber was ist das schon gegen die Sündenvergebung?

Die beiden hocken im kalten und muffigen Magazin auf Hühnerfuttersäcken. Sortieren, schmeißen weg.

Der Williams Christ wohnt nicht hier, der residiert im Küchengelass. Dafür liegen zwei Flaschen Smirnoff-Vodka am ungemütlichen Ort, sechs Gordons Dry, fünf Johnnie Walker und zwölf Flaschen Jubiläums-Aquavit. Die letzte Pulle Chivas Regal verstaubt im Regal neben dem schimmeligen Karton mit drei uralten Belugadosen. Auf das Fazer-Konfekt hat einer die Kiste mit Thunfischkonserven geschmissen: nur noch Matsch für den Misthaufen. Oder den Hühnern in den Napf. Oder am besten gleich in die Klipptiefe – doch erst, wenn Capplan wieder in seinem Turm sitzt, dann ab damit! Sieht er dann ja nicht und sein ökologisches Gewissen wird nicht belastet.

»Hält höchstens noch bis Ende März, der Schnaps«, schätzt Engelke. »Aulberts Torsten liefert nicht mehr, das hat er mir noch vor drei Wochen gestanden, ist kein Nachfolger mehr an Deck für den alten Schmuggelbold. Zu verdienen sei daran sowieso nichts mehr, hat er gejammert. Na, hier auch nicht – seit Monaten nicht.«

»Und was soll werden?«

»Es gibt hier bald Veränderung. Einen neuen Besitzer«, antwortet sie mit getragener Stimme *jetzt ists raus, du Quatschtante, kann er auch gleich alles erfahren!*

»Soso. Neuer Besitzer. Sind ja interessante Meldungen.«

Pause. Einige Sekunden lang.

»Nun …«, Engelke dehnt das Wort. »Es hat einer angebissen für die acht Hektar und den maroden Kasten.«

»Sapristi! Wusste gar nicht, dass den Kristensens die ganze Insel gehört!«

»Sogar Ihre alte Kapellenbude, die Vogelbeobachtungsstation, die hat Ihr Naturbund gemietet. Glauben Sie denn, ich käme nur mit den Sailors über die Runden? Da wär ich längst verhungert das Jahr. Die Pacht für die Hütten geben auch nur ein paar Mark. Jetzt fällt noch eine weg, wenn der Brandinck ins Altersheim geht. Aber auch die lausigen hundert Kröten im Monat von Ihrem Vogelverein langen nicht weit. Tausend Quadratmeter Insel gehören übrigens der

Amalia Boysen ganz allein, die hat ihr der Alte vor gut fünfundzwanzig Jahren übertragen, warum auch immer. Aber fast achtzigtausend Meter zum Quadrat sind Kristensen-Land.«

»Gute Gelegenheiten darf man nicht ausschlagen.« Capplan hört sich nicht so begeistert an. Trotz der Betriebswirtschaft.

Engelke steckt ihm die zerknitterte Luftpost zu, fremde Marke, fremder Stempel *Air Mail from Haifa, Israel.* Aber nicht in Hebräisch, sondern halbwegs entzifferbar in Sütterlin, der Brief an den *sehr geehrten Herrn Kristensen, Paale.*

Respektive: an das sehr geehrte Frollein Kristensen, Angelika.

Von der Witwe Golda Morgenthal, geborene Rosencrantz, kam das in gespreiztem Tonfall gehaltene Schreiben. Von der Schwester des Efraim Isaak Rosencrantz, dem hiesigen, dem damaligen Rosenkrantz-Inselsultan.

Also: bezugnehmend auf den vorletztjährigen Schriftverkehr und den zum Ende selbigen Jahres erfolgten Verkauf der insularen Grundstücke des Herrn Paale Kristensen an die Frau Golda Morgenthal, geborene Rosencrantz, derzeit wohnhaft in der Stadt Haifa im Lande Israel, die nun aber endlich möchte aus dem Gelobten Land zurück in das harsche ihrer Jugend und ihres toten Bruders rücksiedeln, auf das Eiland, was ihrem Bruder vorzeiten zum Verhängnis wurde, wo sie aber auch die unbeschwertesten Jahre ihres Lebens verbracht hätte, nunmehr zur vorletztendlichen Heimatnahme sozusagen. Die Modalitäten seien alsdann erfüllt, welche wären gewesen gemäß gültiger Vereinbarung die Zahlung des Kaufpreises von pauschal, aber netto in Deutsche Mark fünfhunderttausend auf das vereinbarte Notaranderkonto – zuzüglich Kostenübernahme für Notar, Grunderwerbs- und sonstiger Steuer samt aller Gebühren durch die Käuferin, respektive Freigabe der Summe nunmehr zum fünfzehnten Zwoten nach Jahresanfang neunzehnhundertzwoundsechzig und nach mittlerweile erfolgter grundbuchlicher Auflassung und – wie gesagt – Abfindung aller Finanz- und sonstigen Behörden, so man sich zur pekuniären Abwicklung bitte wenden wolle an die bekannte, von beiden Parteien beauftragte Notars- und Anwaltssozietät *Scheperjahns & Partner*, Husum, diese handelnd in zweiter Hand für das internationale Bankhaus *Kuchenreuther & Cie.*, Zürich ... wenn keine anderweitigen Übereinkünfte getroffen werden müssten, wäre als Termin der offiziellen Übergabe der Liegenschaften der erste März des neuen Jahres angenehm und möglichst fest zu avisieren, blabla, *Shalom* sowie mit der Bitte um weitere Veranlassung. Antwort über das besagte Notariat und *mit vorzüglicher Hochachtung*.

Da hatte der Alte also heimlich die Insel verhökert. Als er noch bei Trost gewesen war. Und wenn Engelke vor Wochen die Dokumente nicht zufällig gefunden hätte im Geheimfach, wenn sie gewartet hätte, bis Paale gestorben wäre *wenn ich nicht mehr bin!* und nicht vorher den ganzen Papierquark durchstöbert, hätte sie bis dato nicht ein Fitzelchen gewusst von dieser Transaktion.

»Die Rosencrantz muss Geld haben im Überfluss«, sinniert Engelke. »Und nen großen Vogel. Kann ich mir, ehrlich gesagt, nicht vorstellen: freiwillig unten aus der Wärme weg, von den Orangenbäumen und Dattelpalmen ins kalte schlammige Wattenmeer, ich tät das nicht! Und schon gar nicht dahin zurück, wo sie meinen Bruder abgemurkst haben.«

»Sie will vielleicht einfach nur Ruhe«, mutmaßt Capplan. »Sie macht da unten auch einiges mit: Araber, Krieg, Terror – vielleicht möchte sie nur ihren Frieden machen mit ihrem Leben und der Vergangenheit.«

»Mein Gott«, sagt Engelke. »Frieden machen – die ist doch auch erst um die fünfzig.«

Capplan wendet sich ab, lehnt draußen am Zaun.

Das mit dem Verkauf, das trifft ihn! denkt sie. Ihr egal. Sagt: »Bald fahr ich nach Husum und hols ab, das Geld. In bar. Ist verrückt, in bar, ich weiß ... aber ich will mich drin aalen, in den Scheinen baden. In der Wanne, nackt in den Tausendern und Hundertern.«

Ob er sich das jetzt vorstellt?

Sie träumt weiter. Er steht nur so da, guckt übers Meer. Niemand sagt was.

5. Ein neuer Freund

Der Januar benahm sich ausgelassen, ließ die Temperaturen steigen, den Schnee verdampfen, die Sonne kochte Nebelschwaden in Minuten weg, dann wieder Eiseskälte.

Notarstage, Rosencrantznächte fürs Frollein Wichtig.

Dass ihre Regel ausbleibt, beunruhigt sie wenig *kann nichts sein, weil nichts gewesen ist!*

Capplan bleibt unsichtbar, darum hält Engelke ab und an und freiwillig mit Amalia ein Pläuschchen an der Tür, aber die bleibt einsilbig, ihr ist nicht wohl, die Beine machen ihr zu schaffen.

Dann nicht, dann ist eben Ruhe. Sogar die Träume machen blau.

Aber heute Morgen *schau an!* windet sich Peter Capplan doch mal wieder ums Eck, die Kamera am Hals, er hat Graugänse ausgemacht in den Salzwiesen und einen Fuchs, der sie beschleicht. War wohl über den Damm gekommen, ist aber schleunigst in Deckung, als er Capplan ansichtig wurde – wer wills ihm verdenken?

Engelke, die ihm auflauert an der Tür, lässt ein »Trinken wir nen Kaffee?« los.

Capplan guckt verdutzt, nickt dann, »... aber erst den Fuchs ...!«

»Pfeif auf den Fuchs!«, beharrt sie. »Ich mag nicht mehr allein frühstücken. Rein jetzt und Kaffee getrunken! Ist frisch gebrüht.«

Capplan zögert, nickt dann und setzt eine gefasste Miene auf. »Ja. Kaffee.«

Es tutet aus Richtung Westen. Der Umriss eines plumpen Kutters schält sich hinten aus dem Dunst, kommt über die Klipptiefe von seewärts, abgeschrammt der ehemals blaue Rumpf, hoch ragt er aus dem Wasser, leises Motortuckern, auf zweihundert Meter hörst du kaum was.

Die Bekloppten werden nicht alle! denkt sich Engelke. Gefahrlos anlegen geht nur bei voll aufgelaufenem Wasser. Oder bei Adrenalin-Hochflut. Oder Mut.

Geht dann an den Rand des Anlegers, Herr Peter, der nicht allein bleiben mag, schnellt hinterdrein.

Das Gefährt kommt längsseits, schmatzt schon im Schlick, der Schiffer wirft ihr ein Tau zu, sie schlingt es um den Poller, das hintere Tau um den nächsten und strammgezogen!

Der Motor stirbt. Fest und gummireifengepuffert liegt der Kahn am Pier wie ein toter Wal, die »Alte Liebe«.

»Moin!« Der Schiffer wirft die Öljacke ab, die Pudelmütze, raus aus dem Steuerstand und herübergejumpt. Steht auf dem Steg in ölfleckigen Latzhosen über dem dicken Troyer: ein Hüne, zwei Meter wird er mindestens haben. Und einen grauen Vollbart, graue Mähne, alles steht stramm weg. Und rechts eine Augenklappe, der Pirat.

Das Restgesicht: eine schrundige Landschaft, verbrannte Haut unter und neben dem Grauhaar, gerade, dass das unbedeckte linke Auge ohne Kerben ist. Die Nase ragt noch kräftig vor als Galionsfigur, hat aber tiefe Krater und farblich was von rohem Fisch. Engelke schätzt die Teerjacke auf gut ein halbes Jahrhundert – aber wer kann das schon genau sagen bei solchen Schlickrutschern?!

Der blickt zyklopisch in die Runde, »Holgrunt!« Nickt.

Engelke nickt auch. Und Capplan.

Der Ankömmling stapft an den beiden vorbei in Richtung »Walfisch«-Tür. Dreht sich um.

»Zeit fürs Frühstück. Hast du was zu essen da, Kristensentochter?« fragt er. »Und Bier und Schnaps?« Marschiert weiter, schwingt lange Beine.

Engelke hechelt hinterher. Der Schiffer bleibt vor der Tür, mustert Engelke scharf, wartet wohl auf was. Dann: »Kennst mich nicht mehr? Bin doch der – Michels. Ne Ewigkeit nicht mehr auf Holgrunt gewesen, hab das aber gehört mit Paale. Und dass du zurück bist …«

Er guckt hoch zum kleinen Fenster, brummt: »Schmachtet er da? Das Elend will ich nicht sehen!«

Stößt die Tür auf, tritt über die Schwelle, reckt sich, wird noch größer. Sticht den Zeigefinger in Richtung

Kombüse. »Gib ne Flasche Bier. Und Schnaps. Und was zum Spachteln, Hauptsache deftig und viel.«

Zum Capplan: »Auch n Bier?«, hört nicht auf dessen erschrockenes »… eigentlich noch zu früh«, schiebt ihm einen Stuhl hin, keine Widerrede! Wirft einen Zwanziger auf den Tisch, »sollte genügen.«

Michels? Mochte sein. Hat genug Pack herumgesessen, früher bei Papa.

»Brötchen hab ich keine, Käse und Aufschnitt sind alle. Aber Bockwurst kannst du haben«, meldet Engelke nach kurzer Kühlschrankinspektion. »Und Kartoffelsalat. Den hab ich gestern selbst gemacht. Wenn du das zum Frühstück schon magst?«

Der Schiffer beeinäugt die Sache kurz, erkennt: die Würste sind Güte Oberarm.

»Zwei!«, raunzt er. »Und Salat. Senf nicht zu knapp.«

Er rülpst, streicht sich den Bart und kratzt sich am Sack. Guckt in der Stube herum: die Möbelage, der nautische Nippes an den Wänden, er beguckt Capplans Gesicht, Engelkes Hintern – das frisst er alles, wenn der Kartoffelsalat nicht bald überkommt.

Den Hintern natürlich mit Senf.

»Hat sich hier nix verändert.«

Engelke denkt *seit wann*? Fragt nur: »Warum auch?«

»Ist recht«, brummelt der Gast. »Vergangenheit lässt sich nicht wegwischen mit neuen Gardinen und einem neuen Kalender. Alles geht seinen Gang.«

»Und vielleicht bald alles davon«, wagt der vorwitzige Capplan zu bemerken.

Maul halten! Engelke schießt eine Ladung Augenblitze hinüber *was geht das den Seesack an, du Blödmann!*, so dass Capplan ängstlich einknickt.

Michels guckt hoch. »Willst wieder gehen? Fänd ich nicht richtig. Keiner sollte seine Heimat, seine Wurzeln, seine Ahnen verlassen«, meint er, »für kein Geld der Welt.«

Heiland Zack. Stehts mir schon in den Augen?

»Heimat ... ich habs nicht mit so was«, sagt sie störrisch. »Wurzeln, Ahnen – alles Quatsch!«

Stemmt die Hände in die Hüften. »Wo kämen wir denn hin, wenn die Altvorderen noch bestimmen könnten, wo und wie wir Jungen zu leben hätten?«

Sie klatscht Kartoffelsalat in eine große Schüssel. »... Appetit!« Stellt den Kübel hart auf den Tisch.

»Um Heimat scher ich mich n Dreck!«, legt sie grob nach, »keiner zahlt mir was fürs Historische«, und *shalom!* du kleine Märchenerzählerin.

Der Kutterkapitän grunzt und bohrt in der Nase. Nimmt die Gabel und sticht auf den Kartoffelsalat ein. Nimmt einen tiefen Zug, parkt die Bügelflasche geräuschvoll auf den Teaktisch, tadelt: »Andere würden nasse Hosen kriegen vor Freude, hätten sie in der Ahnengalerie so einen wie den alten Ole Kristensen, den berühmt-berüchtigten Wal- und Robbenfänger und Kaperfahrer, seine Abenteuer, sein Reichtum und sein unheimliches Ende! Willst du was drüber wissen?«

Engelke seufzt *oh, diese Historischen!* Schickt sich, sagt: »Lüg los, Michels, in Gottes Namen.«

Ergänzt vorsichtshalber: »Hab aber wenig Zeit.«

Capplan meint, dass er endlich nach seinem Meister Reinecke gucken müsse, lässt Engelke allein in der Patsche, »Tschüss denn!« Weg ist er.

»Die Sache ist schnell erzählt«, bescheidet der Seemann und beißt in die Wurst, dass es spritzt. Fängt aber dann doch an bei den napoleonischen Zeiten, als die hiesigen Fahrensmänner Schafswolle nach Oostende geschmuggelt oder Seeelefanten-Hauer verhökert hätten als angebliche Einhörner, »nach Shanghai. Als Potenzmittel!«

Ein paar Sailors hätten sogar friesische Jungfrauen gekidnappt und in den Orient geschippert, dazumal wäre in den Harems gerade Nordisch-Blond in Mode gewesen.

»Dann tauchte gegen 1850 der Schmuggler und Robbenfänger Ole Kristensen auf mit einem stattlichen Schoner, genannt ›Die Unschuld‹. Kurz darauf hat er geheiratet und das Schiff umbenannt auf den Mädchennamen seiner Frau: ›Margaretha Braake‹. Das hat der alte Kapitän Braake in den Heiratsvertrag schreiben lassen, sonst wär Ole nicht an die fette Mitgift gekommen!«

Engelke gähnt. Michels übersieht es.

»Ungefähr ab 1830 lohnte sich die Robbenschlägerei im Kleinen nicht mehr. So hatte die ›Margaretha‹ plötzlich ein Paar feine englischer Achtzehnpfünder auf Deck, und Ole brachte jetzt seinerseits Schmuggelboote auf und manchen kleinen Handelsfahrer, Wal- und Robbenfänger. Kristensens Crew, ein Haufen Mordbrenner,

Halsabschneider, Kannibalen und Kinderschänder …« – er guckt grimmig in der Stube herum, als steckten die unterm Sofa – »… hielt feste zu ihm. Sein genialster Coup aber, so heißt es, waren hunderttausend chinesische Kopfhäute aus dem *Taiping*-Aufstand, die hat er sich über finstere Kanäle preiswert aus China besorgt. Sie brachten ihm als falsche Rothaut-Skalps drüben in Nordamerika Riesengewinne, weil: von den dortigen Regierungsbehörden gabs während der allgegenwärtigen Indianerunruhen etliche Bucks Prämie pro Skalp! Rund anderthalb Millionen Dollar soll die China-Fuhre eingebracht haben …«

Michels wischt sich das Maul. »Danach ist der Skalpmarkt in den Staaten zusammengebrochen, das Kopfgeld sank binnen Wochen unter den Preis einer Gewehrpatrone. Da lohnte es sich nicht mehr, Rothäute abzuknallen. Drum gibts heute noch welche.«

Er schaufelt sich den Rest des Kartoffelsalates auf den Teller. Öffnet die zweite Flasche Bier.

»Ole hat dann 1863 den von Reventlows die Insel Holgrunt abgekauft für einige tausend Taler. Und wär ihm sein Korsarenblut nicht ewig aufgekocht, er hätte bis zu seinem Lebensende in Ruhe, Saus und Braus leben können.«

Engelke: »Ist ihm wohl auch langweilig geworden hier.«

»Mag sein«, nickt Michels. »Er ist jedenfalls wieder auf Kaperfahrt. An den tausend Wracks um Sylt herum trägt hauptsächlich die Nordsee schuld, aber Ole verdanken wir sicher auch eine stattliche Zahl. Die Angelegenheit hat sich 1870 jedoch dramatisch gewendet, nach der Sache mit seinem Sohn und dem Fluch. Als sie die Kreuze aufstellten auf Holgrunt.«

Kaperfahrt. Ole. Fluch – Engelke reicht es langsam.

»Davor gabs was Älteres«, weiß Michels, »eine Nixen-Geschichte, Altweibergeschwätz. Eine betrogene Meerjungfrau soll in stürmischen Nächten umgehen, die Leute in ihren Träumen heimsuchen und gelegentlich auch diesen oder jenen Pechvogel kaltmachen, wenn so einer des Nachts draußen herumlungert. Das haben die Holgrunter aufgegriffen und umgestrickt.«

»So einen Kinderschreck hat Amalia auch schon zum Besten gegeben«, spottet Engelke.

»Amalia?« Michels guckt plötzlich hoch, verzieht den Mund zu einem schiefen Grinsen. Erledigt den Rest der zweiten Knackwurst mit einem Biss, »Respekt, Deern! Sind prächtige Bengels. Und gut, dass du Löwensenf dabeigibst. Alles andere ist doch nur labbriges Geschmiere.« Stülpt sein bärtiges Maul über die vollgeladene Gabel. Kaut. Trinkt.

Dann brennt sich der Sailor eine dicke Zigarre an.

»Aus La Palma!«, blafft er. »Kanarische Insel. Heißen auch ›Puros‹, schmecken mindestens so gut wie die kubanischen, ich muss es wissen. Winston Churchill hat immer La-Palma-Zigarren geraucht. Recht hatte er!« Und Michels dampft wie eine Schraubenkorvette.

Dann ruckt er vor, bringt sein Gesicht vor Engelkes.

Woher kennst du ihn? Dieses Auge, so meer-so-blau?

»Eines Tages soll der erwachsene Sohn vom Ole, was der Hendrik war und seinem Vater nichts nachstand in Sachen Glücksritterei, da soll der Junior von See gekommen sein und sich eine wunderschöne junge Dänin samt vierjähriger Tochter mitgebracht haben, die er angeblich von einer havarierten jütländischen Schaluppe gerettet hatte. Der kleine Seeteufel wäre ganz zart und brav gewesen, den Schoner auf Reede gelassen, an Land der Crew, den Eltern und den Holgruntern verkündet, dass die Likedeelerei zumindest für ihn ab sofort zu Ende wär, er gedenke nach Amerika auszuwandern mit seinem jungen dänischen Herzblut. Und ansonsten könnten sich alle zum Teufel scheren, die Deckhands, der Alte und das Inselpack – einschließlich Hendriks Ehefrau Wiebke mit krüppeligem Hinkebein-Söhnchen. Hat seine Sachen geschnappt und ist mit der Dänin zurück zur ›Margaretha‹ gerudert.«

Michels streicht sich den vollen Bauch. Rülpst. Erzählt, dass der Ole gebrüllt habe: *das ist mein Sohn nicht mehr!*, mit den Sailors und den Holgrunter ab in die Boote, die »Margaretha« umstellt, an die dreißig Mann. Das Hexenweib solle er wegjagen auf der Stelle, wieder auf Fahrt gehen wollten sie mit dem jungen Kristensen, er möge endlich zur Besinnung kommen, sonst geschähe Fürchterliches.

Die Dänin und ihre Tochter hätten schweigend auf dem Achterschiff gestanden, die Frau habe überheblich gelächelt, derweil vorn am Bug sich Hendrik und sein

Vater gegenseitig in Rage geredet, beschimpft hätten – Hendrik habe plötzlich einen Revolver gezogen und dem Alten ins Bein geschossen.

»Und dann?« Engelke will es jetzt bis zum Ende wissen.

»Und dann haben sie das Schiff geentert, den jungen Kristensen überwältigt. Der hat sich aber befreien können und dabei ein paar Hälse umgedreht. Schloss sich unter Deck ein und feuerte auf alles, was sich hinabwagte zu seiner Kajüte. Ist dann zum Pulvermagazin, um alles in die Luft zu jagen, dieser Irre. Aber Ole ist ihm nach, seinen alten Schoner kannte er ja wie seinen Tabaksbeutel. Ist durch eine Geheimtür in den Pulverraum. Und hat seinem Sohn eigenhändig das Genick gebrochen.«

Michels guckt Engelkes ins grüne Gesicht. »Jetzt weißt du, warum hier überall diese Kreuze hängen.«

Er erhebt sich, schiebt den Stuhl beiseite, »muss jetzt weiter!«, poltert durch die Tür, »guck bald mal wieder rein«. Stapft zum Boot.

Engelke ruft ihm nach: »Und die Frau? Und das Kind?«

»Friedhöfelein, Friedhöfelein«, summt Michels, »wir legten Samen hinein, doch er ging nicht auf …«

Hätte er der Engelke im Einzelnen erzählen sollen, dass nach Hendriks Tod der Ole als Erstes das kleine Mädchen genommen und dessen Kopf an der Heckschanz zerknallt hat? Das sich all die Männer über die Dänin hergemacht, sie danach auch erschlagen haben?

Das verschweigt er. Das kleine Polackenliedchen ist ja auch viel lustiger.

»Ich weiß das alles von deinem Alten«, verkündet er stattdessen. »Und aus dem Brief eines Claus Baarges, der nachweislich um 1867 auf einem Husumer Schoner namens ›Margaretha‹ gefahren ist. Den Schrieb hab ich nem alten Seebär aus Husum abgeschwatzt für zwanzig Mark.«

Er zuckt mit den Schultern. »Vielleicht stimmt das alles gar nicht, aber: *ein echtes Dokument!* wie sich der Fischkopp ausgedrückt hat, der Wisch vom Seevagabunden Baargens an seine Mutter Severina, die die Großmutter meines Trödlers gewesen ist.«

Michels reckt sich, gähnt. »Mit der Zeit hat sich das wohl alles märchenhaft vermischt. Die Dänenfrau und ihr Töchterlein sind danach nicht zu Tode gekommen, sondern *nur* über Bord geworfen worden – im Wasser seien ihnen plötzlich Fischschwänze gewachsen. Und bevor sie abtauchten, hätten sie die Holgrunter im Allgemeinen und die Kristensensippe im Besonderen verflucht.«

Er steigt in den Fahrstand, wirft den Diesel an, Engelke macht die Leinen los.

»Auch Oles Spur verliert sich danach«, brüllt er durchs Getöse. »Es heißt, er wär kurz drauf bei einer Kaperfahrt im Nebel versehentlich einer Dampfkorvette der *Royal Navy* vor die Rohre gelaufen; er möchte sich vielleicht aber auch abgesetzt haben nach Amerika. Aber wenn du mich fragst: Ich glaub, er kreuzt immer noch da draußen!«

6. Kleine Bildergalerie

Der Abreißkalender im »Walfisch« zeigt den 14. Februar 1962. Seit Michels' Besuch gibt es nichts Besonderes zu berichten von Holgrunt, außer vielleicht, dass um den zwölften herum ein richtig dicker Sturm über der Nordsee getobt und etliche Schiffe in Seenot gebracht hat. Engelke guckte sich diesen Wüterich durchs sichere »Walfisch«-Bullauge an, der ist aber schnell abgeflaut, und *hui!* weg war er.

Sie hat gestern sogar seit langem wieder mal im »Wattwurm« vorbeigeschaut, in der Tanzhalle – doch das war nicht so wie früher: kein Andi, Bugi. Kein Fredi. Und auch keiner mit einem Ring im Ohr.

Wo der Mistkerl wohl steckte? Hätte alles ganz anders kommen sollen. Engelke trauert, nur der Williams Christ steht ihr bei, Capplan und Amalia sind keine Hilfe, gestern wars besonders schlimm – gut, dass wenigstens auf den Schnaps Verlass ist. In der Nacht bekam Engelke Besuch vom alten Ole, der hat ihr das Genick gebrochen.

Der vierzehnte Januar grüßt artig mit einem besonders ruhigen Morgen: drum den Vater schnell gewaschen. Aufgeräumt. Oelkes und die Brötchen sind nicht gekommen – so gibts zum Frühstück eben Schiffszwieback.

Engelke ist nach Oles nächtlichem Wiedergang jetzt dringlich nach lebendiger Gesellschaft. Amalias Behausung zeigt sich jedoch verrammelt, auch Capplan glänzt durch Abwesenheit *wenn Sie mich suchen, Frl. Kristensen – ich bin mit dem Postboot gefahren, heute und morgen aufs Festland wegen einer Dienstbesprechung. Frau Boysen hab ich mitgenommen nach Klippsbüll, die will das Grab ihrer Eltern besuchen. Sie hat auch was zu tun in Niebüll, nämlich den Rätselgewinn einer Schnapsbrennerei abholen: zehn Flaschen Doppelkorn, der Hauptpreis! Dort nächtigt sie dann auch bei den Schwiegereltern ihrer verstorbenen Tochter. Wir kommen beide erst übermorgen Abend zurück, wenn wir denn ein Boot bekommen in Klippsbüll. Sonst in drei Tagen morgens mit Postmann Oelkes.*

Der Roman prangt auf dem Zettel, der an die Kapellentür gepinnt ist.

Ich muss doch auch an Land – warum habt ihr Stoffel mich nicht mitgenommen?

Sie guckt sich um. Kickt missmutig ein Stückchen Holz vom Weg. Steht unschlüssig da.

Dann sticht sie der Hafer. Wenn der Capplan schon nicht zugegen ist … und die Tür unverschlossen – sie also über die Schwelle.

Das Zimmer, der frühere Andachtsraum, gibt sich abweisend im Morgenlicht, nicht heimelig wie bei ihren Grog-Abenden. Die Pfeife ruht in der Schale. Neben dem einsamen Marienbild an der Wand weist kaum was Persönliches auf den Bewohner hin. Im Wandregal finden sich zwei Spiegelreflex-Kameras, Filmpatronen dabei. Arbeitsjournale und Fachliteratur daneben im Register, korrekt hochkant und nach Größe geordnet. In der Kommode: scharf gefaltete Unterbüxen, im Spind Jacke, Hemden, Pullover und Mütze. Hosen überm Bügel, über allem ein harscher Duft nach Mottenkugeln.

Ein Radio hätte er gern gehabt, sagte er neulich.

Kalt hier. Die Bollerofenglut längst dahin.

Ins Séparée gespitzt, die Sakristei gewesener Maßen. Und hinter den Vorhang *du neugieriges Weib!*

Nur mal gucken.

Die Schublade des Nachtschränkchens steht einen Spalt offen. Unter der Bibel lugen einige helle Blätter hervor: Fotos – *nun nimm uns doch vor!*

Engelke hebt das Buch der Bücher an, zieht die Bilder heraus, fleckig und verzogen. Sie guckt: Portraits einer Frau – nein, das ist ein blutjunges Ding, räkelt sich auf einem Bett oder Sofa – *na Teufel!* Ausnehmend hübsch. Und nackt, die zwanzig mal dreißig Zentimeter großen Schwarz-Weiß-Abzüge verbergen kein Detail des samtigen Geschöpfes mit einem dunklen Lockenhaar wie ein Heiligenschein, der fließt um ihren Kopf, die Schultern, die Augen brunnentief, diese Madonne, Perle für die Säue.

Auf der Bildrückseite, ganz unten in Winzigkeit steht: »Fatima«.

Kein Datum, aber dazu: *ihre Füße*.

Das nächste Bild: *ihr Haar*.

Engelke verziehts Gesicht, schnaubt durch die Nase *hat sich was mit Heiliger Jungfrau!* – hier versteckte Capplan also sein Herzblatt!

Sie schiebt die Bilder zurück, rupft kopfschüttelnd an der Tagesdecke. Schrickt zurück, denn darunter finden sich kleine Tröpfchen in kleinen Abständen, ein blutiges Schneegestöber auf dem Laken, über und über Fleckchen.

Aus der Ritze zwischen Bett und Wand lugt ein kurzer Ledergriff hervor; als sie daran zieht, springt eine Peitsche heraus mit kleinen Metallkugeln in den Schnüren.

Engelke Kristensen steht und guckt, spürt Ekel aufkommen, bringt alles vorsichtig in Ordnung, dann weggerannt und nach Hause, aber da kommts ihr erst richtig hoch, dass sie darauf ein Glas trinken muss, eins nach dem anderen. Die Wände kommen auf sie zu. Aus ihnen die Schatten.

»Lasst mich doch alle in Ruhe!«, wimmert sie.

Die Schatten hören nicht drauf. Nicht mehr.

Am Abend, neun Uhr ist es bereits, landet Michels an. Da gehts Engelke schon besser.

Er wedelt mit der Laterne, brüllt über den Anleger, er käme von Sylt daher, wolle wie versprochen reinschauen, müsse bald jedoch weiter nach Klippsbüll, »oder noch ne Geschichtsstunde gefällig? Odern Liebeslied?«

Er steht auf Deck, dreht sich, tut, als spiele er Schifferklavier. Wiegt dabei den Oberkörper hin und her, lacht.

Scherzkeks! Sie meint, sie wär zwar dankbar für jede Abwechslung, aber von Geschichte und ganz besonders von Liebesliedern – *nee!* Davon hätte sie die Nase voll.

In den »Walfisch« gegangen. An den Tisch gesetzt.

Einauge schnäuzt sich geräuschvoll, findet, sie sähe ein wenig schlapp aus ums Gesicht.

»Dicke Erkältung«, lügt Engelke und verflucht den fauligen Geschmack in ihrem Mund. Stellt Schnaps auf den Tisch, selbst trinkt sie nichts. »Möchtest vielleicht was essen, Kaptain?«

Michels winkt ab, er hätte schon.

Die Nacht ist seltsam lau, deshalb sitzen Engelke und Michels später auf der Reling der »Alte Liebe«. Er pafft seine kanarischen Zigarren. Zieht eine Flasche aus der Taurolle vorm Steuerstand.

»Rum aus Venezuela. Echter.«

Engelke will erst nicht, nimmt aber doch einen Schluck, der ätzt sich die Speiseröhre herab, sie würgt. Stöhnt. Gießt aber nach.

Plötzlich hat sie Michels' Pranke auf der Schulter, »vergiss, was ich neulich über Familientradition und Heimat geschwätzt habe. Machst alles richtig. Hol dir den Reibach. Hast du also nen richtigen Käufer?!«

»Es gibt noch eine lebende Verwandte vom alten

Sultan, die Schwester«, sagt sie, »die will Holgrunt kaufen, das Ganze. Für fünfhunderttau...« – *Egal! Macht auch nichts mehr.*

Michels: »Und wirklich keine Gewissensbisse?«

Engelke: »Darin bin ich nie schwach geworden, bin mir ganz sicher: Wenn ich diese Öde sehe, das Geld und dazu Papa, da setz ich aufs Hirn statt auf Heimat. Und übrigens: Papa war das mit dem Verkauf, er hat vor zwei Jahren alles klargemacht. Jetzt ist das letzte Amtliche über den Tisch, und im März kommt die Rosencrantz. Und morgen hol ich mir das Geld. In bar. Weil ich Vollmacht hab von Papa. Der Termin ist auch fest, morgen früh beim Anwalt. Die fünfhunderttausend Mark – die will ich in den Fingern spüren, die will ich fühlen auf der Haut. Morgen früh fahr ich nach Husum ums Geld. Und dann geh ich weg. Und Papa, den nehm ich mit!«

Darüber hat sie lange nachgedacht. Den Alten dalassen, das geht nicht. Vielleicht ins Heim. Mal sehen. Aber zuerst: weg. Auch wenn die Schaluppe sinkt, an Bord gelassen wird keiner!

Die Dunkelheit macht den Sack zu, die Luft kühlt sich rapide ab. Gegen zehn meint der Sailor, er müsse auch so langsam los, reibt die klammen Pranken. Nach Klippsbüll. Und danach Dagebüll. Oder so.

Engelke fasst blitzartig einen Entschluss. *Warum bis morgen warten?* Mittags muss sie eh in Husum sein. Sagt das dem Michels. Klagt, dass die »Lille Havfrue« ein toter Schrotthaufen wär, das Gummiboot sowieso.

»Darum nimm mich mit, Sailor!« Sie springt auf. »Heut will ichs üben, das Weggehen. Morgen muss ich zum Anwalt – kann ich ebenso gut jetzt ausfliegen. Und muss nicht auf den Oelkes warten, morgen. Ich hol mein Bündel und dann ab nach Klippsbüll, kannst mich hinten an der Fabrikmole von Bord lassen. Ich fahr schon mit dem Nachtzug nach Husum, den krieg ich locker, und morgen hab ich alles hinter mir.«

Und wenn sie morgen zurückkommt, reich ist, dann wird sie sich zum Abschied und zum wirklich allerletzten Mal besaufen, das schwört sie sich. Aber das tut sie ganz allein. Dazu wird sie niemanden einladen.

7. Husum, die Zweite

Land in Sicht! Michels hat sie hinübergetuckert nach Klippsbüll, sie an der alten Schüttgut-Mole herausgelassen; zur Haltestelle sinds nur drei Minuten Weg, den Engelke durch die Dunkelheit stolpert.

Die alte Uhr am noch älteren Hafenspeicher leuchtet halb elf und geht minutengenau – noch nach siebzig Jahren, das war noch Wertarbeit, nicht so ein Gammeldreck wie der blöde Käferschlitten vom blöden Hoeger Marten.

Michels' erneutes Angebot, sie auch nach Husum zu begleiten, gar hinzufahren – als Konvoischiff sozusagen –, hat sie verworfen.

Der hatte nur mit den Schultern gezuckt, »Will mich nicht aufdrängen. Moin auch!«

Hatte dann hastig und offenbar beleidigt abgelegt, die Positionslampen waren bald hinter der Mole verschwunden.

Jetzt steht sie an der Bushaltestelle und klappert mit den Zähnen – die zweite Ausfahrt nach Husum gestaltet sich eher unterkühlt als dramatisch. Der Nachtexpress rollt heran, der Setra-Omnibus, dessen rasselnder Motor sich anhört wie eine Dreschmaschine. Dazu ziehts wie Hechtsuppe im Gefährt, und Engelke gibt für die Viertelstunde Weg den einzigen Fahrgast.

Im Niebüller Marschenbahnhof liegen die Autoverladerampen für die Sylt-Fahrer ausgestorben unter den vereisten Neonbatterien. Der Nachttriebwagen steht auf Gleis zwei. Engelke kommt gerannt, dass die *Ferkeltaxe* ja nicht ohne sie abfährt!

Außer ihr wartet kein anderer Fahrgast auf dem Steig. Nur der Frost knackt ein bisschen mit den Dächern, dazu fernes Scharren, Quietschen vom Ort, Flocken taumeln durch die Nacht um Engelke.

»Nach Husum in ein paar Minuten, dreiundzwanzigzwanzig«, gibt die kleine dicke Schaffnerin bereitwillig Auskunft, spaziert auf dem Bahnsteig herum, schlägt die Hände zusammen, haucht darauf und flötet Wölkchen, auf weitere Gäste hoffend. Engelke steigt ein, lässt sich auf die Bank fallen, den Beutel neben sich.

Husum. Na denn! Husum ist der Notar. Und die halbe Million. Das neue Ufer. Ist aber auch Delfs, sie sieht ihn vor sich *ein verrückter Kerl!*

Es pfeift. Der fast leere Triebwagen ruckt pünktlich an um elf Uhr zwanzig, die Heizung bläst gleich geschäftig, so wirds Frollein Kristensen wieder warm.

»Die Fahrkarte bitte!« Engelke gibt der frohgemuten Blauen den verlangten Fetzen, die locht ihn ab, reicht ihn zurück mit Glühwangenlächeln, lässt Engelke allein, entfernt sich mit *La Paloma* auf den Lippen.

In Engelkes Kopf tauen Bilder auf: Vater. Capplan, die Peitsche, Amalia. Michels kommt ihr auch in den

Sinn, der abgeschrappte Seelord. Hoeger ganz kurz. Und der Delfs.

Nachtmahre.

Sie schüttelt die Momentaufnahmen aus ihrem Kopf, sie fallen auf den Boden, nicht viel, was geblieben ist. Der Erich Boysen hatte seine Fotos studiert, dann den Stöpsel gezogen auf der Doggerbank.

Andere hatten dagegen angesoffen.

Engelke lehnt sich zurück im durchgesessenen Kunstleder, die Schaffnerin kommt wieder daher, von vorn, wo sie mit dem Fahrer geratscht hat, geht an Engelke vorbei, lächelt wieder, das Züglein brummt geschäftig und holpert durch die Nacht.

Eine gute halbe Stunde später quietschen die Bremsen, die Schaffnerin wankt, hält sich an den Sitzen, »bitte aussteigen, der Zug endet hier!« Lächelt immer noch.

Feuchtkalte Husumluft weht durch die Halle, über den Perron und in die offene Wagentür. Engelke also heraus und über den Steig, schnell wie der Wind, spitzend, ob nicht zufällig der bekloppte Delfs hinten lauert.

Geschafft! Sie drückt sich ins verlassene Stationsgebäude, ihre Reisetasche mit dem spärlichen Gepäck fest im Arm: Wechselunterhose, Zahnbürste und Ersatzpulli, zuhause zusammengerafft. Sie friert ein bisschen in ihrem braunen Dufflecoat, den hat sie billig in einem Kopenhagener Gebrauchtplünnen-Laden gekauft vor zwei Sommern; kurz drauf ist die Bude in die Pleite gegangen; die Kledage, die danach dort verhökert wurde, wärmte höchstens die Sinne, denn sie war geschneidert aus Gummi, Lack und Leder.

Engelke hockt sich auf eine Bank. Von draußen schleicht sich ein feines Singen, Quietschen herein, ganz leise: Der Schienenbus empfiehlt sich Richtung Depot. Sonst tut sich nichts.

Der Termin bei Scheperjahns & Partner ist auf den fünfzehnten Februar, morgens dreiviertel elf festgesetzt. Noch lang hin. Das kommt, wenn man so losstürmt im dollen Kopf, wenn man nicht mehr warten will.

Doch irgendwie gut, einfach so loszusausen, den Kopf freizumachen. Vom Vater. Von Ole. Von Capplan, den Marien und dem ganzen Mist.

Heute ist Engelke wieder mal *Kopfdurchdiewand*.

Eine Stunde mag vergangen sein, da nähern sich Schritte, ein weicher Hufschlag, hintenherum, von den Gleisen her. Draußen schlägt eine Kirchturmuhr Mitternacht.

Der Langmantel würdigt Engelke eines schnellen Hutlüpfens *Guten Abend*! Geht an ihr vorbei und hinaus auf den Vorplatz, verhält unter den Laternen, die leuchten durch, egal ob Tag ob Nacht, er steht leicht gebeugt, aber still, wie auf den Platz genagelt. Nach Minuten bewegt er sich, kommt zurück in die Vorhalle, nimmt den Kalabreser von den grauschwarz melierten Locken und lässt sich mit seiner Aktentasche auf eine andere Lattenbank fallen, der Engelke genau gegenüber. Dann schnauft er, zieht den Schal beiseite, nimmt die Brille ab, haucht auf die runden Gläser, die er mit seinem Schal bearbeitet. Nach dieser Prozedur wird die Brille zurückgeschoben auf den Nasengrat, die Aktentasche geöffnet und ihr eine Thermosflasche entnommen; vom dampfenden Inhalt lässt er was in den Becher fließen, trinkt davon in winzigen Schlucken, schraubt danach die Flasche sorgfältig zu und verstaut sie in der Tasche.

Plötzlich richtet er den Blick auf Engelke, der gewellte Herr im langen Trenchcoat, abgewetzt, schwarz war der wohl einst.

Wird auf den Nachtzug nach Hamburg warten, der in zwei Stunden kommt, denkt sie.

Der Mann lächelt Engelke an aus blassem Gesicht und aus schwarzen Augen.

»Darf ich Ihnen einen Schluck Kaffee anbieten?«

Das Gebräu duftet herüber wie ein Manna, das dir ein freundlicher Engel hinhält.

»Verflucht kalt die Nacht, Sie sind sicher durchgefroren in Ihrem dünnen Mäntelchen ...« *höret ich verkündige euch große Freude!*

Er macht Anstalten aufzustehen, herüberzukommen. Da meint Engelke wieder dieses rhythmische Quietschen, Surren zu hören – als schaukele da wer; ihr gehts bei solch Erinnern an apollonische Gefilde noch eisiger über den Rücken, ihr ist nicht nach Gesellschaft, weder Mantel noch Blaumann, so stößt sie ein »... danke nein, muss jetzt in die Herberge!« hervor, springt auf, flieht über den Vorplatz hin die Straße entlang bis unter die Neonreklame einer »Pension Poppenspäler« und durch die Tür darunter, wo sie es schriftlich hat: *Zimmer frei – Rezeption rund um die Uhr besetzt!* Die Tür klappt zu – gerettet!

Die Poppenspälerin, was ein Weib von sicherlich achtzig Jahren ist und laut Rezeptionsschild auf den Namen *Bandixen Elisabeth* hört, legt das Strickzeug beiseite.

»Für eine Nacht, Deern? Ich geb ihr Zimmer sieben«, knarrt sie. »Frühstück von acht bis zehn. Zimmer räumen bis halber zwölf. Das macht zwanzig Mark. Im Voraus.«

Engelke zahlt den Preis, die Bandixen entriegelt den Aufgang, wovor sie hockt wie ein Zerberus; die Kristensentochter wankt die Treppe hinauf ins Oberstübchen, das bestückt ist mit einem Blechspind, einem Eisenbett mit verschlissenem, aber sauberem Bettzeug auf knüppelharter Matratze. Die Zentralheizung gurgelt, an den Fenstern wachsen Eisblumen, neben dem Tischlein ein Wackelstuhl. Aber kein Staub.

Den Mantel, die Schuhe aus, Hose, Pullover, Engelke wirft sich aufs Bett und rasch die Decke übergezogen. Schnell verliert sich das Frösteln, und sie ist danach sofort bei Morpheus.

Unten vorm Haus steht der schwarze Mann und summt ein Lied *jetzt fahrn wir übern See …*

Aber das träumt sie nur.

Sonst melden sich heute keine solchen Besucher.
Wieder in Husum.

Fünfzehnter Februar. Es bollert an die Tür, »... wenn sie noch Frühstück haben will, die Deern, dann muss sie in fünf Minuten unten sein!«

Engelke fährt hoch *verflixt, fast zehn!* Wasser ins Gesicht, Zähne geschrubbt, aufs Klo. In Hose, Pullover, Schuhe hinein, Mantel und Tasche geschnappt, abwärts gepoltert. An den Frühstückstisch gesetzt und eine Scheibe Graubrot mit Erdbeermarmelade heruntergeschlungen, die Marmeladensüße bleibt ihr im Munde kleben, der Kaffee steckt in der Kehle, so heiß.

»Danke fürs Wecken!«

Die Alte sagte nichts darauf. Schiebt Engelke ein eingewickeltes Käsebrötchen herüber. »Zweites Frühstück für die Deern.«

Die nimmt ihre Tasche, sagt »Schönen Tag noch. Und danke auch!«, tritt vor die Tür in den hellgrauen Vormittag *aber möchte wohl glatt noch die Sonne durchkommen!*

Der schwarze Kaffeevogel ist längst davongeflogen.

Termin bei Scheperjahns & Partner ist um dreiviertel elf. Auf den Stadtplan vorm Bahnhof geguckt: ab über Poggenburgstraße, Damm, Zingel, Schiffbrücke, Hohle Gasse, Neustadt, Nordbahnhofstraße in den »Totengang« *nu aber Laufschritt!*

Die Sozietät befindet sich im Eckhaus mit Einlass zum Totengang. Ein Backsteingemäuer, Engelke keucht heran, verhält, klingelt, wird eingelassen.

Hinter der honorigen Notars- und Rechtsanwaltskanzlei steckt ein Dickerchen in grauem Anzug und schlohem Haar. Nickelbrille, Knubbelnase *gestatten, Paul Scheperjahns!* In seinem Büro prunkt hinterm Gästesofa ein großes Ölbild: »Halligen im Sturm«, im breiten, reich verschnörkelten Goldrahmen. Hinterm Schreibtisch Aktenschränke, dazwischen lugt auch so ein Kornfeld-Jesus vor.

Draußen, hinter den hohen Rundbogenfenstern, verharren Trauerweiden, hinter den hohen Lehnen des Notarsessels zwei Notariatsmädel en garde.

Das Geschäft geht gemächlich über den Tisch, die Vollmacht, der Ausweis, die Formalitäten für die Auflassung im Grundbuch, Finanzamt, Formulare *hier bitte unterschreiben!* Ansonsten Ruhe und auch mal ein Späßchen, Notar Scheperjahns hat es nie eilig.

»So, verehrte Frau Kristensen!«, sagt er bedeutsam und eine gute Stunde später. »Die Kanzlei bedankt sich bei Ihnen und natürlich auch bei Ihrem Vater und unserer beiderseitigen Geschäftspartnerin, der Frau Morgenthal, respektive Rosencrantz, deren körperliches Vertretungsrecht ich wahrnehmen darf, bedanken uns für das erwiesene Vertrauen, was Sie bitte ausrichten möchten, wenn Sie die Frau Golda sehen sollten. Und wenn Sie Weiteres in Sachen Liegenschaften oder dergleichen beabsichtigen, junges Frollein – Scheperjahns & Partner stehen Ihnen gern auch weiterhin zu Diensten!«

Engelke zeigt ebenfalls ein freundliches Gesicht, genießt die warmen Worte, nippt am heißen Darjeeling, den die lächelnden Notariatsgehilfinnen lautlos in feinem Chinabone servieren.

»Was die Auszahlung der Verkaufssumme betrifft«, fährt Scheperjahns fort, »möchte ich Ihnen jedoch eindringlich ins Gewissen reden. Es ist gefährlich, mit einer derart hohen Summe Bargeld durchs Land zu fahren. Meinen Sie nicht, dass eine Banktransaktion …?«

»Nein!«, unterbricht ihn Engelke. »Nein, ich wills gleich haben das Geld, hier und in bar!«

Scheperjahns zuckt bedauernd die Schultern, spricht einige Worte in die Rufanlage. Ein Partner in grauem Anzug eilt herein, einen Aktenkoffer unterm Arm.

»Herr Lukassen«, sagt Scheperjahns, »würden Sie dem geschätzten Frollein Kristensen bitte den Betrag aushändigen?«

Lukassen tut routiniert wie geheißen. Zählt fünfhundert vor, tausend, zweitausend, dreitausend – Engelke ist fasziniert von der Geschwindigkeit, mit der Lukassen eine ganze Insel im Sauseschritt auf den Schreibtisch blättert, Tausender zu Walfischen stapelt, Zehntausenderhaufen in die Salzwiesen macht. Sie zählt lautlos mit, und als Lukassen nach einiger Zeit mit »Fünfhundertdietausend – eine halbe Million Deutsche Mark« endet, sich aufrichtet und dabei ungemein seriös guckt, ist ihr schwindelig vom Rauschen des Papiers, vom *Flapp-*

Flapp, von Lukassens sonorer Stimme – da kommt sie sich plötzlich auch ganz seriös vor.

»Kann ich Sie nicht doch umstimmen?« Scheperjahns ist wirklich besorgt. Lukassen nickt auch heftig.

Nein, das ginge in Ordnung, bekräftigt Engelke: »Wirklich!«

»Soll Herr Lukassen Sie nicht wenigstens zum Bahnhof begleiten, Sie hinfahren?«

Engelke denkt kurz nach, aber die Luft tut so gut, und fahren *was fährt denn wohl Lukassen für ein Auto? So einer schaut nicht nach VW-Käfer aus!*, beruhigt: »Keine Sorge!« Sie wisse sich schon auf rechtem Pfad zu bewegen – auch mit so einer Menge Scheinen.

»Nun«, Scheperjahns & Partner zucken synchron die Schultern. Engelke muss die Auszahlungsquittung unterzeichnen und eine Erklärung, dass sie das Geld auf eigene Verantwortung in bar herausträgt, gewarnt worden ist von Scheperjahns, vom Partner. Auf das eigene Risiko.

Sie unterschreibt. Strahlt. Drückt die Hände des Notars, des Partners, die Hände der beiden Bürofrolleins.

Dann ists vollendet, sie stößt die Tür der Kanzlei auf, macht einen Schritt nach draußen. Die Sonne lugt freundlich durch die Wolken, der Wind geht nur noch schwach, keine Seele sonst im Totengang.

Eine Kirchenglocke ruft zu Mittag. Engelke schlendert die Nordbahnhofstraße herunter in Richtung Süden, die See schnuppern. Marschiert an den Gleisen, am alten Hafen vorbei, biegt ab in den Dockkoog: überall ordentlich Betrieb zur Mittagszeit, und es ist richtig warm geworden.

Nach der Hälfte des Weges erspäht Engelke zwar kein Restaurant, aber eine klapprige Bank, die steht rechts ab in der Wiese, ein wenig mitgenommen der blaue Anstrich, sie setzt sich, verzehrt ihr mitgebrachtes Käsebrötchen.

Rund um die Bank hat man Lebensbäume angepflanzt, kein Hauch kommt hindurch. Engelke wird schläfrig. Nickt ein.

Es tutet. Sie schreckt hoch.

»Alls klar?«, ruft der Paketler aus seinem gelben Auto.

Schluss mit Ruhe. Sie erklärt dem Zusteller, das sie nur ein wenig eingenickt sei, die Sonne, die Luft und so.

»... na denn is ja gut!«

Engelke starrt auf die Armbanduhr *Mist! Nichts ist gut.*

Sagt es auch laut und »... ich verpass meinen Zug!«

Sie hat in den Nachmittag hineingedöst, und in zehn Minuten will der Holgrunt-Express fahren, der Eilzug von Hamburg nach Sylt via Niebüll mit dortigem Halt, für den hat sie Platzkarten und Zuschlag bezahlt *für erste Klasse*!

Der Postmann weiß Rat und Hilfe, nimmt sie gern mit in die Innenstadt. Er bewährt sich aber nicht gerade als Hansdampf, lässt den Bulli mit vierzig Stundenkilometern kreuz und quer durchs Örtchen und danach erst zum Bahnhof humpeln *drück auf die Tube, Schneckenpost!*

Endlich angekommen – aber der Postminister findet keinen Parkplatz, Engelke deshalb rausgesprungen bei Schleichfahrt *danke schön!* und zum Bahnsteig gewetzt.

Doch umsonst gesputet: der Zug ist ihr entwischt, eine Minute ist sie zu spät dran. *Wir fahren immer! Pünktlich!* höhnt das Werbeplakat im Eingang.

Auch das Mädel in der Fahrgastauskunft bedauert herzlich. »Niebüll? Der Zug ist gerade ab. Der nächste kommt erst in eineinhalb Stunden.«

Sie wolle wirklich nach Niebüll? Da verlade man doch höchstens sein Auto nach Sylt. In der Saison. Aber im Januar – wer wolle dort schon aussteigen? Das Bahnfrollein erzählt, dass zwar gleich ein Sonderzug vorbeikäme, nach Sylt, zum großen Willi-Schneider-Konzert in »Winter-Wunder-Westerland« – der käme in zehn Minuten, hielte sogar in Husum, es seien noch zwei, drei Plätze frei, sie wäre auch gern mit.

»Aber der nützt Ihnen ja auch nichts, der rauscht durch ...«, direttissima übern Hindenburgdamm zur feinen Urlaubsinsel. In Niebüll wird nicht gehalten.

Engelke mag keine Bahnhöfe. Bahnhofsklos hasst sie. Aber was muss, das muss.

Die Tür zum Männerabteil steht weit auf. Dort sind sie aufmarschiert an der Rinne, nesteln, schütteln, knicken ein. Die Koffer akkurat neben sich abgestellt, sozusagen *in Reih und Glied,* mit Letzterem dem Gott der gelben Kachel opfernd. Dieser fordert seinen Beitrag nun auch von Engelke, also ab zur Pforte mit dem großen »D«.

Die weiß bekittelte Klofrau kriegt hinterher einen Groschen auf den Teller gelegt, *Geizkragen!* ist über ihren silbernen Dauerwellen zu lesen. Aber ein Zehner muss langen.

Und die fünfhunderttausend im Sack!

Engelke steht wieder auf den Bahnhofsvorplatz *auch langweilig hier!* Trotzdem einen Schaufensterbummel gemacht, zu so was kommt sie nicht mehr seit Kopenhagen. Guckt sich die Geschäfte an: Wollmäntel, Waschmaschinen, Gesundheitsschuhe in Häusern, die was auf sich halten in Husum.

Kein Vergleich zu Kopenhagen, klar! Diesen Plunder hier braucht sie nicht.

Engelke also wieder zurück in den Bahnhof. Der Hunger packt zu, sie hat seit dem Frühstück nichts gegessen. Der *Darjeeling* und das Käsebrötchen von der Faust, die zählen nicht.

Sie bestellt sich am Kiosk eine Portion Bratkartoffeln, dazu eine grobe Bratwurst, heiß und fettig, und ein kleines Helles, gleich ist sie einen Fünfer los für die Bahnhofs-Cuisine *guck: die halbe Million bröckelt schon!*

Das Menue nimmt sie am runden Stehbiertisch über einem Boden-Lüftungsgitter, wos nach Kartoffelkeller riecht aus dem Bahnhofsbauch. Spült endlich den letzten Bissen hinunter, drei andere Wartende tun es ihr gleich, ein geduldiger Heerhaufe, der wie sie auf einen nächsten Zug hofft. Und die Polizei kommt auch eben vorbei auf ne Coca-Cola.

Die Kartoffelbräte heißt »Notbremse«. Der Rotamint in der Ecke findet das zum Klickern lustig.

8. Menschen im Zug

Ein später Nachmittag langweilt sich unter der weitgespannten Bahnsteighalle, dann ein zweifaches Knacken und *Achtung an Gleis vier! Vorsicht bei der Durchfahrt!*

Das elektrische Gekrächze gehört der Fahrkartenverkäuferin, die auch die Ansagen machen muss. Der Warnruf gilt einem Güterzug, der auf dem Nebengleis durchrasselt, dem Westerland-Express auf den Fersen, der schon eine geraume Zeit weg ist und nicht in Niebüll halten mag.

Engelke schreckt durch die kühle, mopsige Stimme aus ihrem Brüten auf, war glatt eingenickt auf dem Bahnsteig, jetzt dröhnt das Ohr, jetzt kratzt der Hals, eine Erkältung scheint im Anzug. Die Beuteltasche, die sie an sich presst, wärmt aber ein wenig *weißt du, was das heißt: eine halbe Million?*

Plötzlich beschleicht sie doch eine kleine Angst, so vogelfrei. Für verrückt haben die Anwälte sie erklärt, dass sie den Batzen einfach so mit sich schleppt *was ist* denkt sie *wenn jetzt wirklich einer kommt und ihn mir wegnimmt?* Das blitzt nur kurz auf im Kopf, und überhaupt – Engelke Kristensen heißt auch: *komm, wenn du dich traust!* Und mit dem Klappmesser in Engelkes Manteltasche heißt das noch viel mehr.

Vorsicht bei der Durchfahrt!

Diese Worte.

Um die Sitznischen der Werbekarrees bläst ein gestrenger Hauch, macht, dass die Reisenden beständig frösteln und eine unbewegliche, ja: gefrorene Miene zur Schau stellen, winters wie sommers. Diese Bahnsteigbevölkerung guckt aber heute – des unerhofften Sonnentages gedenkend – eher angenehm berührt, fast unternehmungslustig umher, sicherlich auch deshalb, weil gerade jetzt und endlich die ersehnte Klippsbüller Verbindung ausgerufen wird. Der kleine Haufe wird richtig quirlig, löst sich auf in frohe Hoffnung auf einen Fensterplatz, man lutscht noch schnell ein Bonbon, als dürfte man das nicht im Abteil.

Engelke sitzt noch, beäugt die Bahnarbeiter, die mit ihren gelben Elektrowägelchen Slalom um die Reisenden und die Aufbauten fahren: faszinierende Akrobaten, die zentimeternah die Kante abrollen und sich der heimlichen Bewunderung der Reisenden sicher sein können.

Die habens gut! denkt Engelke. *Die müssen nicht abfahren oder ankommen. Die sind schon da, wo sie hingehören.*

Aber was wär, wenn einer mit dem Karren auf die Schienen stürzt, jetzt – im Moment des Momentes?

Unter Engelke bebt der Steig, ein dumpfes Wummern, »Achtung an Gleis zwei – es fährt ein...« – die Stimme der Ausruferin ersäuft im Tosen der roten Diesellok, die schiebt sich zwischen das Versicherungsplakat gegenüber und Engelkes Augen. Der grollende Lindwurm kriecht stur geradeaus, seine Leibsegmente rasseln und stoßen, obendrauf krallen sich Schneereste verbissen fest. Dann zischt es, das Grollen erstirbt und das Scheppern, bis auf ein leises Zischen und Knacken ist Ruhe, es pennt gemütlich ein, das kleine Ungetüm, eine ältere V 60, sicher noch nie südlich über Hamburg hinausgekommen, heute zehn Minuten zu spät dran.

Sollte sich manch anderer überpünktlicher Wunsch-Express ein Beispiel dran nehmen!

Eine Nachmittagsbrise pustet Papierschnipsel ums Eck. »Der Zug musste in Hamburg den Münchener abwarten«, ruft der Schaffner in die Runde, hilft Mütterchen und Alt-Herren in schweren Lodenmänteln aus den Türen, gibt diese dann der zustiegswilligen Phalanx frei. Macht Engelke augenkniepend zur Mitlacherin, flüstert ihr tabakschwer ins Gesicht: »... den Münchener mit der bajuwarischen Seppelhosenbrigade!«

Engelke sitzt nun auch auf. Der Zug hat Abteile, im Schienenbus hockst du eher omnibusartig, da spuckt dir dein erkälteter Hintermann in den Nacken.

Draußen eilt der Schaffner hin und her, der dürre Ast. In dicker blauer Jacke und unter einer großmächtigen

Mütze mit blankem Schirm. Er raucht und setzt so seine Duftmarke. Die Zuggewaltige gestern Abend roch nach Veilchen.

Die Kristensentochter stößt eine Schiebetür im Nichtraucher auf. Hier mufft es ebenfalls gelinde nach Einäscherung, aber sonst ist im Zug kein Ort verfügbar, an dem Engelke allein sein kann und halbwegs gemütlich sitzen.

Unter den Trägern der Überdachung flattert eine Silbermöwe, landet unbeholfen auf dem Bahnsteig, watschelt hin und her, pickt hier und da, die Menschen stören sie nicht sonderlich.

Die Durchsagemamsell sagt durch: »Fünfhundertsiebzehn an Übergang ze-zehn-sechsundvierzig«. Sagt nicht, in welchem Universum das gerade geschieht.

Engelke lugt durchs beschlagene Fenster, zieht die Brauen zusammen: Dort geht der gestrige Mantelträger, der vom nächtlichen Vorplatz.

Der Laufsteg mit den Neonröhren zeigt mehr als so eine matte Vorhallenlampe. Zeigt sein scharfgeschnittenes Gesicht, die Falkenaugen. Er gleitet daher, scheint mit sich zu reden, sieht sich um, guckt den Passanten streng ins Auge, dass die ihm ausweichen, entfliehen *was will der von einem?*

Der Mann stellt sich nun hinter eine Plakatwand, hebt einen silbernen, lederbezogenen Flachmann an die Lippen, steckt danach den Tröster zurück in die Seitentasche seines Trenchcoats.

Da hat er Engelke hinter der Scheibe erspäht, verharrt in der Bewegung, guckt her, lüftet den Hut, in seinen blassen Zügen erkennendes Lächeln.

Engelke starrt zurück und umklammert die Tasche, ertappt sich mit der anderen Hand im Mantelsack am Messer, drückt sich schnell ins Polster, das Gesicht hinter die Vorhänge, der Atem geht schneller *sei nicht albern!*

Guckt wieder durch die Vorhangritze, merkt: Der Mann behält sie im wiedererkennenden Blick. Er lacht jetzt, winkt.

Dann steht er plötzlich vor ihrem Aquarium, seine Hände am unteren Rand der Scheibe, das Gesicht am Glas. Strahlt herauf durch seine eigenen runden Scheiben, dass sie wieder zurückzuckt.

Er zeigt den Flachmann. »Das ist besser als Kaffee, junge Frau! Entschuldigen Sie bitte, wenn ich Sie schon wieder anspreche. Aber Sie haben gestern Abend so verfroren ausgesehen, dass ich Ihnen einfach was Warmes anbieten musste. Und viel gewärmter sehen Sie jetzt auch nicht aus. Entschuldigen Sie nochmals, wenn ich Sie erschreckt habe oder aufdringlich wirke. John Schmidt mein Name ...«

John Schmidt.

Das hat er so heruntergehaspelt. Das Fenster steht einen Spalt offen, der hereinpfeifende Wind trocknet ihre Schweißperlen.

»Ich muss ebenfalls nach Niebüll. Haben Sie was dagegen, wenn ich in Ihrem Coupé Platz nehme? Die anderen sind vollbesetzt, das kann ich durch die Fenster sehen – und sie rauchen da drin wie die Schlote.«

Er tippt an den Flachmann. »Rum aus Venezuela. So was haben Sie noch nicht probiert … das Feinste, was es gibt. Aber ich will Sie um Gottes willen nicht belästigen.«

Dabei hüpft er von einem Bein aufs andere, guckt nach rechts, nach links, grinst verfroren, doch burschenhaft vergnügt, vielleicht zwickt ihn auch nur die Blase.

Venezuela-Rum? Kriegt man direkt wieder Appetit!

Sie: »Von mir aus, kommen Sie rein.«

Er: »Das ist nett von Ihnen.«

Es pfeift, es ruckt heftig, sie stößt sich die Schläfe am Gepäcknetz, blau wird ihr vor Augen, und sie meint, plötzlich was auf dem Bahnsteig herumkollern zu sehen: einen Kartoffelkopf mit großen Augen – Engelke drückt sich an die Scheibe, bleich im Gesicht und Schweiß auf der Stirn, ganz plötzlich.

Aber es ist doch nicht der Geist vom wüsten Apollonius Delfs, sondern nur ein Hut, der da rollt: der Filz des John Schmidt, dem die bescheuerte Möwe zwischen die Füße geraten ist, ihm, der vorm Fenster hampelte, so plötzlich zwischen die Beine, dass er heftig ins Stolpern gerät und mit dem Gesicht gegen die Fensterkante kracht, einen Blutfleck hinterlässt, dabei Hut und Hände in die Luft wirft, niederstürzt auf den Steig und hinter die Bank, der Flachmann zwischen die Schienen, Hut und Brille in den Dreck.

Die Diesellok brummt, zieht stetig an, wird schneller. Lässt den wirren Bahnhof hinter sich. John Schmidt. Die Möwe. Apollo ist noch nicht mal da gewesen.

Der Herr im Trench hat sich wieder hochgerappelt, winkt mit seinem zerbeulten Filz. Engelke winkt zurück. John Schmidt ruft was.

Auf Wiedersehn vielleicht?

Der Fahrtwind zerfasert den Blutfleck von der Mitte des Abteilfensters weg. Der Januar lässt die feinen Pfade gefrieren, zaubert Schienenstränge, Streckenpläne, eine funkelnde Glasmalerei, schon was anderes als das Geschmiere von Kindernasen. Auf dem Gang plappern Stimmen, verstummen dann.

Engelke zwingt sich, die Finger vom Taschengriff zu lösen. Schiebt das Fenster hoch in den Rahmen, der kühle Hauch bleibt weg.

Draußen fällt die Dunkelheit über das Land her. Im Abteil steigt Heizungsluft auf, dörrt Engelkes Schleimhäute; die hockt im Polster, lockert den Mantelkragen. Eine halbe Stunde bis Niebüll, hin wie her, das ist auszuhalten.

Im Kopf aber schwirrt der Tag, schwirrt Scheperjahns, schwirrt John Schmidt. Die Wärme dazu, das rhythmische Stoßen, Schlingern – es lullt sie wieder ein.

Wegdämmern. Ruhe haben.

Augen zu.

Der Engel steigt aus dem Bild, beugt sich herunter, nimmt ihre Hand, komm! Plötzlich wächst was heran, ein Schatten reißt dem Engel die Flügel aus, der schreit entsetzlich, windet sich, fort, fort, ins Paradies, wohin auch immer, sie hinterher und ein Taumeln ins Bodenlose, da treibt der Flachmann, sie greift nach dem Rettungsring, ein Gekreische und eine Brandung, die auf dem Kliff zerbirst, die Woge springt ihr entgegen, schlägt ihr aufs Ohr, begräbt sie in Dunkelheit –

»Hallo – hören Sie mich?«

Engelkes Schädel brennt lichterloh. Die Wange fast taub, die Schulter schmerzt höllisch. Als sie die Augen aufmacht, findet sie sich auf dem Fußboden wieder.

»Haben Sie sich was getan, junge Frau?«

Hände, Arme helfen ihr vom Boden hoch. Der Schaffner guckt besorgt, zerrt das Fenster herunter, kalte Luft dringt wieder herein, bringt Engelke zurück auf Deck. Schmerz beißt sich durch, aber der Wabervorhang geht vor den Augen weg *Bühne frei!* Und die Tasche festgehalten.

Der Bahnbeamte wurstelt ein zerknautschtes Pflaster aus der Jackentasche, klebts über den Riss in Engelkes rechtem Ohrläppchen, ganz behutsam. Die Finger riechen jetzt nach Seife, kaum noch nach Zigaretten.

»... sollten Sie bald ärztlich versorgen lassen.«

Als sie auch weiterhin zittert, »... der Engel« schnauft, aber sonst stumm bleibt, setzt er sich neben sie.

»Herr Engel? Ist das ein Bekannter? Hat der Sie

belästigt, Ihnen was getan? Ich war gleich nebenan, Sie hätten um Hilfe rufen sollen, die Notbremse war nicht nötig. Ich hab jedoch keine Seele gesehen; wenn hier einer war, ist er jetzt weg, womöglich raus aus dem Zug und abgehauen, weggeflogen der Herr Engel, hahaha … nun kommen Sie erst mal zu Atem.« Und viele nette Worte.

Meerfrollein, was geschieht mit uns?

»Ich glaub, ich bin ohnmächtig geworden«, flüstert Engelke. »Tut mir leid, wenn ich was kaputt gemacht habe.«

Klammert sich an die pralle Tasche.

Der Schaffner meint, er verlasse sie kurz, weil er durch die drei Wagen will, gucken, ob noch wem was passiert ist, sie solle aber nicht weglaufen. Dabei grinst er.

Engelke dröhnt der Kopf *diese Träume!*

Der Bahnmann ist kurz darauf zurück, freut sich.

»Nichts passiert, alles wohlauf, niemand sonst hat was abgekriegt.«

Kommt mit einer Thermoskanne, gießt den Becher halb voll, setzt ihn Engelke an die Lippen. »Starker Kaffee«, schmunzelt er. »So ein Kaffee kann nie schaden.«

Sie spürt darin den Cognac, der brennt sich hinunter, aber das bringt sie hoch.

Draußen brüllt der Lokführer etwas, der Schaffner lehnt sich hinaus, gibt Zeichen. Versucht, das Fenster zu schließen, es klemmt endgültig, bleibt unten.

Engelke schwankt.

»Herrje – werden Sie mir wieder abgängig?«, sorgt er sich, fasst ihre Schulter. »Sehen richtig blass aus. Wie Käse, Milch und Spucke.«

Der Lokführer ruft erneut Unverständliches. Der Schaffner also wieder ans Guckloch, wieder mit der Hand gewedelt, »... nur ein kleiner Unfall. Fahrgast fiel in Ohnmacht« gerufen. »Hat sich dabei an der Notbremse festgehalten. Ich nehm ein Protokoll auf.«

Und zu Engelke: »Unterschreiben Sie mir das Formblatt hier. Ich mach den Rest, da kriegen Sie keinen Ärger. Den ominösen Herrn Engel vergessen wir am besten, sonst gibts Mordsscherereien, Polizei und so. Und eine Riesenverspätung. Haben Sie den übrigens gesehen bei der Abfahrt? Diesen dummen Kerl, der nicht aufgepasst hat, diesen Trenchcoat-Hampelmann?«

Engelke nickt schwach.

»Die Scherereien werden nachkommen, wenn die Sanitäter ihn verpflastert haben. Wetten, dass die Husumer Bahnhofsknilche schon in Niebüll angerufen haben?«

Dann, unvermittelt: »Und Sie? Gehts Ihnen besser?«

»... sehr freundlich«, murmelt Engelke, »ja, so muss es wohl gewesen sein: schlecht geworden, versehentlich an der Notbremse festgehalten. War wohl so, wie Sie sagen. Danke, dass Sie den Papierkram ...«

»Mach ich doch gern für Sie, Frollein Kristensen.«

Er hat ihren Ausweis gefunden.

»Lag auf der Erde. Kristensen, Holgrunt.« Reicht ihn zurück. »Stecken Sie ihn besser ein.«

Holgrunt – da wohne er ja direktemang nah bei, »in Klippsbüll. Klatte, Jörn Klatte!«

Bei seiner alten Tante residiert er; der gehört die winzige Zimmervermietung »Haus Störtebeker«, die aber seit drei Jahren geschlossen ist. Dort hat jetzt er ein Kämmerchen, gleich schräg gegenüber vom »Wattwurm« gelegen.

»Kennen Sie doch sicher auch, den ›Wattwurm?‹«

Klar kennt Engelke den. Die Dorfkneipe mit dem Tanzvergnügen.

Ihr ist immer noch übel. Waren bestimmt die verdammten Bratkartoffeln dran schuld. Und auch an der Ohnmacht.

»In zehn Minuten sind wir in Niebüll«, informiert der Schaffner *wie alt magst du sein, Jörn Klatte, Bahnbeamter? Schon dreißig?*

»Sollten Sie weitere Hilfe benötigen, sagen Sies ruhig.«

Engelke starrt aus dem Fenster in den Himmel, sucht Engels Spuren. Aber der ist weg. Im Paradies wohl.

»Kommen Sie besser zu mir herüber ins Dienstabteil, Sie holen sich den Tod bei dem Durchzug.«

Engelke presst die Tasche an sich. Beguckt den Spin nenbein-Blutfleck. Geht.

Eine zertretene Feder bleibt auf dem Boden.

Niebüll. Dieser Zug endet hier! Klatte entschuldigt sich vorübergehend mit Dienstgeschäften. Engelke rafft die Tasche auf. Schiebt die Abteiltür zurück.

An der Bushaltestelle treffen sie sich wieder, großes Hallo!

Der Bus fährt vor. Eingestiegen und nebeneinander auf die Bank gesetzt.

»Mein Chef war nicht mehr da«, freut sich Klatte. »Da bin ich auch weg, mein Dienst ist ohnehin vorbei. Den Kladderadatsch mit den Unfällen kann ich auch morgen früh regeln.«

Der Setra schnattert wieder mit den Ventilen und schaukelt durch die Dämmerung. Wieder zieht es höllisch, das Gebläse gibt sein Letztes.

»Könnte es sein ...«, fragt Engelkes Begleiter auf einmal von der Seite, tief in Engelkes Augen blickend, »... dass wir zusammen in der gleichen Volksschulklasse gewesen sind, Sie und ich? Und hatten Sie nicht mal einen schweren Unfall, da müssten wir ... ja: ungefähr in der sechsten oder siebten Klasse gewesen sein.«

Also doch nicht so alt!

»Stimmt!«, sagt sie und erinnert sich schemenhaft. Jörn Klatte – ihr ist so ein dürrer Straßenköterblonder im vernebelten Gedächtnis: zu kurze Hosen mit Bügelfalten. Und ein leichtes Rüchlein von Pfefferminz. An den Minzgeruch erinnert sie sich jetzt genau, der hat sich gehalten, nun überlagert von Peter Stuyvesand, und beim näheren Kontakt ist noch ein Überbau vorhanden, der *Pitralon* heißt.

Wie bei Papa.

Den Poposcheitel hat Klatte auch noch.

»Nach der achten Klasse bin ich nach Husum auf die

Handelsschule. Hinterher eine technisch-kaufmännische Ausbildung gemacht.« Er lacht. »Dann zur Bahn … was Sicheres.« Der Lebenslauf gerät in die Breite.

»Ach ja?« Engelke heuchelt Interesse. Aber das wars dann vorerst mit Lebensgeschichte.

*D*er Omnibus kämpft sich auf Klippsbüll zu *verfluchte Schlaglöcher!* Der Kristensentochter Kopf wird erneut von einer Dampfkapelle überrannt.

Als sie in Klippsbüll aus dem Bus will, knickt sie ein – gut, dass Jörn Klatte sie auffängt.

»Dass das man nicht noch ne Gehirnerschütterung ist!« Er scheint besorgt. »Soll ich Sie – dich zum Arzt bringen?«

Von der Bagage hat Engelke die Nase voll. »Lass mal, das geht schon. Der Brummschädel ist nicht so schlimm, mir ist nur so schlecht. Kommt sicher daher, weil ich was Falsches gegessen habe. Bratkartoffeln. In Husum auf dem Bahnhof.«

»Sag bloß, bei der ›Notbremse‹?! Kein Wunder, wenn dir flau geworden ist. Wegen der ›Notbremse‹ an die Notbremse – hahaha: Sachen gibts! Letztes Jahr soll die Lebensmittelkontrolle den Laden angeblich einen ganzen Monat lang dichtgemacht haben wegen Koli-Bakterien. Hätten neue Kühlungen einbauen müssen. Das Grillfett sei so alt gewesen wie der ganze Bahnhof!«

Da lachen sie beide.

»Hätte ich früher wissen sollen«, gibt sie zurück.

Und, verschämt: »Ich möchte wohl noch gern einen für den Magen ...«

Doch Klattes Thermoskanne ist leer. »Komm!«, befiehlt er. »Ich kenne eine vorzügliche Erste-Hilfe-Station: den ›Wattwurm‹.«

Engelke hat nichts dagegen. »Das Hospitz kenn ich auch. Und ich geb jetzt einen aus, weil du mich gerettet hast!«

Seltsam denkt sie *wie flott das wieder geht mit dem Du!*

Klatte kommt selbstverständlich gern mit, will aber vorher sein Dienstköfferchen bei der Tante parken. Ob Engelke ihre Sachen nicht auch einstellen wolle? Mitschleppen sei doch unbequem.

Aber Engelke trägt ihre Habseligkeiten lieber bei sich, deponiert sie nicht im Dielenschrank dieser Tante, die misstrauisch unter den Lockenwicklern hervorguckt, sie und der Schrank so alt, man möchte meinen, noch aus dem Dänenkrieg.

Tantchen heißt auch noch *Marie*.

9. Bemerkungen über die Dankbarkeit

Die Uhr überm Eingang zeigt erst halb sechs, im »Wattwurm« gehts aber schon hoch her. Klatte ergattert den letzten freien Stehtisch im Eck und zwei Barhocker. »Setz dich doch hin. Hast dus bequem? He, Hinrich: bring uns zwei Klare. Vom Guten!«

Wenns eng besetzt ist, fasst der »Wattwurm« an die dreißig Leute. Dann macht sich Gemütlichkeit breit im Raum, ein Schnattern und Johlen. Und heute ists knüppelvoll, Hans Albers ramentert in der Musikbox, und auch das Radio müht sich um Gehör. Gottlob verkneift sich der Wirt seine berüchtigten Shantys und konzentriert sich auf den Zapfhahn.

Engelke kennt sich aus. Die weißen Bretterpaneele, das Kupfer, der nautische Krimskrams: Schiffsbilder, blaue Fliesen, Flaggen, Buddelschiffe – fast wie im »Walfisch«, aber alles frischer, moderner. Nur, dass diese seemännischen Artefakte aus dem Kunstgewerbeladen stammen und nicht aus dem Leben. Dafür liegt hier normalerweise kein Halbtoter. Nur manchmal vorm Tresen.

Und nebenan der Saal mit dem »Conférencier«. Diese Wochenenden mit Hoegi.

Klatte ordert eifrig nach, rutscht nach jedem Kurzen etwas näher heran an Engelke. Sie reden über den Tag, die Fahrt; mit so was müsse man rechnen, meint Klatte, so was wie die Notbremsung oder der Vorfall auf dem Husumer Bahnsteig. Durchgangsorte wie Abteil und Bahnhof seien Treffs für Gott und die Welt, da wär auch mal ein Malheur fällig, mal was anderes, höre man sonst nur in den Nachrichten.

Engelke sagt, dass sie so was nie höre. Von wegen der Wellenlosigkeit.

»Sei froh!«, erwidert Klatte, lacht. »Da verpasst du nichts. Die Welt ist schmutzig, gefährlich und schlecht genug, auch ohne dass mans tagtäglich um die Ohren gequatscht kriegt. Was hast du doch Glück gehabt, Angelika, dass du nur mir in die Hände gefallen bist, hahaha …!«

»Prost, Jörn.«

»Prost, Engelke.«

Und Küsschen.

Wenn man schon gesprochen habe über ihren früheren ominösen Unfall, an den sie sich nun so gar nicht erinnern kann – weiß er vielleicht was?

»Nichts Genaues, um ehrlich zu sein.« Jörn Klatte weiß nur noch, dass das, was vorgefallen war, lange gedauert haben muss.

»Soll wohl«, sagt Engelke, »die sechste Klasse – oder wars die siebte? – jedenfalls musste ich eine doppelt machen wegen des Unfalls …« Mehr ist da nicht, nur: *das Kind ist krank!* Und dass Amalia Boysen oft an ihrem Bett gesessen hat. Also ist sie wohl heftig und lange daneben gewesen. Doch vorbei ist vorbei.

Die Wurlitzer schweigt, der Wirt brüllt ins Getöse: »Mal Ruhe, Leute – die Nachrichten!«

Alles Mögliche aus Bonn und aus der Zone wird vermeldet. Kein Wort vom Husumer Bahnhof. Der Wetterfrosch quakt noch, dass das Wetter mies werden soll von wegen eines Orkantiefs bei Island.

Engelke hört nur halb hin. Das Geplapper aus dem Telefunken-Weltempfänger geht unter im Krächzen der Funkstörungen, im Reden, Gläserklingeln, keiner gibt was auf den unzuverlässigen Äther, keiner was auf diesen fernen Orkan mit dem schönen Namen *Vincinette,* der sich irgendwo herumverbläst; der Wirt knipst die Kiste endlich aus. Einer wirft den Plattenautomaten wieder an – *na, blonder Hans, die Pause ist jetzt alle!*

Stunden verquatschen sie, trinken, essen etwas, Engelke nur ein Stück trockenes Weißbrot, Klatte die Riesenfrikadelle im Brötchen.

Jemand streift Engelkes Seite – Bugislaus drückt sich vorbei. Aber sie hat ihn am Arm, »Hey, Bugi.«

Der mag sie nicht angucken beim gemurmelten »... äh, hey, ewig nicht gesehen.«

»Ja«, sagt sie. »Und wie gehts dir? Und dem Andi? Dem Fredi und dem – Hoegi?«

»Hmm, na so«, bringt Bugislaus hervor und zieht sich verlegen am Ohr. »Aber seit du und der Hoegi ... seitdem ihr auseinander seid, haben wir anderen keinen mehr von euch beiden gesehen.«

Wie, was? Den Hoegi auch nicht?

»Nachdem du ihn rausgeschmissen hast, haben wir vier uns einen gezwitschert, er hat gesagt, er müsse mal fort. Hinge ihm alles zum Hals raus. Weg auf See. Oder zur Legion.«

Fort heißt nicht: für immer.

»Ach, Bugislaus«, sagt sie, »es hat nicht sollen sein. Waren so alle besser dran, garantiert. Schönen Gruß auch an die, die noch hier sind.«

Und an die, die vielleicht zurückkommen!

Bugislaus guckt verlegen, nickt und wankt gesenkten Hauptes zurück zum Tresen, zu Andi und Fredi, wo sie die vollen Gläser haben, miteinander flüstern, gelegentlich herüberspitzen.

Klatte ordert exotische Drinks, »willst du mal Tequila probieren? Bacardi-Cola?« Dabei gerät er langsam aus den Fugen und ins Schwadronieren: von den Eltern, die lang verstorben sind, von Tantchen *Störtebeker*, von der Schwester und dem Schwager, der seinen Schein los ist »wegen zwo Komma acht Promille!« Redet vom Betriebsausflug nächsten Mittwoch mit dem Bundesbahn-Schaffnerverein, rutscht mit jedem Satz noch näher.

Der Rotamint nervt in der Ecke mit ewigem Geklicker. Klatte nervt mit dem Arm um Engelke, die ahnt, worauf das hinauflaufen soll.

Die *Siebener-Serie*! Lautes Hallo am Tresen.

Die Konversation hält an, Klatte hingegen baut immer mehr ab, verliert an Substanz, redet sich leer wie wohl Jahre nicht, ihr rauschen die Ohren von der Flut. Dann zahlt er, zieht sie nach draußen, wo das Sausen in der kühlen Nacht langsam verfliegt und der Schaffner Jörn Klatte wieder etwas gewinnt in der gnädigen Dunkelheit.

Sie klammern sich aneinander, stolpern, alles fliegt doppelt vorbei, sie weiß, dass sie aufpassen muss, als er sie fahrig umarmt, *bei mir bleiben!* lallt.

»Nein!« *Nur noch hinlegen!*

Sie reißen sich zusammen, geben sich die Sporen und treten aus der Nacht in die Pension der Tante, wo alles klargemacht ist: Jörn Klattes Zimmer mit Französisch Bett, der Fernseher. Das Frühstück.

Und als er fragt: »Du kommst doch mit rauf?«, vergisst sie sich und das *Nein*.

Es ist eine muffige Behausung, der »Störtebeker«. Zu Jörn Klatte kommst du am ungesehensten durch den Hintereingang im Hof. Die Etagen, zwei an der Zahl, lassen sich wegen der kaputten Flurbeleuchtung nur im Dunkeln nehmen. Die Holzstufen knarren.

L-e-i-s-e!

Aufs hölzerne Kommando huscht die Tante vom Etagenklo, guckt sie missbilligend an aus blauem Nylonmorgenrock, riecht nach Furz und Kölnisch Wasser und verschwindet flugs im Dunkel ihres Zimmers – Engelke wettet mit sich, dass sie umgehend ihr Auge an den Spion klebt.

Noch sechs Stufen bis unters Dach. Jörn Klatte schließt das Zimmer auf, schwankt, sein Atem geht stoßweise.

Sie nimmt das Sofa. Er den Cocktailsessel. Er raucht. Hat Salzstangen und Kaugummi aus dem »Wattwurm« mitgeschleppt. Eine Flasche vom Bacardi-Rum. Auch Minzbonbons. Drei Flaschen Coca-Cola. Und: Gläser nicht vergessen!

Dann knipst er den Fernseher an, er ist auch elektrotechnisch auf der Höhe, der Jörn Klatte.

Engelke kriegt das kaum mit, weil der Rum dabei ist, gegen die Cola vollends Oberhand zu gewinnen. Der Quizmaster prahlt ihr ins Ohr, dass die große Nummer heute im großen Sendesaal stattfindet, doch sie schaltet das Gehirn ab, fällt nach hinten, malmt ihr Wrigley's mit offenen Lippen, gießt mechanisch Cola-Rum drüber; ihr ist wieder kotzübel, der Alkohol, die Müdigkeit – die Augen fallen ihr zu, die Zunge wird schlaff, die Lippen. Hält aber die Finger um die Taschengriffe gekrallt *bis in Ewigkeit Amen*.

Jörn Klattes Griff an den Reißverschluß ihrer Bluejeans quittiert sie noch mit einem gemurmelten Protest, sein Zerren an ihrer Bluse veranlasst sie zu nichts mehr als zu gleichmütigem Kauen. Sie merkt nicht, dass ihr Bluejeans und Schlüpfer heruntergezogen werden, sieht nicht, hört nur noch dumpf den Fernseh-Empfänger, worinnen der Quizmaster tanzbärig zwischen den Röhren umherstapft.

Als Jörn Klatte sie zum Sofarand zieht, sich vor ihr niederlässt, an sich nestelt, sich zwischen sie drängt, schnippt der Tanzbär im Studio mit den Fingern: Pfefferminz und Cola-Rum, Salzstangen, Wrigley's, Klatte, Engelke – *was ihr wollt!* Der Kandidat plagt sich ab, schnauft vergebens, verspielt die Runde mit null Punkten. Schneider wird ihm angesagt, nur Schmerzen drinnen wie Steine, Messer, der Trostpreis.

Engelke dümpelt im Blau. Klatte treibt vorbei, krümmt sich ihr zu Füßen. Ihr Kopf fällt zur Seite.

»Jörn«, flüstert sie im Wegdämmern, »Jörn Klatte ... lass mich in Ruhe, ich will nicht, sag ich ... kriegst doch sowieso keinen hoch ...« *Gott sei Dank, dass die Prozession ein so schnelles Ende genommen hat.*

Alles versandet.

Der Schlag brennt auf ihrer Wange. Vor ihr steht Klatte mit heruntergelassenen Hosen und wutverzerrtem Gesicht, den freundlichen Bahnler hat er abgegeben bei der Tante im Dielenschrank.

Schlägt noch mal zu, an den Kopf. Und noch mal.

Sie kippt weg.

... welch ein Ort. Im Wattwurm keine Seele. Nur der Wirt. Der zapft Biere. Keine Seele. Nur der Versackte in der Ecke. Keine Düfte. Die Wurlitzer schweigt, Hans Albers ist tot. Der Versackte brabbelt vor sich hin, dreht den Kopf, ist Klatte, ists doch nicht, eher Hoegi, eher Capplan, der kurz-lang kippt, Bacardi-Cola, Williams Christ und Bloody Mary voll der Leiden, davon recht

viel, nebenan redet der Wirt zu sich selbst und in den Wind, und ein dicker Quizmaster grinst auf der Deckscheibe des Rotamint, der ein Grundig-Fernseher ist im Zweitberuf, der Versackte holpert auf, rafft seine Kutte, bedrängt sie, spielt auf dem Schifferklavier den Tivoliwalzer, fasst zwischen ihre Beine, fasst in ihren Kopf – weg da! Fort! Fort!, es wird ihr schwarz vor Augen, sie schreit, schlägt um sich, nimmt den Akkordeonspieler, schmettert ihn in die Mattscheibe, das Gesicht zuerst, Blut, und es macht ja auch nichts.

Sie kommt zu sich, steht auf dem Hof. Hose, Mantel verrutscht, Knöpfe abgerissen *bloß weg, wo bist du hier?* Rafft die Kleidung zusammen und geht, keinen Blick rückwärts verschwendend an das Haus und seine Hüter *wer ist Klatte?* auf und davon, die Tasche fest im Arm, das einzige, was zählt. Oben die Sterne.

Durchatmen! *Die Zeche gezahlt, bist keinem was schuldig!*

Engelke kotzt in die Rabatten, schlagartig. Wie schnell das doch geht.

Macht sich gerade, dreht sich doch noch mal um zum »Störtebeker«. Guckt hoch zum Dachfenster, tippt an die Schläfe *na dann!*

Verlässt diesen Ort, macht sich frei und vom Hof, und die Pendeltür des Gartenzauns klappt wie in schlechten Western – oder aber: winkt ihr begeistert nach. Doch wer weiß das schon so genau?

Dritter Teil

Und ich sah, und siehe, ein fahles Pferd. Und der darauf saß, des Name hieß Tod, und die Hölle folgte ihm nach.

Offenbarung des Johannes

1. Holgrunt im Herbst 1948

Sie liegt lange und hart. Unter starken Medikamenten, geflickt, vernäht, verpflastert. Ihr Glück ist ihre robuste Konstitution. Und Amalia.

Es steht mit ihr auf der Schneide. Sie kommt manchmal an die Oberfläche, sinkt aber jedes Mal gleich wieder zurück in diese Schächte, in die Amalia ihr nicht nachkann.

In denen sich was regt.

Wochenlang, monatelang sagt sich Amalia jeden Tag, das die Deern doch endlich mal übern Berg sein müsste.

Und da ist noch was. Das ist nicht koscher!

Drei Monate liegt sie jetzt, da nimmt Amalia der Engelke Urin ab. Nach Klippsbüll zum Stellvers geschippert, zu dessen Doktorsfrau, die untersucht; Amalia hört das Ergebnis mit Schrecken, hat es befürchtet: *gute Güte – die Deern steht tief in der Hoffnung!*

Der Paale hört es und wird bleich wie ein Betttuch. Verbietet den beiden Stellvers und der Boysen bei Todesdrohung, irgendwas auszuplaudern *ich bring euch um, wenn ihr was sagt!*

Herr und Frau Stellvers murmeln darauf was von *ärztlicher Schweigepflicht*, flüchten sogleich.

Paale Kristensen sitzt nur da, lässt den Kopf hängen.

Am selben Abend noch klopft er an der Boysen-Kate. Sie bittet ihn herein, er bleibt im Türrahmen, murmelt *machs weg, Amalia, in drei Teufels Namen. Nicht noch mal so eine Sache. Machs weg, Amalia. Und kein Wort an niemand nicht!*

Und sie lässt sich heuern als Engelmacherin.

Das Mädchen ist – wie gesagt – ohnehin kaum ansprechbar gewesen, meist in tiefer Bewusstlosigkeit gefangen. Der Schock, der Blutverlust, die Entzündung, die Schwangerschaft – jetzt der Abbruch: *Deern, das überlebst du nicht.*

Stellvers findet nach einer Woche zurück, von der *Hoffnung* sagt er nichts mehr, weil er doch so blind und dumm nicht ist, wie man ihn heißt. Seine Frau hat gesagt, dass sie mit Amalia nie mehr ein Wort zu sprechen gedenke. Die hat das aber nicht interessiert.

Blind und dumm dagegen der Schulrektor. *Wo ist die Engelke?* schreibt er. Sie schreiben ihm zurück: *die Engelke ist aus dem Fenster gefallen, aufgeschlagen auf einen Zaunpfahl, in den Bauch, kommt längere Zeit nicht zum Unterricht, Arztattest anbei, mit vorzüglicher Hochachtung!*

Er frisst das Märchen vom Unfall, der Schulmeister. So wie alle anderen es auch fressen.

Dr. Stellvers bescheidet später dem Alten knapp *die Amalia, die kann das alles genauso gut wie ich!* und taucht nicht mehr auf. Auch, weil er kurz drauf selbst schwer erkrankt. *An der Ehre* denkt sich Amalia. Es ist aber *am Alkohol* gewesen. Und ein anderer Quacksalber kommt dem Kristensen nicht ins Haus!

Die Schule schreibt: *Gute Besserung.* Neugierige Freundinnen – Dani zählte nicht – hat die Kristensentochter keine gehabt.

Auch der Jüngste macht sich rar und rarer. Und als der Älteste ihm wieder sagt *du kannst meinethalben auch ganz wegbleiben, du Gauner!* nimmt der das diesmal wörtlich.

2. Nächtliche Wanderfahrten

Die Klipptiefe strömt durch die Nacht zum Freitag, dem 16. Februar 1962, nicht anders, als sie es Jahrzehnte, Jahrhunderte getan hat. Warum etwas ändern?

Engelke stakst nebenan die Bahntrasse längs, vor sich die sieben Kilometer, um sich die geldschwere Tasche, welche an die Hüfte schlägt beim Gehen, mit dem Tragriemen in die Schulter schneidet. Dem Frollein laufen Tränen übers Gesicht vom Wind, vom Abschied – aber ihr wahrer Zustand ist Schaumwein.

Den Jörn Klatte nimmt sie als Schlussakkord von dem Konzert, das sie hinter sich hat.

Und die Zukunft im Sack!

Die Tränen trocknen. Vergnügt ist sie beinahe, mit jedem Schritt wächst etwas Großes, Erhabenes.

Wenn sie sich umdrehen würde, sähe sie, dass auch der Horizont erhaben leuchtet. Aber sie guckt nur geradeaus, Schritt vor Schritt, die Sirene geht sie ebenso nichts an.

Engelke tanzt übers Gleisbett, stolpert dabei über einen Blechstrempel, der aussieht wie ein Stück aus einem Mopedschutzblech, Tritt! *Ab mit dir in die Klipptiefe!*

Der Wind bläst heftig, doch auch der Frühlingshauch von gestern hat überlebt.

Kilometer um Kilometer gegangen, nun tun doch die Füße weh, der Taschenriemen schneidet tief. Der Mond kriecht heraus, lang kanns nicht mehr dauern – *da wird das Pack aber Augen machen, eine halbe Million jetzt fahrn wir übern See ...!*

Aus vollem Halse singt sie.

Halt! Wen geht's eigentlich was an, das Geld? Sie bereut, dass sie überhaupt den Mund aufgemacht, dem Michels davon erzählt hat. Aber der ist weg. Und dem Capplan. Der ist noch da. Doch der ist Nebensache, der weiß nicht, dass sie den Haufen Mark im Heute und in bar dabeihat: Capplan, der Bilderstürmer, der ist ungefährlich. Nur für Marien nicht.

Nachher wird sie gleich das Nötigste packen, den Vater aufrüsten, damit er schnell geborgen werden kann. Vielleicht lässt sich das Schlauchboot doch noch einmal flicken oder der Volkswagen, der blöde Kübel – weiß der Geier, was der »Lille Havfrue« fehlt, wahrscheinlich ist nur die Batterie hinüber.

Jedenfalls gehts heute zurück ans Festland – im schlimmsten Fall wieder zu Fuß. Dort muss ein Boot aufgetrieben werden, besser ein richtiges Schiff. Dann wieder her und den Alten hinüber, am besten direkt nach Husum, in die Pension vielleicht, wos ein Brötchen extra gibt.

Aber das Geld muss für diese Nacht versteckt werden *nachher kriegts doch noch Beine, weiß mans?*

Im Palast des Sultans haben sie sich gern aufgehalten, Lütt Engelke und die Dani. Haben Strandräuber gespielt. Und mit den Puppen *Mutter und Kind,* besonders Dani. Und Engelke war der Strandräuber. Daher weiß sie auch ein verschwiegenes Loch im Boden: der alte Sod, die Hauszisterne vom Sultan.

Sie stolpert zwischen die Steine und nach hinten, wo der Stall am Boden liegt, dort haben die Pferde gestanden. Und mitten davor der Sod, das Versteck.

Gerümpel weggeräumt, die Blechplatte aufgedeckt. Es mufft heraus – *aber Geld stinkt nicht!*

Engelke steckt einen Knüppel durch den Schulterriemen und baumelt die Tasche auf, die Stange kommt quer übers Loch, so fällts nicht in den Dreck – drei Meter tief, wo sich früher das frische Regenwasser sammelte, wo sich jetzt alles Mögliche tummeln mag, das selbst im Tageslicht nicht sichtbar wird, lang nicht mehr hineingeguckt.

Ist ja nur für die paar Stunden!

Danach wuchtet sie das Gerümpel zurück und obendrüber – jetzt aber nach Hause! Beine hochlegen für zwei oder drei Stündchen.

Die letzten.

Man hätte es wissen können. Wenn die Temperatur in dieser Jahreszeit plötzlich ansteigt, bedeutet das seit jeher schlechtes Wetter; Westwind, ein Islandtief, ein Hoch über der Biskaya, und das dazu an einem Freitag: ja, man hätte es wissen können. Aber der Nachrichtensprecher sagte nichts davon am Donnerstagabend, sagte nicht: *das gibt eine Wahnsinnsflut!*

Da müssen andere kommen! hätte Paale gespottet und: *was jetzt daherplätschert, dass ist Seehundpisse!*

Das wäre Paales Kommentar gewesen. Und des alten Ole sowieso.

Um halb vier in der Frühe stolpert Engelke endlich über die Schwelle des »Walfisch«, die Füße zerschunden, die Halbmillion im sicheren Loch.

An der Haustür grübelt sie, ob sie gleich den Vater inspiziert, verwirft es aber und legt sich mit ihrer dicken Birne aufs Küchensofa; der Alte verdünnisiert sich auch gleich aus ihrem Hirn ins Nirgendwo.

Das Sandmännchen will sich jedoch nicht sehen lassen, es reicht nur für ein Dahindämmern; Rum und Tequila schwappen im Bauch, im Kopf, außerdem tun ihr die Füße lausig weh.

Die Rennerei kennen die noch von früher, neun Jahre zur Volksschule Klippsbüll. Das heißt: fast jeden Tag mit dem alten plattbödigen Ruderboot bis zum Land und vom Deich mit dem Fahrrad weiter zur Lehranstalt. Und zurück wieder das Rad, das Boot – aber meistens die Füße benutzt für den Schienenweg. Deshalb ist der Pfad kein Unbekannter.

Alles dreht sich durch den Kopf, aber nicht so, dass Engelke an die Schüssel muss. Übrigens: eine gute Idee, das Versteckspiel beim Sultan, *aber jetzt ratzen!*

Der Traum ist seltsam klar.

Die Wölfe kommen, sie holen dein Kind – die Sterne, das Glühen, doch vorbei jetzt, der Schatten verschwunden, sind kalt, wo sie liegen, das eine wie auch das andere, ohne Gefahr jetzt, ohne Gefahr, die Stiege hinauf, es ist Zeit, es ruft ja schon, das Kleine: so lang weg warst du! Sie nimmt die Stufen, die knarren, die Luke: auf damit, nimmt das Wurm heraus, das greint, drückt es an die Brust, mmm-mmmh, hockt und summt, schaukelt, wiegt das Kleine, das verstummt ganz langsam, versinkt im warmen Nest, nur eine Mutter kann das, nicht wahr, schlaf doch, schlaf doch, alles wird gut jetzt –

Engelke schreckt hoch, schweißgebadet. Sieben Uhr. Sie rafft sich auf, schwankt an den Anleger, noch reichlich Dröhnung im Hirn.

Draußen ist das Wasser weg, die laue Brise eine liebenswerte Gesellin. Laut Thermometer an der »Walfisch«-Tür präsentiert sie satte dreizehn Grad: ein unnatürliches Frühlingswispern. Aber höchst angenehm. Der Schnaps heizt von innen zu, Engelke denkt sich: *der Morgen ist so oder so kaputt, jetzt gehst du ins Watt, Alkohol verdunsten!*

Und noch vor dem Gang zum Alten. Kundschaft kommt so früh nicht und dazu bei abgelaufenem Wasser, es sei denn, einer schipperte den *Steenackgrund* und die Klipptiefe hinauf, von der See her oder von Sylt aus durch die Quirle, gegen die Mahlströme und Untiefen, käm von der Westseite her im Ebbstrom. Und selbst wenn: den sähe sie.

Doch so waghalsig ist keiner mehr, seit Ole Kristensen.

Der einzige Bekloppte, der das versucht hätte, wär Sardinen-Rudi gewesen. Gut, dem Michels, der gebrannten Mandel, dem tät sies auch zutrauen. Aber dem Rudi sowieso.

Donnerwetter! Engelke erwischt sich dabei, wie sie in Schlappen, kurzem Hemd und Taschenfunzel auf dem Anleger steht und ausgerechnet jetzt an Sardinen-Rudi denken muss. Als Kleinkind hat sie des Onkels Knie geritten, soweit weiß sie sich doch zu erinnern: er öfter in Vadder seine Schifferloge hereingeplatzt, als dort noch massig Kaptains und Wattgänger gehockt haben, hat von großen Fahrten geraunt, wobei nur der liebe Gott wusste, wohin sie Rudi geführt hatten, von hier und dort aus zurück in den »Walfisch«, wo man die Flasche kreisen ließ.

Siebzehn Mann auf des Totenmanns Kiste sangen sie.

Als Engelke zwölf oder dreizehn war, sind alle weg: die Admirale. Die Wattgänger. Die Onkel. Als wären sie durchsichtig geworden – sind vielleicht noch da, luftfarben. Schweben überm Haus *dürfen nicht hinein?*

3. Noch ein Walfisch

Weil jetzt eine besondere Stunde schlägt voll süßer Erinnerung, der Vater schläft, daliegt ohne Stöhnen und Röcheln, eine Stunde, die aufzeigt wie es sein könnte in hundert Jahren, wenn Engelke ihn nicht mehr füttern, rasieren muss und ihm den Arsch abwischen, weil es an den Anfang eines besseren Lebens gemahnt, geht Engelke nun ins Watt. Durchatmen. Weitgucken üben!

Sie klappt den Holzkasten am Stegrand auf, ein Rettungsring drin, wo draufsteht: *Rettungsring*.

Drunter ein Tau, Stiefel und mürbes Ölzeug, die haben sicher schon bessere Tage gesehen. Den Mantel, den schlägt sie sich um, schlappt die Puschen weg, schlüpft in die Stiefel und lässt sich über die Leiter hinunter auf den schmalen Streifen Sand, der heute frühmorgens so sonderbar fest daliegt und dessen Flutriffeln Engelke sogar durch die Stiefel spürt. Der Überzieher, sonst sperrig, schmiegt sich freundlich an.

Engelke also los und weiter, vom Sand auf den Schlick, die blinkende Schneise der Klipptiefe links liegenlassend, den Taschenlampenstrahl vorweg und gen Westen marschiert. Der Boden tritt sich cremig, sie also Volldampf voraus mit kräftigem Schritt.

Was nicht beim Laufen warm werden mag, wird warmgehalten durch die Dröhnung, für den Morgen reicht der Pegel allemal. Ein, zwei Kilometer voraus also und dahin, wo die Klipptiefe trichterbreit wird.

Von Osten her kommt ein Flimmern, der Wind fährt angenehm leicht herum und in ihre blonden Loden – *Menschenskind, was für ein Morgen!*

Aber vorn, da ist was! Ein schwarzer Stipp vorm grauen Horizont, ein Hügel vorm sterbenden Nachthimmel, ein Lichtlein blinzelt. Dann mehrfaches Wetterleuchten im Watt.

Engelke steuert aufs Gewitter zu; bald kommt sie so nah heran, dass sie Einzelheiten ausmacht: einer in Stiefeln, Latzhose, Pullover, Schlägermütze ist da zugange, in den Händen eine Kamera. Springt vor diesem Hügel herum, Blitz hier, Blitz da.

Der Mann – es ist ein Bart zu erkennen – gewahrt Engelke, leuchtet ihr mit einer Taschenlampe ins Gesicht, ganz erstaunt.

Sie kräht: »Moin, Peter Capplan. Auch früh auf Pirsch?«

»Moin, Frollein Engelke«, grüßt der zurück, montiert das Blitzgerät ab und verstaut die Apparate im Futteral. »Bin gestern Abend zurück mit einem Kutter und natürlich Frau Boysen dabei, war dann aber irgendwie zu aufgekratzt, hab schlecht geschlafen. Vor einer Stunde bin ich wieder auf, hab mir die Kamera geschnappt, quer über die Insel gelaufen und sonst überallhin. Dachte: *mal sehen, was dir so aufs Bild kommt im Morgengrauen!* Bei dieser ungewöhnlich milden Temperatur, fast wie Frühling ...«

»Zu der Tageszeit kanns nur was Lichtscheues sein«, sagt Engelke gutgelaunt.

»Da hab ich das hier gefunden. Ist sicher gestern mit der Abendflut angespült worden.«

Beide umrunden den grauschwarzen Hügel, der ein Walkadaver ist und bereits ein wenig faul riecht.

»Ein Grind- oder auch Pilotwal«, klärt Capplan auf. »Ein ausgewachsenes Weibchen, fast fünf Meter lang, gut zweieinhalb Tonnen. Nicht unbedingt typisch für unsere Nordsee-Ecke, es muss sich verirrt haben. Ist vielleicht zwei, drei Tage tot, schätze ich.«

Er weist auf die tiefe Wunde im Rücken des Tieres. »Sieht aus, als wär das von einer Schiffsschraube geschlagen.«

Die Haut ansonsten glatt und prall. Das Tier reckt die Brustflosse empor, die Augen glasig, das Maul steht ein wenig auf, so als wolle der Wal noch eine Anklage loswerden gegen den verdammten Steuermann, der ihn übergemäht hat vom Kopf bis zur Fluke.

Direkt am Rand der Klipptiefe liegt er auf seiner rechten Seite und schaut nach Osten, als warte auch er auf den Sonnenaufgang.

»Unnatürliches Wetter«, wiederholt Capplan.

»Ach, ich mag das«, erwidert sie und bohrt mit der Stiefelspitze im Schlick. »Sind im Winter selten hier am Meer, solche ruhigen Tage.«

»Sie holen sich aber glatt den Tod in Ihrem kalten Mantel ...« Capplan guckt auf den Wal, guckt auf Engelke und schüttelt missbilligend den Kopf.

»Hab sogar nur ein Hemd drunter«, kichert die und weiß nicht, ob sie oder der Rum das gesagt hat.

Capplan schielt von der Seite. »Wirklich ... halbnackt? Im Februar – manchmal glaube ich ...«

»Was glauben Sie? Die Deern spinnt komplett, glauben Sie. Aber das ist mir ganz egal.«

»Ich wollte sagen, dass ich glaube: Sie sind richtig hart im Nehmen«, stottert er. »Wirklich, Engelke – Sie werden mir noch krank.«

»Werd ich nicht!«

»Wetten?«

»Um was?«

»Um ... ach, Blödsinn!« Er druckst herum. Meint dann: »Wenn ich die Wette gewinne, möchte ich Sie fotografieren, künstlerisch-akademisch mein ich.«

Engelke runzelt die Stirn, guckt ihm tief in die Augen, bis er ihrem Blick ausweicht.

»Was setzen Sie dagegen?«

»Äh – müssen Sie nicht nach Ihrem Vater sehen?«

»Nicht ablenken! Der Alte döst auch bis zum frühen Mittag. Also: Was setzen Sie dagegen?«

»Tja, was ...«, Capplan ist irritiert. »Ich weiß nicht. Ich – ich trag Sie rund um Holgrunt.«

Engelke lacht, sieht sich dick und rund auf Capplans Rücken und wie der loshoppelt und nach wenigen Metern röchelnd unter ihr zusammenbricht *soll er doch!*

Sie niest unvermittelt.

»Sehen Sie!« Capplan ist erschrocken. »Sie haben sich jetzt schon erkältet.«

Engelke gurrt: »Da hätten Sie ja schon gewonnen, Herr Capplan, es stimmt wohl, dass kleine Sünden sofort bestraft werden. Dürfen mich also gleich ablichten.«

»Hier? Mitten im Schlick?«

»Jetzt. Und genau hier. Sieht doch keiner. Können richtig tolle Bilder machen.«

Sie verdreht den Oberkörper, fährt aus den Gummitretern, lässt den Mantel ein wenig über die Schultern rutschen, macht, tut, giggelt, »... so kommen die Damen in den Zeitschriften doch daher ...«, *verflixt, halts Maul, es ist gut jetzt!* warnt was drinnen und: *lass den armen Kerl zufrieden!*

Sie hört nicht mehr auf sich.

Kopfdurchdiewand.

»Nun ...«, Capplan zögert, nimmt aber die Apparate wieder aus der Tasche.

Engelke: »Ist doch was anderes als die Wattwürmerei oder so ein toter Fisch.«

»Das ist kein Fisch, der Wal. Das ist ein Säugetier«, begehrt Herr Peter auf. »Sollten Sie aber wissen als Küstenkind!«

Das Küstenkind geht nicht darauf ein. Kichert, schlingt das Ölzeug um den Oberkörper mit einem Hans-Albers-Blick *ahoi!* und weite Ferne.

»Oder ist es so besser?« Engelke lässt den Umhang bis zu den Ellenbogen herunter, steht breitbeinig und stämmig da, den Oberkörper zurückgebogen, streckt ihm die Zunge heraus, blinzelt ihm zu. Auch der Wal blinzelt.

Sie geht rückwärts, bis ihr Fuß an den Kadaver stößt, ein pralles glattes Federn wie früher die Haut ihres Gummibootes.

Capplan erwacht aus seiner Starre, hebt die Kamera, tänzelt vor Engelke umher, die ihn mit zurückgeworfenem Kopf anlächelt – sie steht eigentlich neben sich, sieht eine Engelke, die mit der Linken ihr Hemd anlupft bis zum Oberschenkel, die Rechte auf die Brüste presst, ein Kussmaul macht, als wärs für den *Playboy*.

Capplan stolpert, die Hände, die Kamera, sie beben.

Sie lehnt sich an das Tier, lässt sich abwärts ins Watt gleiten, breitet den Mantel aus, löst den Pferdeschwanz auf in eine blonde Wolke, zieht ihr Hemd noch höher.

»Jesus … Engelke«, stottert Capplan, »man sieht Ihre …«

»Ja?«, fragt sie rau. »Kannst du meine Maria sehen? Und? Gefällt sie dir?« Spreizt die Beine. Kommt plötzlich hoch mit dem Oberkörper, fasst Capplan blitzschnell am Gürtel, reißt ihn zu sich herunter.

Sie stöhnen. Wühlen im Schlick.

Capplan macht sich los, springt auf, »… lassen Sie mich!«

»Und? Fotografierst du mich jetzt?«, lauert sie.

Capplan reckt sich gerade, macht einen Schritt zur Seite. Schüttelt den Kopf. »Nein!«

»Bist doch sonst kein Kostverächter«, das kommt

spöttisch, und: »Bist doch eigentlich ein richtiger Professioneller – hast nicht nur deine Lummen, hast doch auch deine Weiber geknipst – oh, entschuldige: ich meine deine Madonna. Schöne Bilder hast du von ihr in deinem Nachttisch … Fatima, ihre Füße, ihre Schultern … tolle Fotos«, schreit sie. »Kannst jetzt noch eine Wichsvorlage machen: *Engelke*. Und *ihre Maria* hintendrauf schreiben!«

Das kommt ihr aus dem Hals, über die Lippen wie Übergeben.

Er starrt sie an. »Was … woher …?« Es begreift endlich, keucht: »… das hätte ich nicht von Ihnen gedacht, dass Sie in fremden Sachen herumwühlen …« Dreht sich weg.

»Los, nimm sie dir, meine Maria!«, ihre Stimme überschlägt sich. »Das wolltest du doch längst, jetzt hast du die Gelegenheit. Oder fehlt dir was dabei?«

Das zersplissene Bambusrohr, direkt neben dem Kadaver liegt es im Schlick, das reißt sie hoch, springt auf, schlägt es Capplan mit aller Kraft über die Brust, höhnt: »Komm, kleiner Vogelfreund!«, schlägt wieder und wieder zu, und die Tränen machen Spuren über ihre Schlickhaut. »Bei mir kriegst du alles, was du brauchst.«

Capplan ist zurückgewichen. »Sie haben herumgeschnüffelt.« Rafft die Kamera aus dem Schlick. »Aber das ist nicht so, wie Sie denken … außerdem sind Sie betrunken.«

Dann rennt er.

Engelke sinkt zu Boden, schlaff und leer wie ein Sack. Guckt ihm nach, wie er sich davonmacht im ersten Morgenlicht mit sausenden Stiefeln. Ein schlammiger, ein trauriger Sänger des Liedes vom kleinen Tod, das schon bald überstimmt sein wird von einem großen Trommeln und Pfeifen.

Sie sucht sich zusammen. Der Verwesungsgeruch kommt ihr stärker in die Nase. Sie rutscht vom Kadaver fort auf Händen, Knien. Im Schlamm liegt die Regenpelle, sie darauf. Mit dem Leibchen bis zum Bauch *wieso hast du dich dermaßen über Bord geworfen?* Der Magen rebelliert, kaum noch was drin. Aber dann kommt doch noch so dieses und jenes zutage: Schnaps, Galle, Jesusbilder, Lummen, Flachmänner und Notare sind dabei, Eisenbahnen mit Schaffnern, Regenmäntel, Geldmillionen und ein paar von den scheiß Marien obendrauf.

Sie kriecht, rutscht bis an den Rand der Klipptiefe, wirft sich einige Hände Wasser über den Bauch und ins Gesicht, den Wind jetzt frostig am Herzen. Stemmt sich aus dem Schlamm, wickelt sich in den Mantel, die Stiefel übergestreift.

Der Frühling ist davongeflogen.

Später schlurft sie retour, wieder mit so einem Schmecken im Mund. Ihr schmerzt die Seite, sie schiebts auf das idiotische Bemühen vorhin *magere Beute, ach Klatte, ach Capplan, ach Engelke, ihr dämlichen Bagaluten!*

Bagaluten. Das Wort hat Hoegi immer benutzt für seine Spezis, für sich: fürs ungehobelte Nordlandpack.

Was solls. Nur diesen Tag noch!

Sie trabt an, kommt dem »Walfisch«, dem Anleger näher, der liegt als schwarzer Scherenschnitt in der aufkeimenden Morgenhelle – doch auf den Planken ist Karneval, zwei, drei Leute rennen auf und ab, schwenken die Arme, rufen etwas, das klingt wie *Engelke! Engelke ...!*

Müssen die Boysen sein und der Brandinck und Capplan – ein Dreierverein blökender Idioten.

Das Winken, das Schreien hören nicht auf, Engelke beschleunigt. Wenn sogar die alte Boysen ganz vorne nebelhornig tutend dabei ist, Amalia, sonst gehfaul wie ein Strandkorb, wenn die karnickelig herumhüpft und schreit wie am Spieß, muss mindestens Sardinen-Rudi auferstanden sein!

Vielleicht hat sich Capplan ausgeheult? *Gottogott Frau Amalia, die Angelika wollte mir Gewalt antun ...!*

Engelke prustet los *das wär ja was!*

Doch die flüsternden Pantomimen geben nicht nach *das muss was anderes auf sich haben!*

Sie rennt, rutscht, schlittert durch den Schlamm in ihren viel zu großen Stiefeln, bis das der Anleger hoch vor ihr aufwächst ins frische Himmelsblut.

»Engelke, Engelke«, ruft die Boysen, und »Kommen Sie schnell, Frollein Kristensen!«, brüllt Capplan, auch der alte Brandinck meckert was von »... Dunnerkiel!«

daher, schwenkt den Krückstock überm weißen Haar, und als Engelke auf Wurfweite heran ist, kann sie es endlich verstehen, jenes dreifache: »Engelke, Engelke, Engelke, mein Gott, dein Vater ist auferstanden ...!« – das fährt in sie blitzmittenentzwei, macht, dass sie strauchelt, hinschlägt – mit dem Kopf gegen das erste Pfeilerholz.

Dann ist Schwärze und sonst nichts mehr.

Später. Gemurmel dringt langsam durch. Sie ist blind, das Denken quält sich wie in Gelee, im Mund schmeckt Watte. Eine Zwinge klemmt um Stirn und Ohren, Engelke will den Kopf heben, aber im gleichen Moment haut ihr jemand mit einem Hammer drauf oder einer Axt, rammt einen Spieß hindurch *diese Schmerzen!*

Vorsichtig tastet sie, lupft die Binde von den Augen, versucht sich erneut aufzusetzen, wird aber sogleich zurück ins Kissen gedrückt.

»Bleiben Sie liegen«, hört sie es sagen, »ich mach Ihnen einen neuen kalten Verband.«

Es raschelt, die Wasserpumpe piept, Töpfe klappern. Engelke findet sich wieder, merkt: hier die Kombüse, sie ruht flach auf der harten Küchenbank.

Jemand plappert, dass außer der Beule und einer leichten Gehirnerschütterung wohl nichts passiert wäre mit der Engelke, Gott sei Dank. Aber Ruhe brauche sie.

Und dergleichen gute Ratschläge mehr.

»... Vater?«, flüstert sie.

»Der ist oben«, sagt Capplan und legt ihr eine neue Kaltkompresse auf die Stirn. »Kaum zu glauben – er kann aufstehen, etwas gehen, sogar richtig sprechen!«

Drückt Engelke zurück ins Kissen.

»Sogar mich hat er gleich erkannt. Konnte sich erinnern, dass ich Ihnen gelegentlich geholfen habe beim Versorgen. Hat *Moin, Biologe!* gesagt und: *wo habt ihr meine Plünnen versteckt?* Capplan lacht.

»Tut mir leid, das vorhin«, flüstert sie. »War wohl noch ziemlich betrunken. Hätte ich nie sonst ... und dass ich Ihr Zimmer ...«

»Alles wird gut.« Capplan streichelt ihr die Hand. »Erst mal gesund werden!«

Gesund werden. Kann sie eben erst übermorgen los *doch alles wird gut!*

Sie schaut Capplan an, »und Vater ... hat er?«

Der weiß, was sie meint. Nein, nach seiner Tochter habe der Kristensen nicht gefragt, »... ich bedauere.«

4. Bemerkungen über Amalia Boysen

Nur weg! Weg vom Anleger! Amalia ist vollkommen daneben: erst dieses unheilige warme Wehen, dann die Erscheinung des Paale Kristensen, jetzt noch Engelke verunglückt.

Hätte eigentlich helfen müssen, die Amalia, sie kennt sich aus mit der Ersten Hilfe – als Hebamme sowieso. Aber ihr hatten die Hände geflattert wie Wäsche im Wind. Der Herr Biologe würde es schon richten, der hatte studiert. Drum ab nach Hause aufs Kanapee, die Medizin herbei.

Das Zimmer, das Sofa vermüllt, Plüschtiere, Verpackungen, Zeitungen, Kinokarten: ihr Gestern *nix wegschmeißen!* Sie mitten darunter.

1930 war der Rudi einundzwanzig, da ist er auf sie gestoßen, sie fünfzehn und ein ausnehmend hübsches Puppchen mit rundem Gesicht, Schmollmündchen und Kringellocken, kastanienrot und schulterlang.

Katholen, Rotschöpf und Frisörn müssen in der Hölle schmörn! hatte Suedmersen, der glatzköpfige Pastor, sie früher geneckt. *Katholen* hatte sie keine gekannt, aber Friseuse wäre sie gerne geworden.

Geblieben sind ihr mehr graue als feurige Strähnen, Sorgenfalten hat sie sich bereits zugelegt, bevor sie dreißig war. Heute ist sie nicht mal fünfzig, und der Faltenbogen ihres Mundes erinnert an den Mond, auf den sie alle wünscht.

Mit neunzehn kam Amalia an den Erich Boysen. Sie hat sich vorgenommen, dies wie vieles zu vergessen; nicht jede Erinnerung ist es wert, aufbewahrt zu werden.

Doch das gilt nicht für den Rudi, für den nicht!

Und manchmal flackert ein klein wenig der »Teuflische Filmvorführer« auf, aber wirklich nur manchmal. Das waren solche, die das Erinnern lohnen.

Und auch Engelke kriegt eine kleine Herzensecke.

Wer sammelt, trauert nach.

Wenn sich früher einer vielleicht mal richtig um die Amalia bemüht hätte, so hatte jedenfalls Paale einmal vermutet in feuchter Runde, sie nicht nur benutzt hätte fürs Herumkugeln – wie Rudi, der Fischkopp – wenn einer mal gesagt hätte *komm her, Amalia, jeder ist einzigartig, aber du bist was ganz Besonderes!* – dann säße die Boysen heute vielleicht nicht hier.

Und wär nicht so hart an den Fusel geraten. Aber den hatte Rudi schon früher permanent parat gehabt, jene »Seuche der Kristensens«, wie es hieß, von der Amalia gekostet, genippt, schließlich gesoffen hatte. Dran hängengeblieben war. Gründe kamen und gingen, mehr als genug, geblieben sind Amalia nur ihre Spöken und die Erinnerung an den Heringsbändiger – und der kleine Gelbe aus der *Danske Spritfabrikker*, der ihr treu am Busen ruht.

Im Oktober musste sie ihren siebenundvierzigsten Geburtstag feiern, das heißt: sie hielt sich versteckt, aber Engelke wusste um das Datum und hatte ihr herzlich gratuliert, hinter vorgehaltener Hand danach gesagt zum Marten Hoeger: *Amalia ist richtig würdig, die könnt mindestens für sechzig durchgehen!* Der Hoeger hat nur gegrinst.

Das war knapp zwei Monate, nachdem sie Amalias Tochter in die Erde getan hatten. Engelke hat sie damals als Einzige fest gedrückt am Grab. Und Amalia die Engelke.

Aber das Absinken hat die Boysen schon vor langer Zeit angefangen, drückt deshalb heutzutage nur noch das Sofa, keucht, weil ihr der Bauch die Luft austreibt. Die gewickelten Beine hoch, faule Venen, schwaches Bindegewebe, die Galle, der Magen. Zum Stellvers läuft sie deswegen nicht. *Und die Leber!* würde der nämlich hinzufügen, wenn sie jetzt in seiner Praxis aufkreuzte.

Lassen Sie den verfluchten Alkohol aus dem Leib!

Aber sie geht seit fast fünfzehn Jahren nicht mehr hin. Das bleibt so. Aquavit ist auch Medizin.

Oh, meine morschen Knochen!

Sie hat sie alle begraben, den Rudi, die Dani, die Hoffnung. Nur ein Wunschtraum ist ihr geblieben: Wenn sie dereinst wiedergeboren wird nach der großen letzten Ebbe – dann als Meerfrollein bitte schön, schwerelos. Und immer den Sardinenschwärmen nach. Na – und einem gewissen jungen Fischerkerl!

Kalter Westwind rappelt am Fenster, heute Morgen noch dachte sie sich *Gottlob, der Winter ist dahin!* Mit Schaudern erinnert sie sich zurück an Rudis Beerdigung: ein Novembermorgen im Jahre 1953, er schnitt kalt am offenen Grab, der Blasebalg. Der Köm hinterher war das einzig Ersprießliche an der Sache.

Das ist was mit Angedenken. Auch Dani hätte wohl einen Anspruch gehabt oder der Erich Boysen, aber nein. Nur *Rudi-du!,* der – wenn gebraucht – meistens flott zur Hand gewesen war. Manche munkelten, gerade deshalb wär der Erich nach jahrelangem Leiden ab zum Meeresgrund, wegen der Daniela und besonders wegen dem *Lütt Marten*, der den Boysens kurz nach der Geburt weggestorben ist, einen Monat vor Erichs Abgang. Der Boysen konnte keine Kinder machen. Aber das wusste keiner, nicht mal Amalia, sondern nur Boysen und sein Husumer Arzt. Und der schwieg stille.

So ist der Erich eines Tages, kurz nach der Beerdigung vom *Lütt Marten*, an Bord seines Bootes gegangen. Allein. Und weg gen Engelland. Vorher hat sich der Boysen aber den Rudi genommen, draußen auf dem Weg, wo der herumscharwenzelte. Genommen und mit einem Fausthieb die Oberzähne ausgeschlagen. Ganz kurz. Ganz schnell.

Und ab zur Doggerbank. Und nicht zurück.

Darum trug die Sardine schon im frühen Mannesalter ein Gebiss im Oberkiefer. Allerdings mit zwei goldenen Eckzähnen, ein Kristensen war schließlich nicht irgendwer!

War immerhin Rudolf Kristensen, genannt Sardinen-Rudi, von manchen auch *Rudi Doppelbock*; er und der Alkohol beständig und ewige Zeiten um Amalia kreisend wie Kometen um die Sonne. Mal jahrelang weg, dann plötzlich wieder da, heftig sprühend.

Höchst vertraulich – oder besoffen, ganz wie man will – hat Amalia der Engelke irgendwann einmal detailliert verklickert, wie sie dem Rudi verfallen ist: im Kino, in Hamburg und immer wieder im »Walfisch« und in der Düne hinterm Sultan. Dem Rudi, der Lichtgestalt von der Waterkant.

Richtig kennengelernt hat Amalia den Fischpflücker, als der Rudolf Kristensen keine Sardine, sondern nur nebenberuflicher Kartenabreißer und Platzanweiser war, Anfang der Dreißiger im heute längst gewesenen »Klippsbüller Lichtspieltheater«.

Dort hatten der noch stumme Hans Albers auf der Leinwand gastiert und Greta Garbo, hatten sich Henny Porten und Emil Jannings die Ehre gegeben. Der letzte Film, der vorm endgültigen Lampenlöschen gespielt worden ist, hieß *Hokus Pokus* – 1953, im Jahr von Rudis feurigem Abschied.

Heute steht die Hütte fast leer, verfällt vor sich hin, im Saal befindet sich die Kleiderkammer der Wohlfahrt.

Genau in diesem Gelass – besser: obendrüber im Vorführkämmerchen – hat Amalia den Rudi erst richtig wahrgenommen, weit vor seiner Sardinenzeit.

Oft ist ihr das wie gestern: Amalia gerade fünfzehn, Rudi so gut wie volljährig und frisch weg von Holgrunt, der Brüderei und Mutter Freya entronnen, war von dieser nach Hamburg auf die Seemannsschule geschickt worden als hoffnungsvoller Kaptain in spe, vorgesehen fürs gehobene marine Leben. Und war ziemlich klamm – er hatte sich bis dahin öfter als Schauermann im Elbhafen ein paar zusätzliche Mark in den Ferien verdient, war in diesem Jahr aber kurzfristig eingesprungen für den erkrankten Platzanweiser und Pianisten im Filmtheater.

Inniges war bis dahin auch nicht vorgefallen zwischen Rudi und Amalia, obwohl: man kannte sich lange von Holgrunt her, aber es war nichts gewesen außer gelegentlichem Sandkastenkinderkram; ihre Alten, die Wevers', konnten nicht so gut mit den Kristensens. Die Wevers'sche hatte ein großes Maul, das war im Kristensen-Universum von Nachteil. Und auch die Miete kam schleppend.

Zu der Zeit war natürlich auch noch nichts mit Erich Boysen, dem Doggerbank-Verpisser.

Im Kino hat die Amalia aber zuerst den Ignatz Koprich kennengelernt, einen ledernen Kerl, den es nach dem Ersten Weltkrieg aus Danzig hierher verschlagen hatte. Über den Koprich, den »Teuflischen Filmvorführer«, wie er scheu genannt wurde, über den ist sie an den Rudi gekommen.

Koprich, dieser Kerl mit der scharfgeschnittenen Visage, einem Geier nicht unähnlich, stand am Wochenende im hohen Nest hinter der rasselnden Maschine, hatte sie zu laden, an- und auszuschalten und das Zelluloid zu flicken, wenns riss. Und das abgenudelte Material riss oft – was die unten hockenden Burschen und Mädel aber nicht schlimm fanden, weil sie in der Schummrigkeit zumeist anderes zu tun hatten, als auf die leere Leinwand zu gucken. So kam nie ein Murren aus dem Zuschauerraum.

Die Weverstochter war zu der Zeit Stammgast im Lichtspielhaus. Ihr Vater fuhr nämlich monatelang jeden Samstagabend von Holgrunt aufs Festland zwecks »Weiterbildung« in der Klippsbüller Fischfanggemeinschaft.

Abends zu sechse muss ich hin, um Mitternacht bin ich zurück! So hieß es.

»Du kommst nur los, wenn du das Blag mitnimmst!« Da wurde nicht gemuckt, Knut Wevers' Alte, die Grit, das war ein harsches Luder.

Knut hat also die Amalia eingepackt, ist rübergeschippert, das *Blag* wurde ins Kino verfrachtet und Malte Lukassen, Kino-Eigner und Klippsbüller Kutter-König, abgeholt, den kannte Knut schon lange, der war ebenfalls »Gemeinschafter«, und ab gings zum Seminieren.

Zum Saufen also. Und zum Kartenspiel. Das erste ausgiebig, das zweite noch viel heftiger. Was glaubst du, wieso die Wevers' ihr Boot haben verkaufen müssen?

Ach, die arme Madame Grit.

Ach, die war keinen Deut besser. Aber schnapsgeruchsbelastet unangestrengter dran, denn Steffen Hingksen, der jeden Samstagabend frisch gewaschen und pünktlich bei Grit aufenterte, hatte früher zwar ab und an Matrosen am Mast gehabt (was ihn Unsummen für Desinfektionspuder kostete), aber nie eine Fahne gehisst, weil er in seiner Jugend zu oft über alle Toppen geflaggt, deshalb zwischenzeitlich mehrfach und letztlich erfolgreich im »Trockendock« gelegen hatte.

So betrogen sich Wevers' gegenseitig in schönster Eintracht; sie ihn mit einem frischen Fischer, er sie mit einem frischen Grand Hand.

Das hätte so schön weitergehen können – jedenfalls bis zum Offenbarungseid –, wenn eben nicht Sardinen-Rudi und der »Teuflische Filmvorführer« gewesen wären.

Amalia wurde also im Kinosessel geparkt, wo sie den *Doktor Mabuse* kennenlernte, *Metropolis* besuchte und hörte: *Die Nacht gehört uns!* – einer der ersten deutschen Tonfilme, wenns nicht sogar der Allererste gewesen ist.

Ihr Interesse am Film hielt sich dabei in Grenzen. Hätte man sie gefragt *wie gefällts dir?* hätte sie rundheraus geantwortet: *Ach, geht so. Meist dasselbe Geflacker, Geklimper, aber – besser als zuhause auf der öden Insel!*

Rudi machte wie erwähnt zu der Zeit den Pianoklimperer, Platzanweiser und Kartenabreißer, der – von Mutter Freya liebevoll, aber kurz gehalten – sich in den

Sommerferien 1930 an diesem Ort das Taschengeld und die Butter aufs Brot verdiente. Auf Holgrunt ließ er sich nur gelegentlich sehen und war eigentlich nicht der früh erblühenden Amalia Gewichtsklasse. Sie nahm ihn deshalb nur am Rande wahr.

»Tach Wevers.«

»Tach auch, Kristensen.«

Das reichte.

Aber den ganz oben hinterm erleuchteten Fensterchen, den hat sich Amalia genauer angeschaut, jenen überirdischen Schemen hinterm flackernden Lichtschein, so entrückt.

Von dort aus war sie ebenfalls beäugt worden. Und plötzlich hat er neben ihr gestanden, der Koprich *der teuflische*, welcher immer ein wenig nach diesem und jenem roch, der Klabauter zwischen vierzig und sechzig ohne Vergangenheit, in Strickjacke, Hausschlappen, zwar schwach bezahnt, aber lässig die Zigarette im Maul und ansehnliche Muskelpakete unterm grauen Wollhemd. Die Ausdünstungen des Zelluloids hatten den Koprich konserviert und zeitlos gemacht, aber für Amalia war nichts Teuflisches, sondern nur Erhabenes an ihm.

Ob sie nicht wisse, dass fürs Alleine-Gucken die Volljährigkeit vonnöten sei, raunzte der Herabgestiegene. Sie solle man besser mit raufkommen, damit sie und das Kino keine Probleme kriegten bei einer Kontrolle. Wenn mal so n Schutzmann hereingucken täte.

Oben in seinem Vogelnest sahs nicht übermäßig himmlisch aus, eher abenteuerlich: das riesige graue Abspielgerät, ein Trumm aus Zinkblech mit Knöpfen, Hebeln; daneben die Rollenmagazine für die *Ernemann*: Munition aus glorreichen Helden und herzblütigen Dulderinnen, die das Lichtgeschütz an die Leinwand schmetterte.

Links neben dem Gerät leuchtete ein mit Silberbronze getünchter Stuhl vor einem runden Dreibeintischchen, das hatte Brotkrumen auf der Platte und Kaffeeränder. Von der Spinnwebdecke baumelten Kabel, an den Wänden beulten Filmplakate, die schwächliche Leuchte am Regal bestrahlte Schere, Filmklebstreifen und die Ablage voller Filmbüchsen und den überquellenden Aschenbecher; alles roch ein wenig nach Gemächlichkeit und *Overstolz*.

An diese Duftkomposition erinnert sich Amalia heute noch. Und an das *Tagebuch einer Verlorenen*, wo sie mit Louise Brooks lachte und litt. Doch die meisten der alten Schwarten, die es manchmal zum halben Eintrittspreis gab, hat sie längst vergessen.

Wenn die Maschine schnurrte, flackerten auch des Filmvorführers schwarze Augen, Koprich hatte oft süße Kleinigkeiten dabei, und wenn sie mal musste, gabs oben sogar ein Privattöpfchen hinterm Paravent. Sie durfte auch gelegentlich ein Likörchen trinken.

Amalia freute sich auf diese Samstagabende in der gehobenen Lokalität. Ein bisschen Film vor Augen, ein bisschen Schokolade im Mäulchen und Eierlikör: ein Ort zum Wohlfühlen, so was gabs zuhause bei Wevers' nicht. Der Filmvorführer verwandelte sich in ihrer Vorstellung dabei in den Maschinisten eines großen geheimnisvollen Ozeandampfers, wie er so im Halbdunkel fuhrwerkte und beruhigend mit den Rollen rasselte mit flackernden Augen.

Manchmal nickte Amalia ein.

Wie an jenem Samstag: Flimmern. Wärme. Schokolade. Likör. Viel Likör.

Plötzlich gewahrte Amalia des Rollenlegers Finger hinten auf ihren Schultern trippeln, dann die Seiten herabstreichen mit flinken Abstechern über ihre Bluse vorn, nach unten fahrend. Amalia sah sich mit einem Ruck hochgehievt auf die Beine, den Stuhl weg, den Rock gehoben, hinterrücks gegriffen, die Taille mit der einen, der Oberkörper mit der anderen Klaue, über den Tisch mit ihr, wonach König Zelluloid ihr die Wollunterhose hinunterriss und den Kleidersaum hoch bis zum Kragen. Gleichzeitig drängte er mit seinen Knien die ihren auseinander, dass Amalia vorgreifen, sich an der gegenüber befindlichen Tischrundung festhalten musste, um nicht hinten herunterzurutschen.

Und als unten das Piano hämmerte ins neu angelaufene Bildgeflacker, da legte auch der Teuflische los, fuhr in Amalia hinein und hinaus, was sie erst erschreckte, in ihrem Likörempfinden letztendlich doch belustigte, so was hatte sie gelegentlich bei den Eltern beobachtet durchs Schlüsselloch *das muss wohl die Liebe sein!* dachte sie und wand sich nur zart unter den Stößen, unter den nikotingelben Klauen, die sich in ihre Hinterbacken verkrallten, gelegentlich draufschlugen, wobei er *Chakreff pirunje!* stöhnte; das verwunderte Amalia, aber es tat ja nicht weh.

Wenn er zwischendurch die Rolle wechseln musste, blieb sie still in ihrer Lage, beobachtete die Krümel, die Fliegen, die begeistert an diesem Buffet nuckelten. Alles bekam im Nebel der Zigaretten und des Likörs eine feierliche Anhauchung, selbst der silbrige Nagelkopf, der aus der Tischplatte ragte – auch wenn sie Sorge hatte, sich daran ihr Hemd zu zerreißen, das hätte ärgerliche Nachfragen gegeben zuhause.

So bewegte sich Amalia nicht einen Millimeter, bis die nächste Filmrolle schnarrend einfädelte, in den Fänger geriet und tickernd durch den Lichtstrahl gezogen wurde. Bis der Filmvorführer sie erneut ergriff, bis ihr zartes Seufzen im Winde verwehte.

Aber dieser Film kam erst viel, viel später.

Das ging etliche Wochen lang. Amalia marschierte gar nicht mehr in den Zuschauerraum, sondern sofort nach oben ins Zimmerchen, hatte beim dritten Stelldichein sogar eine geblümte Tischdecke dabei – die der Filmvorführer jedoch mürrisch vom Holz wischte mit den Worten, das wäre ein Dreck mit dem Lappen und ficken schließlich kein Frühstück!

Wenn sie das meiste auch nur in verwackelten Ausschnitten mitbekam, war Amalia nach einer Weile recht firm in der bunten Welt des »Klippsbüller Filmpalastes«, dieses marschenweit bekannten Flimmerparadieses. Sie nahm die Bildchen als ein Lotto, was sie in den film- und likörlosen Alltagen versuchte, zusammenzusetzen. Sie hat auch nie bezahlt fürs Gucken, jedenfalls nicht mit Geld, ansonsten gab sie gern.

Gesprochen wurde nie zwischen dem Mann und dem Mädchen. Sein Gesicht hat sie vergessen.

Eines Samstagabends – sechs Wochen war es wohl her seit Amalias Erstbesteigung – platzte Rudi herein, gerade als »Ja, ja, die Frauen sind meine schwache Seite« lief, aber schon in zweiter Rolle.

Amalia hörte nur ein scharfes Zischen – der Teuflische wurde von ihr gewirbelt, Rudi hatte ihn am Kragen, schnarrte was von *Verführung Minderjähriger… Anzeige… Knast,* wenn er, der Koprich, nicht sofort Land gewänne.

Der Ertappte verließ fluchtartig den Raum, hatte gerade noch Zeit, einen bösen Blick in Amalias und besonders in Rudis Richtung abzuschießen. Er murmelte derbe Flüche, sein Abgang gestaltete sich so eilig, dass sein Hosenstall offen blieb; nie mehr hat man etwas gehört von ihm.

Seinen Posten hat dann der Kadett der Handelsmarine Rudolf Kristensen geerbt. Und nicht nur das.

Unten im Saal wies nun eine dicke alte Klippsbüllerin

die Sitze an, die Schwägerin des Inhabers, die zwar auch nur fragmentarisch Klavier spielen konnte, damit jedoch Rudis Klimpern immer noch bei weitem übertraf.

Rudi war der neue Lichtbringer geworden. Zum Erbe gehörte eben auch Amalia, die zuerst nur verschreckte Blicke auf den rasenden Rächer geworfen hatte nach der wirbelartigen Entfernung aus den gelben Klauen.

Aber das gab sich schnell. Das Erste, was Rudi änderte, war, dass er oben ein Sofa einstellte. Amalia könne, so hatte er sich in Erinnerung des am Schlüsselloch Gesehenen folgerichtig geäußert, natürlich weiterhin von oben zugucken – was die auch gern in Anspruch nahm; der Rudolf Kristensen war bei Licht besehen auch ein wirklich Zackiger. Und ein Einfallsreicher: keine Vorwürfe, keine Silbe über das Gewesene – wenn das Amalias Eltern geahnt hätten, dass mit dem teuflischen Filmvorführer!

Im Gegenteil. Der Kristensen Rudolf setzte die Tradition nahtlos fort, der Likör so süß, die Hände so flink, dass Amalia es erst recht nicht erwarten konnte, ins Kino zu kommen. Wo sich der Rollenaufleger einfach so verhämmert hatte auf Teufel komm raus, lernte Amalia jetzt trauliches Geben und Nehmen kennen, Rudi betrieb die Kunst wahrhaft ingeniös. Und sicher.

Gott sei Dank! sagte sich Amalia später, der Teuflische musste wohl nusstaub gewesen sein, untenherum, jedenfalls war nichts Ungewolltes nachgekommen. Rudi hingegen hatte immer reichlich von den glatten feinen

Gummisäckchen dabei in dezenten Schachteln, da bliebs drin und richtete keinen Schaden an.

So hatte es angefangen mit der Amalia und dem Rudi. Und dem Likör. Als Amalia noch jung und schön und Rudi noch keine Sardine war.

Kurz darauf ist den beiden der alte Wevers aber doch auf die Schliche gekommen, die fette Kartenabreißerin hatte wohl gepetzt, danach wars schlagartig aus mit Rudis weichem Handauflegen. Ihr Hintern, so lamentiert die Boysen noch heute in seliger Verklärung, habe nach der folgenden – ungewohnten – Behandlung wochenlang wehgetan und grün und blau geleuchtet.

Klein Amalia wurde flugs nach Husum expediert, hier gab es eine trockene alte Tante, da wurde die Schule zu Ende gemacht, dort steckten sie sie in die Hebammen-Lehranstalt, obwohl sie doch so gern Friseuse geworden wäre.

Zu der Zeit hat sich Rudi in wahnsinnige Unkosten und Planungen gestürzt, um wenigstens das eine oder andere Wochenende in Husum auf- und bei Amalia eintauchen zu können *dass es die Tante ja nicht merkt!*

Aber die war eh taub und blöd.

Amalia hat ihre Abschlussprüfung gemacht und ist zu ihrem Rudi nach Hamburg abgehauen. Drei Jahre waren sie danach weg vom Fenster, Amalia und ihr Galan, welcher der Marineschule längst den Rücken gekehrt hatte – Freya hätte ihn erschlagen, hätte sies gewusst.

Über diese Jahre erzählt Amalia auch heute noch nichts Genaues.

Dann ihre Rückholung. Und Erich Boysen, Fischer mit eigenem Boot. Amalia versprochen, verkuppelt. Vergessen? Nicht von Rudi!

Aber nur die Unbeständigkeit ist von Dauer. Nachdem der Boysen Erich versunken war, hat sich auch Rudi davongemacht. Amalia und die zwischenzeitlich geborene Dani trafs doppelt, sie waren schon glücklich, wenn die Sardine alle Monate wenigstens ab und an hereinschwamm.

Amalia zerdrückt ein paar Tränchen, nicht die letzten. Vieles verklärt sich im Suff und mit der Zeit, aber schön, an so was zurückdenken zu können. Und wenns gut war, dann darf man das auch.

Im Jahre 1948 ist auch der Rudi endgültig verschwunden aus Amalias Dunstkreis, kurz nach der gewissen *Sache*. Fünf Jahre später geriet er Freund Hein in die Klauen, es stand in der Zeitung.

Zuerst war nichts von ihm aufzufinden, dann kratzten sie eine verbrannte Leiche hervor, kurz hinter Klippsbüll aus dem abgebrannten Schweinestall vom Habichs-Bauern, bei dem – so stellte es sich heraus – hauste Rudi in den letzten Monaten über den Koben, nachdem er endgültig von der See – und sie von ihm – die Nase voll hatte. Dort ist er elend verräuchert und verkohlt, identifizierbar nur an der zerschmorten

Oberkieferprothese, genauer: an deren goldenen Eckzähnen.

Und Rudi, oder das, was nach dem warmen Abbruch von ihm übriggeblieben war, wurde verscharrt auf Gemeindekosten. Manche höhnten: *in einer Sardinenbüchse!*

Der Paale Kristensen hat sich nicht drum geschert. Nicht um Rudi, schon gar nicht um Ingvar, der war lange auf und davon, verschollen hinterm Mond oder in der Tiefsee, das Aas.

Armer Sardinen-Rudi.

So war der *Kleine* auch im Tode auf sich allein gestellt. Amalia hat am kalten offenen Grab gestanden und geheult wie ein armer Hund, der Pfarrer sprach den Segen, die Zylinderträger haben die Kiste versenkt, der Totengräber das Loch zugeschmissen. Und alle sind schnell weg, weil ein Schneesturm aufzog, um den Rudi in den Himmel zu blasen oder zur anderen Seite.

Amalia blieb. Sonst war auch niemand gekommen zur Beerdigung, Paale nicht, Freunde hatte der Rudi keine, selbst die Daniela fehlte.

Wer vermisst auch schon so einen wie den Rudi?

Aber die Amalia Boysen hat damals toll ausgesehen!

Am Anleger tut sich was, man schreit herum. Muttern Boysen rafft sich auf, hebt die Gardinen. Erkennt das kleine Brandinck-Boot, das fährt jetzt ab, zappelt heftig in den auflaufenden Wellen; Brandinck, der alte Ziegenbock, fährt fort auf Nimmerwiedersehen *man tau!*

Als sie Engelke ins Haus geschleppt haben, meinte Brandincks Schwiegertochter, sie wolle dem Doktor Bescheid sagen – obs was nützte, sie wisse es nicht, es würd minütlich stärker, das Blasen. Käm wohl kein Boot mehr, Seenotkreuzer sowieso nicht und für Hubschrauber wars lang schon zu stürmisch. *Bei etwas gutem Willen* dachte Amalia *hätten sie wenigstens einen mitnehmen können, Engelke oder den Alten!*

Aber da war angeblich kein Platz wegen der Siebensachen. Fürs Heim. Und die Verantwortung.

Und so lebensgefährlich ists doch wohl auch nicht, liebe Frau Boysen!

Amalia schnaubt. *Pack!*

Was musste die dumme Deern aber auch im Watt herumtrampeln und gegen den Pfosten knallen *macht sicher diese jähe Frühlingsluft, dass alle bekloppt werden!*

Der Paale Kristensen hatte ebenfalls grauslich ausgesehen mit seinem wachsweißen Gesicht, blauen Flecken darin, dem sabbernden Mund. Und hat gestunken. Aber mit scharfen Augen sah er sie an, als sie in der Früh in den ersten Stock ist, nachsehen, weil von der Deern unten nichts zu finden war, schon am Abend vorher nicht, als Frau Boysen mit dem schmucken Herrn Capplan zurück ist übers Meer mit dem teuren Mietkutter.

Paale hatte auf dem Bettrand gesessen, er, der knapp über ein volles Jahr nicht hochgekommen war. Hat sie angeguckt, und als er *Amalia, ich glaub, ich lebe wieder!*

röchelte und einen Fluch – als sie begriff, dass es kein Geist war, sondern der fleischliche Paale, der dort kauerte und Gotteslästerliches von sich gab, hat es ihr mächtig ins Herz gestochen.

Jedes hat seine Zeit. Daran sollte man sich halten.

Sie wollte dem Alten zur Hand gehen, er hat sie weggestoßen. Der Herr Biologe ist auch plötzlich im Türrahmen erschienen, schlammig und schweratmend, sie schnell raus, was für eine Aufregung!

Sie nimmt eine Daumenbreite von ihrem Großen Preis, vom Doppelkorn. Sinkt zurück. Ruht aus. Träumt von Sardinen.

Stunden später wird sie wach, draußen jault der Wind, Stimmen. Sicher der Notarzt.

Jetzt kriegt alles seine Richtigkeit!

Dunkler Nachmittag und saukalt jetzt, der zarte Frühling ist dahin. Die Fensterläden klappern, das kracht und pfeift, singt im Schlagtakt.

Amalia quält sich auf, wirft eine Decke um die Schultern, bleibt hinterm Fenster. Guckt hinüber zum »Walfisch« *was die da wohl machen?*

Der Schneeregen kommt nur so angeflogen.

5. Paale Kristensens Auferstehung

Tief im »Walfisch«-Bauch hat Peter Capplan die Öfen angefeuert, in der Küche brodelt Wasser für Kaffee, Brühe, Tee.

Capplan pendelt hin und her zwischen dem Alten oben und Engelke, die auf der Küchenpritsche flachliegt.

Der Paale Kristensen hat sich halbwegs angezogen. Hemd, schwarze schwere Wollhose mit Hosenträgern. Die verschossene Lederweste schlottert drüber, die, welche er schon zur Hochzeit getragen hat. Ist nicht zur Hölle, sondern in die Stiefel gefahren, sitzt auf der Bettkante, starrt ins Leere, hat den Capplan dann rausgeschmissen, der ist ihm auf den Keks gegangen.

Auch Engelke wäre es lieber, Capplan würde sie mit ihrem Brummschädel allein lassen *Vater warum kommst du nicht zu mir?*

Sie versucht sich aufzusetzen, sinkt zurück auf die Liege *verdammt, ist mir schwummerig!*

»Er ist oben, ich glaube, er kommt bald herunter. Hat sich selbst angezogen, sitzt auf dem Bettrand, schickte mich weg, weil: er käm selbst klar«, erstattet Capplan ausführlich Report.

»Typisch Papa«, stöhnt Engelke, doch ihr Kopf wird langsam klar. »... Mensch, ist das heiß hier.«

Peter Capplan hat sich kurz verabschiedet für ein halbes Stündchen, Kapelle festzurren *bin gleich zurück!*

Engelke stemmt sich hoch, die Schmerzpillen wirken endlich, sie schleppt sich in die Schankstube. Muss sich festhalten am Tisch – wegen des Schwindels und wegen dem, der dort auf dem Stuhl sitzt: Paale. Leichenblass. Aufgedunsen. Speckig. Aber ein Klotz noch. Er stinkt.

Er lebt.

Vor sich hat er einen Stapel Briefe. Obenauf die *Air Mail from Haifa.*

»Hast du das Geld?«

Ganz ohne *Hallo meine Tochter, ich bin wieder auf Deck. Und wie gehts dir?*

Engelke hockt sich an den Tisch. Nickt. Erzählt, berichtet mit belegter Stimme von Husum und vom Notar.

»Gut.« Mehr kommt nicht.

»Ich freu mich, dass es aufwärts geht mit dir... wolltest schon aufgeben ...« *Mach ein Ende!*

»Alles kommt anders.«

»Soll ich dir was zu essen machen?«

Er wehrt ab. Erhebt sich, wankt zur Tür. Öffnet sie, tritt langsam hinaus, nimmt einen Zug frische Luft. Brummt: »Sturm gibt das!«

Ist mit den Augen über Holgrunt. Mit dem Herzen nicht mehr, das merkt man.

Engelke darauf: »Wir sollten sehen, dass wir wegkommen. Aber wie ...?« *Vor Stunden noch die Gruft, jetzt bist du in der Tür, stehst, sprichst ...*

»Wegen so einem gottsbeschissenen kleinen Wetter? Warum kommen wir denn nicht weg?«

Engelke berichtet, dass das uralte Schlauchboot endgültig zerbröselt sei, sie wär danach über den Schienendamm. Zu Fuß und mit der »Lille Havfrue«.

»Warum fahren wir nicht mit dem Klapperkasten?«

»Er springt nicht mehr an.«

»Scheiß drauf!«, schnappt Paale. »Dann warten wir das Gebrodel hier ab. Wenns sich gelegt hat, läufst du rüber und holst Oelkes. Bis dahin muss es gehen. Gib mir Schnaps!«

Er schließt die Tür. Wankt zurück an den Tisch.

Engelke gießt einen Aquavit ein. Den haut er zu Boden.

»Weg mit dem Schund! Bin ich dir keinen *Christ* mehr wert?«

Engelke gibt ihm ein neues Glas, er greift die Flasche. Sie wischt den Fusel vom Boden, fegt die Glasscherben zusammen.

»Lass den Mist liegen«, knurrt er. »Wir verschwinden sowieso.«

Ob der Vater denn der Rosencrantz nicht wenigstens *Guten Tag* sagen wolle? Engelke meint, wenn die Golda zurückkäme im März als neue Landherrin, könnte es der Vater noch mal versuchen mit ihr, Engelke wisse um die Geschichte und ihr erscheine das nicht abwegig, »bist doch erst sechsundfünfzig«.

Sein »Nein!« duldet keinen Widerspruch. »Ich war mit der Golda zusammen, ungefähr ab siebenunddreißig, zwei Jahre, nachdem deine Mutter gestorben ist und du geboren wurdest. Aber nur heimlich, weil sie ja eine Jüdin war. 1939 haben wir sie davongeschafft, einen Tag bevor die ss gekommen ist, dem Rosencrantz an den Kragen. Fort nach England bei Nacht und Nebel mit meinem alten Kumpel Rufus McDermott. Sie konnte aber nicht auf mich warten. Hat bald einen reichen Pampelmusenfarmer geheiratet und ist mit ihm nach Palästina gegangen. 1955 ist der abgekratzt und hat sie als lustige Witwe hinterlassen im Gelobten Land. Sie hat da noch öfter geschrieben, bestimmt aus schlechtem Gewissen, hab nie geantwortet. Mitte der Fünfziger gab sie es auf. Aber – dann kam wieder ein Brief, vor zwei Jahren.« Er grinst, lässt die gelben Zähne sehen.

»Über diese Husumer Advokaten. Und ihr Kaufangebot war nicht von Pappe. Genauso wie auch die Golda nie von Pappe war…« Seine Augen glänzen mit einem Mal.

»Doch vorbei ist vorbei!«

Und weil es gerade um die Vergangenheit geht, erzählt auch Engelke: was war, was ist, von Danis Beerdigung im Spätsommer – und vom Michels und davon, was der an Heimatkunde losgelassen hat.

Der Alte muckt kurz auf, gräbt in seinen Erinnerungen.

»Michels? Fällt mir nichts zu ein. Mag sein – Michels… alles zu lange her. Früher hat hier so manch schräger Vogel gehockt.«

Er wuchtet sich hoch, stakst in die Küche, kommt mit Brotkanten, Wurst und eingemachten Gurken zurück. Schneidet mit dem Taschenmesser Stücke ab. Den Gehstock hat er dabei.

Sie schluckt trocken *der tut so, als ob er gerade einen Tag weggewesen wär!* Ein kleiner Klabauter sitzt ihr im Ohr und schreit *frag ihn nach deinem Unfall, er ist so schön beim Reden, jetzt muss er raus damit!*

Sie tut es, wirft den Haken aus.

Der Alte dreht sich abrupt um. »Na – ein Unfall eben. Hast nicht aufgepasst«, knurrt er. »Bist gestürzt, hast dir nen Pfosten in den Bauch gehauen. Irgendeine Infektion dazu eingefangen, Pest, Cholera, Ruhr und Diphtherie oder so was. Warst lange krank ... hättest doch Amalia fragen können. Hast du nicht? Hat sie nie was erzählt?« Er ist herumgefahren, lauert.

Engelke schüttelt den Kopf. »Kann mich eben an nichts erinnern. Und nicht dran gedacht an Amalia. Die hat aber auch nichts gesagt. Würd ich sonst fragen?«

Paale sagt darauf nichts.

Sie, zornig: »Was du auch dauernd gegen mich hast ...!«

Er: »Was soll das? Ich hab nichts gegen dich.«

Sie: »Ich geb mir alle Mühe. Aber du sagst nie was. Nichts von früher, nichts von heute. Nichts davon, dass du mir wenigstens ein klein wenig dankst, weil ichs gut gemacht habe, das Pflegen.«

»War wohl deine verdammte Pflicht und Schuldigkeit!«

»Meinst du, diese Pflicht wär eine Freude gewesen? Dazu tagtäglich die Angst, wenn ich hoch kam: *lebt er noch?* Meinst du nicht, dass meine Schuld, Mutters Tod, damit wenigstens ein klein wenig abgetragen wär?«

»Mutter… scheiß drauf! Schuld – welche Schuld? Red nicht so einen Mist!« Paale fährt nervös mit der Hand über den Tisch. »Niemand hat Schuld, niemand, der hier ist. Ich und dich büßen lassen – für was? Willst du jetzt *mir* scheiß Schuldgefühle einreden – oder meinst du damit etwa deine *Liebesbedürftigkeit*?«

Er beugt sich herüber und sieht ihr mit harten Blicken ins Gesicht. »Dass du lieber heute als morgen wieder abhauen würdest, brauchst du mir nicht zu sagen. Und dass du die Barmherzige gespielt hast – oh, hattest doch auch Spaß an der Freud, mich unten liegen zu sehen, Oberwasser und Oberaufsicht über mich zu haben, was?«

Engelke bricht in Tränen aus *selbst wenn du nur einen Fatz recht hast – was hab ich dir getan?*

Paale kann Gedanken lesen. Winkt müde ab.

Sagt laut: »Da ist nichts. Warum machst du dirs Leben noch schwerer? Brauchst nichts zu büßen oder gutzumachen. Und halt mir das nach, Deern, dass ich mit dir nie rumgetüddelt hab und auch sonst keinen Aufstand mach. Hast alles richtig beisammengehalten hier auf Holgrunt. Meine Tocher. Merkt man.«

Braucht man nicht drüber zu sprechen.

Er wuchtet sich hoch. »Ich leg mich wieder hin, war n

bisschen viel für den Anfang.« Keucht die Stiegen hinauf.

Der Stock pocht.

6. Jenny Haniver

Der Freitagnachmittag vergeht. Der Wind und das Meer wirbeln alte Geschichten empor, die Klipptiefe suhlt sich unverschämt im Schlick. Von Sylt aus fliegt ein Segel über die Kimm, taucht auf und ab mit der Dünung, Regen fegt übers Wasser, Schnee dabei. Über der Nordsee Wetterleuchten.

Engelke liegt im Schankraum auf dem weichen Sofa, hält den Kopf still, Augen zu. Hört den Alten oben rumoren, nickt ein, schreckt hoch. Gespenster laufen die Treppe hinauf, in die Lampe, hinter die Gardinen.

Wenn sich das Wetter gebessert hat, geht sie über den Damm nach Klippsbüll, eine Fähre besorgen.

Morgen, so sicher wie das Amen in der Kirche.

Und auch Paale Kristensen ist wieder an Deck!

Erneut fallen die Augen zu. Sie wird schon erwartet.

Später fährt sie schweißgebadet auf. Capplan sitzt an ihrer Seite, fragt mitfühlend: »Waren so unruhig – wie haben Sies denn jetzt?«

Sie erzählt ihm stockend, dass sie endlich mit dem Vater geredet hat. Endlich – das erste Mal – hat er sie als Gegenüber behandelt und nicht als dummes Gör.

Aber danach beichtet sie ihm diese unsäglichen Träume von Unholden auf Dock und Dach, unter Planken und Wellblech.

»Frollein Engelke: die Spökenkiekerin!«, versucht Capplan einen Witz. »Da kommt ja selbst Amalia nicht mit.«

Als er Engelke anschaut, merkt er, dass die das nicht witzig findet.

Capplan plötzlich: »Unterm Dach? Gehen wir doch einfach nachsehn.«

»Quatsch!«, sagt Engelke. »Das wär was, wenn ich wegen jedem dummen Traum zur Geistersuche bliese.«

»Gelegentlich solls helfen«, weiß Capplan. Weil man dann Gewissheit habe, den Ängsten auf den Grund gegangen sei. Das könne der Engelke nur guttun.

Sie müht sich auf *schaden kanns ja nicht. Und der psychologische Herr Biologe kriegt seinen Willen.*

Sagt laut: »Blödsinn! Aber von mir aus.«

Und wenn da doch was ist?

Noch mal Blödsinn! Da ist nichts und da war nichts, andererseits: zum niedrigen Spitzboden ist sie noch nie hochgekrochen *bleib ruhig, Hasenherz!*

Capplan. Lässt seine Engelke nicht allein. Trotz der Sache heute Morgen ein wahrer Held!

Der *Held* hilft ihr die Stiegen hinauf. Von Paale ist derzeit nichts zu hören, Engelke nimmt leise die Leiter vom Haken, legt sie an die Deckenklappe zum »Walfisch«-Dachboden, der so niedrig ist, dass man nur kriechen kann.

Und hoch damit!

Capplan meint immer noch, lustig sein zu müssen.

»... und hier soll also der Klabautermann umgehen?«

Blödian! Engelke schiebt die Klappe ganz auf, man zieht sich hinauf in die Spinnweben, den Staub, die Kälte. Der Wind pfeift sich hier eins.

Leer. Doch: »Dahinten ...«, Engelke leuchtet nervös mit der Taschenlampe, »... am Giebel sind Bretter lose.«

»Das ist auch nichts«, beruhigt Peter Capplan. »Nur der Zahn der Zeit. Wie der Giebelriss an der anderen Seite.«

Der Strahl der Lampe verschwindet in einer der Ritzen.

Capplan rutscht vor auf Knien, den Kopf unten, Engelke hinterher.

Er ist am Holz, stopft die Finger in die breiten Fugen, zerrt, »... tatsächlich!« Zwei Bretter lösen sich leicht, er schiebt sie hinter sich. Ruft: »Guck an, ist noch ein gutes Stück Luft dahinter ... was haben wir denn da?«

Würgt, zerrt, zieht am Verschlag.

Bringt eine staubige Truhe ans Licht, einen Meter lang, einen halben breit und hoch.

»Lass stehen, lass uns abhaun!«, fleht Engelke, der plötzlich das Herz in die Hose geht; der Wind heult durch die Fugen, Amalia heißt er.

Aber Peter Capplans Forscherdrang ist erwacht. Den

Deckel aufgeknirscht: »Ooch«, macht er enttäuscht, »nur alte Plünnen.«

Und sonst? Die ollen Hosen, Hemden zur Seite, ein vergammelter Gummiüberzieher – darunter beult noch was. Der Biologe leuchtet in den Kasten, Engelke guckt nun auch.

Unter dem Mantel liegt ein gekrümmter, pergamenten durchscheinender Körper, knapp einen Meter lang, verbogene Ärmchen, verdorrte Haut, ein Köpfchen drauf mit ein paar langen spierigen Haaren. Mitten im Gesicht die eingesunkenen Augen, der aufgerissene Mund, der letzte Schrei ist eingetrocknet. Und unten hat es einen Fischschwanz.

Grau und braun die Mumie. Und grau und braun Engelke: die sperrt Augen, Mund auf, ein dünner Laut kommt heraus, sie wird stocksteif.

»Oh, là, là, eine Jenny Haniver«, freut sich Capplan. »So was sieht man heute nur selten. Die ist außerdem einiges wert, direkt was fürs Museum ...«

Dann gewahrt er die vereiste Engelke, rutscht herum, nimmt ihr Gesicht in beide Hände. »Da brauchen Sie doch keine Angst zu haben, das ist doch nur etwas, was im vorigen Jahrhundert als echte Seejungfrau unters dumme Volk gebracht wurde. Tauchte zuerst in den Atlantikhäfen auf, Haniver – Anvers – Antwerpen, daher der Name. Wussten Sie das nicht? Später kam so was in Massen aus Ostasien. Das Hinterstück mit Schwanz von einem großen Fisch, das Oberteil ist Kopf und obere Rumpfhälfte einer kleinen Affenart, die Stücke wurden mumifiziert und zusammengenäht – dort ist die Naht, gucken Sie doch: die Stiche, der Faden – und als ›echte Meerjungfrau‹ an einfältige Matrosen verkauft. Ich hab ein Buch gelesen über ein Museum in Boston, dort gibt's auch so eine. Diese ist aber wirklich gut gemacht und ganz hervorragend erhalten ...«

Er merkt, dass Engelke nicht mehr ganz bei sich ist. Schüttelt sie, »... Hallo! Das hat nichts mit Ihren Träumen zu tun, ich mein: das Ding ist doch nicht echt, ist doch nur alter Kitsch und Aberglaube ... Sie zittern ja.«

Legt ihr den Arm und den Kistenmantel um die Gänsehaut.

Engelke flüstert: »Machs zu, weg hier ...«

Capplan klappt den Deckel zurück, hilft Engelke zur Bodenklappe, die Leiter hinab und die Treppe: »Mädchen, nun beruhig dich doch!«

Da ist also das Frollein heraus.

Engelke wirft den Kopf hin und her *Amalia, nie mehr lach ich über dich!* Dann reißt sie sich am Riemen, schimpft: »Der Teufel soll das Gelumpe und besonders Amalias Märchen holen!«

Was sie nicht mitbekommt, ist, dass auch der Peter Capplan nachdenklich geworden ist bei seinem letzten Blick auf die Kreatur. Peter Capplan weiß als Ornithologe von den anderen Spezies zumindest so viel, dass ihm klar ist: *das war kein Affe*. Die haben andere Daumen. Und Schädel.

Erinnert sich, was er am Pier erlauscht hat, wo er Michels und Engelke bespitzelt hat, letztens, von wegen *Friedhöfelein*.

Aber auch er sagt nichts.

7. John Schmidt

Im Schankraum macht sich eine Pfütze breit. Mittendrin ein Stuhl, darauf sitzt einer.

»Hu – sind Sie der Notarzt?«, erschreckt sich die Kristensentochter. »Gut dass Sie doch gekommen sind. Haben Sie ein großes Boot dabei?«

Sein Gesicht kann Engelke nicht erkennen, der Mann sitzt im Schatten.

»Ich bin kein Arzt, bedaure. Ein Boot habe ich auch nicht. Ich bin über den Damm gekommen.«

»Für Gäste haben wir geschlossen – wegen Krankheit«, knurrt Engelke. »Kommen Sie morgen wieder!«

»Sie wollen mich bei diesem Mistwetter hinauswerfen?«

»Natürlich nicht«, sagt sie ungeduldig. »Übernachten können Sie zur Not bei Frau Boysen nebenan, etwas zu essen gebe ich Ihnen mit. Morgen wirds besser sein.«

»Aber morgen bin ich doch fort«, kommt es aus der Ecke in einer lustig-unbekümmerten Art, die Engelke augenblicklich auf die Nerven geht. Leise spricht der Kerl, kaum zu verstehen.

Dann fällt ihr ein: »Werden Sie morgen früh vielleicht abgeholt? Mit einem Boot? Könnten Sie eventuell auch einen Kranken mitnehmen?«

Der Mann steht auf, kommt mit knarzenden Schuhen näher. »Kommt drauf an«, antwortet er mit so einem Unterton. »Wenn ich das kriege, was ich will, können wir über alles reden. Und vielleicht kommt das Boot sogar noch heute …«

Tritt ins Licht.

»Du? Schon?« Capplan fährt auf, springt vor, überrennt Engelke, die kann sich gerade noch aufs Sofa retten.

»Ja, ich. Höchste Zeit. Hast du gedacht, ich warte, bis alles in die Hose geht?«

Der Mann grinst und wippt über die Stiefelspitzen. »Wir ziehen die Sache um einen Tag vor – da sind wir ganz flexibel!«

Er strahlt Engelke ins Gesicht. »Und du bist auch wohlbehalten zurück von deiner großen Reise?!«

Der aus Husum. Der Kaffeemensch. Der Flachmannbesitzer. Mit einem großen Pflaster an der Stirn.

John Schmidt.

»Sie sind das …«, sagt Engelke. »Duzen tun wir uns aber noch nicht.«

»Ich habe alles im Griff«, behauptet Capplan.

»Kontrolle ist besser«, antwortet ihm John Schmidt und nimmt seine Brille ab, putzt sie ausgiebig.

»Von den Klippsbüller Makrelenschwänzen traute sich keiner mehr aus dem Hafen, drum bin ich zu Fuß übern Bahndamm. Unser Fährmann kommt auf seinem Krabbenkahn von Dagebüll her. Wie gesagt – alles läuft jetzt einen Tag früher, *das Blasen kann hart werden!*

hieß es vorhin im Radio. Auch darum wird die Sache heute noch durchgezogen!« Er streicht sich durch die tropfenden Locken.

»Hättest nur zwei oder drei Tage abzuwarten brauchen«, murrt Capplan und setzt sich an den Tisch. »Alles wär glatt und ohne Getöse verlaufen.«

»Denkst du!« John Schmidt lacht und wackelt mit dem Finger. »Ich glaube eher, es ist fast zu spät. Ich wette ...«, er weist auf Engelke, »... sie wär glatt heute Nacht nach Klippsbüll zurück, zur Not geschwommen. Mit Papa und Penunzen.«

Engelke begreift nicht, was sie hört. Aber John Schmidt ist real. Und sagt, da er nun hier sei, könne er es auch jetzt und vor allen Dingen persönlich regeln.

»Nur so wie es ausgemacht ist!«, muckt Capplan auf.

»Sicher.« John Schmidt guckt sich um. »Einen Schnaps habt ihr doch wohl noch für mich, oder?«

»Ich hole ihn schon.« Capplan flitzt in die Küche.

»Aber vom Williams Christ!«, schallt es ihm nach. »Den anderen Schund könnt ihr selber saufen.«

Engelke starrt ihn mit offenem Mund an. Jeder scheint sich zu kennen, sie sitzt allein dumm da. Grübelt krampfhaft, wo sie den Herrn sonst hinstecken soll, außer auf den Husumer Bahnhof.

Der legt den schwarzen Mantel über den Stuhl, kennt sich bestens aus – viele Michels' unterwegs, dieser Tage.

Die Tür öffnet sich, Amalia hats denn doch nicht ausgehalten, stiefelt herein auf nichts und niemand achtend, lässt sich neben Engelke aufs Sofa nieder, tätschelt deren Wangen, fragt: »Na Deern? Wieder obenauf? Und Vatern gehts sicher noch ein Stückchen besser?«

»Moin, Amalia!«, sagt der Fremde.

Die fährt herum, schaut ihn an mit Kulleraugen, kommt halb hoch. Streckt den Arm aus, anklagend wie der Staatsanwalt, wenn er auf arme Sünder weist vorm hohen Gericht. Ihr Finger zittert wie ein Fischlein auf dem Trockenen, das verrecken muss. Amalia Boysen saugt Luft an, macht ein rundes Mäulchen, formt einen Laut – aber kriegt nichts heraus, bis auf ein leises Zischen. Dann kippt sie um und in Ohnmacht, zerklirrt dabei die Bodenvase.

»Hat sich wirklich kein bisschen verändert.« John Schmidt nickt mitfühlend.

Die Kristensentochter bleibt stocksteif. Weiß nichts. Denkt nichts. Fragt froschhalsig: »Capplan – ihn da, John Schmidt, woher kennst du den? Was hast du mit ihm zu schaffen?«

Peter Capplan zuckt nervös, sagt »... äh, ja ...« und schaut hilfesuchend zum Fremden.

Der seufzt, zuckt die Schultern und räkelt sich auf seinem Stuhl. Nimmt die Flasche, gießt sich ein.

Engelke kommt hoch. Baut sich auf. »In Husum haben Sie mir Kaffee und Köm angeboten. Jetzt sind Sie hier. Was bieten Sie mir jetzt an? Ich habe ein Recht zu wissen ...«

»Setz dich. Halt den Mund und mach die Sache nicht schlimmer!«, fährt ihr Capplan grob in die Parade.

Sie verstummt. Der Biologe zuckt mit den Wimpern, wiegt den Kopf hin und her, scharrt mit den Füßen.

John Schmidt lächelt und lehnt sich zurück.

»Bravo, mein Herr! Deutsch gesprochen, kurz und bündig. So kennen wir ihn gar nicht, nicht wahr, Engelke?«

Will er was vom Capplan, will er was von Amalia? Will er was vom Vater? Will er was von – mir? Amalia kennt ihn auch, und die ist fertig allein durch seinen Anblick …

Engelke, äußerst misstrauisch, setzt sich zurück aufs Kanapee, hinten an der Stirnwand des Gastraumes, da, wos nach oben geht.

Capplan zündet die beiden anderen Petroleumlampen an, die überm Tisch hängen.

»Hoffentlich taucht der alte Seeräuber bald auf«, nörgelt John Schmidt. »Angerufen hab ich ihn. Nicht dass er besoffen vom Kahn gefallen ist – sonst müssen wir nachher wirklich zu Fuß über den Damm.« Er lacht, guckt auf die Uhr, »er ist wirklich überfällig«.

Schweigen im Raum. Draußen knarrt die Beplankung, ein Blech rappelt. Der Wind legt sich jetzt ordentlich ins Zeug. Regen klatscht an die Scheiben, Gewitter funkt, grummelt über Sylt.

Die Eingangstür fliegt auf und gegen die Wand. Eine Gestalt im gelben Ölzeug springt herein, flucht herzhaft, ein Regenschwall folgt ihr. Der Gelbe reißt die Tür zurück von der Wand, drückt sie ins Schloss. Zerrt den Südwester vom Kopf und die Jacke vom Leib, »Sauwetter! Wär fast gegen die Pier gekracht mit dem Boot. Gut, dass ich genug Tampen …«

»Michels!«, ruft Engelke froh. »Michels, alter Seelord, schön das du vorbeikommst. Musst mir beistehen, hier geht einiges quer.«

Der Seemann zwinkert mit dem Auge, nickt ihr beruhigend zu, wringt sich den Bart. Nimmt einen Stuhl und setzt sich mit an den Tisch. Nimmt auch vom Birnenschnaps. Sagt nichts weiter, guckt von Engelke zu Capplan, dann zum Mann, der sich John Schmidt nennt. Trinkt noch einen.

»Moin, Rudi!«, sagt Letzterer. »Wird auch Zeit, dass du einläufst!«

Die Toten gehen nicht ganz! Amalias Sprüche.

Engelke wünscht sich auf der Stelle die Schimären zurück, die sie sonst bedrängen, die kennt sie *nur aufwachen jetzt,* schreit: »Was …?« – bricht ab, denn Peter Capplan guckt sie an wie gebissen, sitzt dem Fremden wortlos gegenüber. Michels, der Rudi heißt, daneben. Witwe Boysen auf dem Sofa befindet sich jenseits von Eden, und Engelke schaut hierhin, dahin, »… Rudi?«

»Und ob!«, sagt John Schmidt. »Und nicht irgendein Rudi – nein: dein verbrannter Onkel Rudolf Michael

Kristensen sitzt hier in persona, neulich hatte er sogar Geburtstag. Den feiert er aber nicht mehr, seitdem sie ihn offiziell begraben haben vor Jahren. Aber das war ein kapitaler Irrtum, er hat sich nämlich davongemacht damals und einen alten fast zahnlosen Penner als Stellvertreter dagelassen im lodernden Stall. Mit seinem Gebiss im Maul. Tolle Idee, alter Halunke!«

Rudolf Kristensen, genannt Sardinen-Rudi, Herr der sieben Meere, mit allen Wässern und Abwässern gewaschen und ungemein historienbeschlagen, winkt ab.

»War kein Spaß, hat michs Gesicht unds Auge gekostet. Lass jetzt die ollen Kamellen, lieber fix einsacken, abhauen und keinen Scheiß reden.« Er gießt den Schnaps hinunter. »Pack die Mäuse und deinen Knecht ein und ab dafür! Hab keine Lust, mit dem Boot mitten in den dicksten Sturm zu geraten.«

Engelke wacht nicht auf. »Peter Capplan, sagen Sie was; vielleicht muss man wirklich studiert haben, damit man durchblickt.« Das schreit sie.

Der Biologe sitzt am Tisch, stützt seine Ellenbogen auf, den Kopf in die Hände.

»He, Peter«, sagt John Schmidt, »du bist was gefragt worden!« Zu Engelke: »Er tut nur so, als könne er kein Wässerchen trüben, unser Intellektueller!«

John Schmidt funkelt lustig mit den Augen, weist auf den Hockenden. Engelke hält es nicht für nötig, darauf zu antworten.

»Du brauchst jedoch keine Angst vorm Herrn Capplan zu haben – oder besser gesagt: brauchst dir nichts zu erhoffen!« John Schmidt grinst. »Bist nicht seine Kragenweite – aber meine Hand würd ich dafür doch nicht ins Fegefeuer legen.«

Wieder Pause.

»Um zu deiner anfänglichen Frage zurückzukommen, wer ich bin – ich heiße natürlich nicht John Schmidt. Bei Gott: wer heißt schon John Schmidt ...?« Er will sich ausschütten vor Lachen. »Ich bin nur dein armer verstoßener Onkel Ingvar.«

Die Wölfe kommen, sie holen dein Kind.

Ingvar Kristensen alias John Schmidt lehnt sich zurück, öffnet die Knöpfe seiner Anzugjacke, den Hemdkragen. Die Krawatte zerrt er weg. Streicht die Locken zurück.

»Kannst du dich wirklich nicht mehr an uns erinnern? Haben wir uns mit den Jahren so verändert? Gut. Schöner sind wir nicht geworden, besonders der Rudi nicht. Aber ich bin echt dein Onkel Ingvar. Und jener Gesottene da, den du als Michels kennst, so nannte er sich auch früher schon beim Leute-Behumsen, Michels: nach seinem zweiten Vornamen Michael, was wirklich nicht besonders einfallsreich ist – gibs zu, Rudi –, der ist wirklich und wahrhaftig dein totgeglaubter Onkel Rudolf. Sardinen-Rudi, für Freunde. Aber ich nenn ihn Rudolf. Und wenn der alte Paale da oben nicht so mürbe wäre, hätten wir jetzt wie früher die schönste Ein-, ha: Dreitracht!«

Er guckt sich um, ob einer sein Bonmot würdigen will.

Engelke bibbert, stößt Capplan in die Rippen. Der wendet sich ab.

»Wie ich schon sagte: den vergiss ruhig – wer sich auf den verlässt, Mädchen, der ist wirklich verlassen«, springt Ingvar für des Biologen gelähmte Kehle ein.

»Der höfliche Herr Peter Capplan, das ist nur vordergründig so ein harmloser, einfältiger Eierkopp. Aber hinterrücks ein ganz loser Geselle.«

Greift in die Tasche, holt den verbeulten Silberflachmann heraus, füllt zwei Pinnchen, nötigt Engelke einen Schluck auf, »... nimm schon, das ist er, der Venezuela-Rum. Hat der Rudi mitgebracht, ein feines Zeug. Hättest du schon in Husum haben können, nun nimm doch!«

Engelke nimmt nicht.

»Nein? Spuckst doch sonst nicht rein!« Ingvar kippt die Schnäpse selber in den Hals. »Da guckst du. Ich weiß gut über dich Bescheid, Nichte«, fährt er fort. »Und wer weiß heutzutage noch was über seinen Nächsten?«

Er schraubt den Flachmann zu, steckt ihn weg und kriegt einen wolkigen Blick.

Danach nimmt er Engelke erneut ins Visier. »Aber unsere Nichte ahnt schon, dass sie keine Sprüche, sondern Handfestes bieten muss – allein das zählt. Im doppelten Sinne.«

Wartet auf Antwort, aber da kommt nichts. Ingvar seufzt und wiegt den Kopf. Schaut reihum, stößt schließlich Capplan an: »... mein Biologe: was hat dein Forscherdrang ergeben?«

Capplan, aufgeschreckt: »Da ist nichts. Ich weiß es.«

»Du hast sicher nicht richtig nachgesehen. Geh noch einmal gucken. Einmal zu viel ist besser, als einmal zu wenig.«

Peter Capplan sieht verwirrt auf, erhebt sich, steigt die Treppe hinauf, mault: »Hab ich doch alles ...«

Engelke: »Was soll das jetzt?«

»Tu nicht so!«, schnaubt Onkel Ingvar.

»Keinen Schimmer hab ich ...«

»Rudi kann dir unser Anliegen sicher auch in schönen druckfertigen Sätzen aufsagen – Rudi, unser wandelndes Erzählgenie und Familienstammbuch«, unterbricht Ingvar. »Das echte gibts ja nicht mehr.«

»Hör bloß auf, der liebe Herr Michels ... der Onkel Rudolf, der hat bereits vor einigen Tagen hier geglänzt mit seiner Geschichtskunde«, sagt Engelke gereizt. »Ole Kristensen und so.« Weist aufs finstere Kapitänsportrait. »Bin vollkommen informiert übers historische Halsabschneiden. Alte Briefe ...«

»Ach, hat Rudi dir das Märchen vom Antiquitätenhändler erzählt?« Ingvar lacht laut auf. »Das Wörtchen Antiquität bedeutet: uralte Holgrunt-Dokumente. Wie der Baargens-Schrieb, Fennebriefe, Mahdschriftbücher – das ganze alte Gelumpe aus über hundert Jahren, was er nach und nach verhökert hat, nicht wahr, Rudi?«

Der sitzt nur da. Reibt sich das Kinn.

»Jetzt kannst du auch endlich den anderen Kram zu Geld machen – auch wenn dus bald nicht mehr so nötig hast. Kriegst bestimmt einen Hunderter fürs Gelumpe. Und die Fischhaut vom Speicher schenken wir Peter, vielleicht möchte er sie mit ins Bettchen nehmen. Weil, ist ja ne See-Jungfrau …«, er haut sich brüllend vor Lachen auf die Schenkel.

»Du musst wissen, Engelke«, fährt Ingvar gutgelaunt fort, »wenn mein jüngeres Brüderchen sich nicht so effektvoll subtrahiert hätte vor einigen Jahren, wär es langfristig ins Loch gekommen, so wie es die blöden Marschbauern in Sachen Feuerversicherung über den Tisch gezogen hat. Aber der Rudi ist zu gierig geworden, er, der sich sogar nicht zu schade war, gleich nach dem Krieg Kuhfladen als Feuermaterial zu verhökern als *Dittenhändler*. Ewig blank, solange ich ihn kenne. Hat das Familiensilber geklaut, Dokumente, Antiquitäten. Was hat denn übrigens der Paale über uns – über mich sonst so gesagt?«

»So gut wie nichts hat er gesagt«, schnappt Engelke. »Hat nur selten deinen Namen erwähnt. In dem Zusammenhang ist aber meistens das Wörtchen *Schwein* gefallen. Und dass er dich totschlagen will, wenn er dich trifft …«

Ingvar zuckt zusammen, meint giftig: »Na, das kriegt er jetzt wohl nicht mehr hin. Und sonst nichts erzählt?«

Er schlägt die Beine übereinander, wippt die Stiefelspitze hin und her.

»Bist du versessen auf alte Geschichten?«, meldet sich Rudi zu Wort. »Dann berichte doch mal von deinen Hamburger Zeiten, von Mord und Totschlag. Und von Notzucht. Besonders davon könntest du sicher ein paar interessante Storys zum Besten geben ...!«

Ingvar springt auf, zieht den Sailor an der Pulloverbrust über den Tisch. »Halts Maul, du! Ein falsches Wort, und du bist Futter für deine Sardinen.«

Das ist kein Traum!

Capplan stiefelt geräuschvoll die Treppe herab, schüttelt den Kopf, »Wirklich, da ist nichts«, setzt sich wieder an den Tisch. »Sagte ich doch.«

Engelkes und Peters Augen treffen sich.

»Ach Engelke!«, seufzt Ingvar, der den Blick gesehen hat. »Wenn du immer noch glaubst, dass du dich wenigstens einigermaßen auf Peter Capplan verlassen kannst, dann bist du erst recht verloren, ich weiß, wovon ich rede.«

»Und mit solchen intimen Kenntnissen kann man ein paar schöne Mark verdienen«, wirft Rudi abfällig in die Runde.

Ingvar schnaubt, Capplan wagt nicht, den Kopf zu heben, geschweige denn, Engelke ins Gesicht zu sehen.

Ingvar wandelt umher, bleibt neben Capplan stehen.

»Nur zur Klarstellung, weil wir schon dabei sind: Hier haben wir Peter Capplan, einen feinen Herrn, extrem studiert, extrem verklemmt. Und extrem lebensuntauglich! Nicht mal zu gebrauchen, ein dummes kleines Landei auszuspionieren und dabei nicht ins Messer zu laufen, da macht er sich gleich in die Hose.«

Ingvar stubst den Capplan an. »Jaja, die Weiber – was, Peter? Mit denen und mit ihrer Behandlung haben wir beide unsere speziellen Erfahrungen.«

Capplan kriecht in sich hinein.

Ingvar leckt sich die Lippen. »Aber bei so einer Mutter kein Wunder: Agnete Capplan, ledig. Kannte sie gut aus ihren losen Hamburger Tagen ... Amalia kann sicher auch was an Erinnerungen dazu beisteuern. Agnete – sie wollte weg vom Kiez, ist irgendwann abgehauen nach Hessen und dort zur Wanderpredigerin mutiert *wehe die Welt ist schlecht!* – eine ganz harte Moralische plötzlich. Die Peitsche hat gleich neben der Bibel gelegen und die neben dem Geldbeutel. So hat es mir Capplan junior selbst erzählt.«

Und mit Blick zu Engelke: »Knapp ein Jahr nach ihrem Hamburger Weggang ist die nun christianisierte Agnete wundersamerweise doch niedergekommen, hat wohl einen Abschiedsgruß mitgenommen vom Hamburger Kiez. Oder doch vom *Heiligen Geist*, wie sie mir vorjammerte. Jungfernzeugung: wenn du das als Kind ewig vorgeblasen kriegst, musst du ja bescheuert werden. So wie unser kleiner Bastard.«

Der sagt weiterhin nichts, stützt den Kopf auf die Fäuste. Hebt ihn dann und wirft der Engelke einen flehenden Blick zu. Aber die ist innerwärts zusammengestürzt mit den ganzen Lügengebäuden. Hält die Augen geschlossen, presst die Hände auf die Ohren.

Ingvar gibt keine Ruhe. »So was geht an den lieben Kleinen natürlich nicht spurlos vorbei, Peitsche und so was«, er schlägt sich erneut auf die Schenkel vor Vergnügen. Tätschelt Capplans Haupt, schnappt ihn plötzlich am Genick und schüttelt ihn wie der Terrier die Ratte, bis Peter Capplan vollends einschrumpft, grau wird, dann durchsichtig.

Rudi trinkt sein Glas leer. Schüttelt angeekelt den Kopf, zündet sich eine seiner *Puros* an, bläst Rauchringe.

Ingvar weiter: »Ich war damals zuerst hinter ihm her, weil der feine junge Herr Spielschulden gemacht hatte. Mann, was hab ich geguckt, als Mutter Agnete aufkreuzte, ihn auszulösen. Hab mich natürlich in aller Freundschaft des Problems angenommen ... dabei diesen christlichen Überbau mitgekriegt und dass auch unser Peter seiner Alten nicht nachstand im religiösen Wahn: hatte er sich zu der Zeit doch schon ganz der Muttergottes verschrieben – einen gehörigen Dachschaden trägt der mit sich herum, wenn ihr mich fragt. Ist sogar Mitglied in einer ganz harten Marienkongregation – »Unsere liebe Frau«. Samt freiwilligem Zölibat und dergleichen«, spottet Ingvar in Engelkes Richtung.

»Aber mit der Enthaltsamkeit ist das so eine Sache. Es muss irgendwas schiefgegangen sein bei unserem Peter – er ist durch die Lande gezogen, hat den guten Menschen herausgehängt, war aber hinter den Weibern her wie der Fuchs hinter den Hühnern. Er bevorzugt einen besonderen Frauentyp: lang- und dunkelhaarig, rundes Gesicht, seelenvolle Augen – solchen Madonnen wie sie auf den alten Ölschinken zu finden sind. Recht erfolgreich, sag ich euch! Denn viele Frauen stehen auf solch schmucke Kerls mit Engelsflügeln im Maul ... Prost!«

Hebt das Glas, verdreht die Augen.

»Doch dann musste ich ihn aus einer gewaltigen Bredouille holen vor zwei Jahren ... italienische Gefängnisse sind nicht besonders komfortabel, was, Peter?«

Dem ist das sichtlich unangenehm, er sucht nach einem Mauseloch.

»Hatte nämlich in dieser Welt die Reinkarnation der Heiligen Jungfrau gefunden«, höhnt Ingvar Kristensen, »als der studierte Herr in Udine gearbeitet hat, zwei Monate. Fatima hieß sie – ich scherze nicht: Fatima! Eine blutjunge italienische Putze, die den Eierköpfen die Stuben saubergehalten hat. Irgendwie hat er sie ins Bett gekriegt, was bei so einem Spaghettimädchen verdammt ungewöhnlich ist. Aber er hat ja so was an sich, der Herr Peter.«

Und eine Kamera!

Ingvar guckt in die Runde. »Leider flippte er diesmal hinterher aus, weil er nun doppelt todsündig verführt ward und sich klarmachte: ein ganz normales Flittchen aus Lehm und Staub; die echte Maria – die gibts erst im Paradiese zu vernaschen!«

Ausschütten will er sich.

»Die Itacker hätten ihn gelyncht, hätten sie ihn erwischt. Weil das Mädchen nämlich seine Dankesbezeugung fast nicht überlebt hätte. Glück gehabt – dafür sitzt sie heute im Rollstuhl.«

Dabei legt er Peter Capplan die Klaue auf die Schulter. »Als kleine moralische Ehrenrettung ist jedoch anzumerken, dass er sich seitdem jeden Abend selbst verdrischt ...«, und Ingvar lacht, lacht.

»Ohne mich wär er längst mausetot. Mit den Moneten seiner Mutter hab ich ihn freigekauft. Aber das reichte nicht, da war wirklich einiges an Bakschisch nötig. Ganz zu schweigen von meinen Auslagen ...«

»Engelke, ich brauch Geld. Viel Geld!«, flüstert Peter Capplan. »Ich schick Fatima jeden Monat etwas ... anonym. Ich hab himmelhohe Schulden.«

»Besonders bei mir! Glaubt ihr, ich hab mich aus reiner Nächstenliebe für das Bürschchen mit den Parmesanfressern angelegt?« Ingvar klopft sich auf die Brusttasche. »Hier drin steckt sein schriftliches Geständnis.«

Mit diesem Offenbarungseid könne er den Peter Capplan heute noch auf Jahrzehnte ins Loch bringen.

»Und – hat es dir was gebracht, Ingvar, dein ganzes Wissen?«, mischt sich auf einmal Rudi ein. »Bist du damit reich geworden? Zufrieden? Bist du Gott? Du mieser kleiner Privatschnüffler, du musstest doch auch die ganzen Jahre in der Scheiße leben, genau wie wir.«

»Geht dich n Dreck an, Einauge!«, faucht Ingvar, »einen solchen Dreck wie du dich um deine Tochter geschert hast.«

Rudi wird schlagartig fahl unter seinen Schrunden, aber sein Auge funkelt. Das ist ein Moment, in dem der abgewichste Weltenbummler aus ihm rausguckt. Hockt auf, steht baumlang am Tisch, fragt Ingvar von oben herab, wie es wär, wenn man den Schatten des älteren Bruders überall zu sehen meinte. Wie man sich fühlte, jeden Moment fürchten zu müssen, dass einer mit der Flinte stände vorm Rattenloch?

»Ich wette, du hast keine Ruhe mehr gehabt von der Stunde an, als du über Paales To...« – er bricht ab, weil Ingvar ihm eine Pistole vorhält.

»Sag ein Wort ...!«

Rudi schweigt, der Admiral muss zurück in die Kiste.

Der Nerv liegt sichtlich blank bei Ingvar Kristensen, doch er stopft die kleine goldfarbene *Beretta* zurück in seine Jackentasche. Wandert auf und ab, verhält. Stellt sich vor Engelke hin.

»Am gründlichsten aber hast du uns verladen, Mädchen. Bist ein noch größeres Schlitzohr als der alte Satansbraten oben«, speit er ihr ins Ohr; sein Gesicht hat was von einem Haifisch, wenn ders Maul aufreist, die Kiefer vorschiebt, grinst, bevor er dich packt.

Und er will das Geld. Jetzt!

Sie windet sich im Netz, ein verlassener armer Engelke-Fisch, versucht es wieder mit »... weiß nicht, wovon du ...«.

»Schluss mit dem Gequatsche. Wo ist das Geld von Golda Rosencrantz?«

Krekk! Die Möwe am Fenster.

8. Die Wiederkehr der Sardine

Amalia wacht auf. Jetzt ist sie an Bord, der Vorhang hebt sich. Als sie Ingvar erblickt, kommt sie schlagartig ganz hoch, gurgelt, »... dass es dich noch gibt ...«, und bekreuzigt sich hastig.

»Amalia, altes Reff«, freut sich der, »kennst mich also doch noch? Brauchst wegen eines alten Freundes aber nicht gleich in Ohnmacht zu fallen.«

»Freund ...«, Amalia rutscht zur Seite, bis sie an Engelke stößt, »... mein Gott – Freund ...«

»Was sonst?«, fragt Ingvar und hat was Gemeines in den Augen.

»Nu – hu«, murmelt die Boysen.

»Ich hab dir auch was mitgebracht, da wirst du vielleicht gucken.«

Amalia guckt. Ingvar fängt ihren Kuhblick ein, nickt ihn zur Seite. »Ich meine den da, der war in den letzten Tagen schon zweimal auf Holgrunt. Tja, Amalia: wenn man dauern bedröhnt ist, verpasst man glatt das Beste.«

Die Boysen reißt den Mund auf, sitzt steif da. Schaut nur.

»Amalia, dass es dich noch gibt«, brummt Sardinen-Rudi.

Die greift sich an den Hals, weil es hier schlagartig

verteufelt eng zugeht, ihr müdes armes Herz pocht wie ein Schiffsdiesel.

Schaut nur. Begreift endlich, hüpft auf wie ein Frosch, wirft sich der Sardine entgegen, »Rudi ...«, kommt dem wie ein Brecher über den Hals, an die Brust. Versinkt im Ozean der Liebe, »Rudi, mein Rudi ...!«

Der lässt es geschehen wie ein Leuchtturm die Wogen. Seine Arme hängen herunter.

»Bezaubernd!«, kommentiert Ingvar kopfschüttelnd. Dann, zu Engelke hin: »Jetzt zurück zu uns beiden. Wo ist das Geld?«

»Geld ...?« Engelke sieht nicht auf.

Ingvar Kristensen haut das Glas vom Tisch.

»Halt mich nicht für blöd, sonst bereust dus!«

»Nein!«, sagt Amalia plötzlich laut und klar. »Engelke lässt du in Ruhe. Die rührst du nicht mehr an.«

Ingvar lacht wild auf, »Amalia, du dummes Stück, du hast sie damals nicht beschützen können, warum glaubst du, dass dus heute könntest?«

»Weil das Seefrollein jetzt da ist«, murmelt Amalia – aber das hat keiner gehört, und wenns einer gehört hätte, gäbe er nichts auf solch ein Geschwätz.

Aber sie wird den Teufel tun, herumzuposaunen, dass sie in ihren handfesten Visionen das Seefrollein draußen herumlaufen sieht, oft gesehen hat. Das des Nachts kommt und geht. Und macht und tut. Im Haus, davor und am Strand. Und beim Sultan.

Schlimme Sachen könnte Amalia erzählen. Von blutbespritzten Hemden, von Leichnamen, die aus trüben

Sielen grinsen. Von welchen, die übers Eis kamen oder über den Bahndeich voll finsterem Tatendrang. Die die Rechnung ohne *sie* gemacht hatten. Erzählen könnte Amalia auch, wie sie noch neulich nachts an Engelkes Bett gesessen hat, deren Schreie gehört, ihr die schweißnasse Stirn abgewischt, heimlich, sie eingefangen hat draußen, sie festgehalten, wenn sie wieder phantasierte und um sich schlug.

Wenn draußen das Seefrollein umgegangen ist.

Solche Nächte.

Dann wieder glaubt sie fest: *bist im Suff gewesen, alles nur geträumt, muss ja!*

Darum erzählt sie nichts und niemand vom Spuk, den Gesichten, auch nicht der Kristensentochter.

Der Sturm fasst hart an. Lässt den »Walfisch« ächzen im Gebein, ein eisiger Zug wischt durch den Schankraum. Im Flackern der Petroleumfunzeln werden die Schatten in den Ecken wieder lebendig.

»Verrat«, brummt Rudi. »Verrat, Raub und Erpressung. Das ist das Einzige, was wir Kristensens können.«

»Halts Maul ...«, zischt Ingvar, »... bevor ich dirs einschlage!« Tupft die zerschabte Stirn, ein Fleck, ein *Husumgruß*, sagt gefährlich leise: »Dir, liebe Nichte, geb ich drei Minuten. Wenn du dann nicht singst, wirst du mich kennenlernen!«

Die Treppe ächzt. Kann das Gewicht kaum tragen. Paale Kristensen verharrt auf der Hälfte der Stiege, guckt Amalia an, Engelke, Capplan. Guckt auf Sardinen-Rudi. Und zuletzt auf Ingvar. Der verliert schlagartig die Gesichtsfarbe, verkrampft die Lippen, die Augen werden zu Schlitzen. Kommt langsam hoch vom Stuhl.

Paale läuft blau an. Seine Brille beschlägt. Die Kiefer mahlen. Eine Stirnader pocht.

»Na Bruder? Freust du dich?« Ingvar greift in den Mantel neben sich, knallt einen alten Belegnagel auf den Tisch, höhnt: »Magst mich vielleicht wieder ein wenig züchtigen wie damals?« Doch es ist ein Zittern in seiner Stimme.

Paale Kristensen lässt ein Pfeifen aus den Lungen, müht sich ganz herab, humpelt zum Wandschrank ohne einen Blick. Nimmt das alte Schrotgewehr, spannt die Hähne, legt auf Ingvar an.

»Du glaubst doch nicht wirklich, ich bin so blöd und lass den Schießprügel geladen«, meint der und legt zwei Patronen neben den Belegnagel.

Doch Paale hört das nicht mehr. Mit dem Doppelklick der Hähne auf die leeren Kammern durchfährt ihn der zweite Schlag, lässt den Mund klaffen, Speichel läuft übers Kinn, die Augen gerinnen. Er macht noch eine Faust, wankt, steht schwankend. Fasst sich an den Hemdkragen, reißt ihn auf, das Gewehr längst zu Boden gekracht.

Er hinterdrein.

Sekunden darauf stürzen Engelke, Capplan und Amalia zum Alten, »...schnell ins Bett mit ihm, Sauerstoff!«, ordnet Capplan an. »Das konnte nicht gutgehen.«

»Rudi, Ingvar, so helft doch in Gottes Namen!«, jammert Amalia; die zucken nur die Schultern, rühren keinen Finger.

Engelke und Capplan zerren den Alten über die Stiege nach oben, Amalia drückt von unten, Paale wiegt immer noch schwer. Durch den Flur, ins Bett mit ihm, worin er lag die Monate, und nach der kurzen Lebens-Kür wieder liegen muss. Sein Gesicht zerfällt sekundenschnell, ein tiefes Stöhnen.

»Kommt sofort runter!«, ruft Ingvar nach oben.

»Leck mich ...!«, schreit Engelke herab, außer sich.

»Lassen Sie, Frollein Engelke. Gehen wir«, flüstert Capplan, worauf Engelke wieder schreit: »Papa, Papa liegt da und stirbt.«

»Das ist nicht gesagt. Außerdem kann jetzt sowieso niemand was für ihn tun.« Capplan stopft dem Kristensen Blutverdünnerpillen in den Sabbermund, presst Wasser nach, haspelt ihm die Sauerstoffmaske übers Gesicht und dreht die Flasche auf.

»Herrgott – Engelke: geben Sie uns, was wir wollen. Umso schneller ist das alles vorbei.«

Als sie von der letzten Stufe abtritt, kriegt sie von Ingvar schwer eins übergezogen, auch Capplan wird in die Ecke gewirbelt.

»Ihr gehorcht ab sofort aufs Wort, wenn ich rufe!«

Engelke kommt zu sich, findet sich auf einem Stuhl, die Arme an die Lehnen gebunden, die Knöchel an die vorderen Stuhlbeine mit Isolierband um und um geleiert. Eine saftige Ohrfeige bringt sie vollends zurück.

»Ingvar – lass das Kind!«, schreien Rudi, die Boysen und der Capplan unisono, der Letztere verflucht sich, fällt auf die Knie, weint zur Jungfrau.

Ingvar hat wieder die Beretta in der Hand, streichelt sie. »Kommt her, wenn euch was nicht passt!«

Rudi begehrt auf: »So wars nicht ausgemacht, Ingvar. So nicht!« Guckt nach dem alten Gewehr, den Patronen; den Blick hat Ingvar bemerkt, er nimmt den Püster auf, schmettert ihn gegen die Wand, bis dass das Doppelrohr verbogen wegsteht, wirft die Flinte in die Ecke. Spuckt in Publikumsrichtung, baut sich vor Engelke auf.

»Sags im Guten, wo du die fünfhunderttausend hast, ich weiß genau Bescheid über deine Geschäftchen mit der Rosencrantz, rate mal, von wem! Auf die beiden anderen brauchst du also nicht zu hoffen, die jaulen zwar, sind aber genauso scharf auf die Scheine.«

Schlägt ihr wieder ins Gesicht.

»Gott«, wimmert Amalia, »lässt du jetzt alle deine Plagen los?«

Von Engelke kein Wort.

Dann Ingvar zu Capplan: »Prügel es raus aus ihr!«

Der weicht zurück, »... nein ...«

Ingvar geht zur Eingangstür, öffnet sie, greift um die Ecke. Hat sich längst des Biologen Peitsche besorgt, die neunschwänzige Katze, er haut das nasse Ding vor Capplan auf den Tisch. »Los! Hast doch Übung darin.«

Capplan wird stocksteif. Stiert auf die Peitsche. Ingvar legt ihm den Arm um die Schultern.

»Denk an die Jungfrau«, spricht er sanft, hypnotisch, »denk an deine Schulden, die hunderttausend. Denk an Fatima. Die dort ist genauso eine Hure wie die andere. Eine, die zwischen dir und der reinen Jungfrau steht. Die dich schwach macht.«

Capplan braust der Kopf *Fatima der Schlick der Wal der Silvesterabend*. Er nimmt die Peitsche.

»Rette deine Seele!«, befiehlt Ingvar. Befiehlt Mutter.

... Peter Capplan steht auf Berges Spitze, nur eine Gletscherschrunde vor der Sonne. Geht den Schritt darüber hinweg aus dem Nebel ins Licht, Fatima bleibt im Eis. Die Jungfrau schwebt über dem Panorama, sagt: Das Fleisch muss gepeinigt werden, damit es Lust verspürt zu sterben –

Er dreht sich um, reißt Engelke mit einem Ruck die Bluse herunter, das halbe Leibchen. Schlägt zu. Keucht, prügelt sich die Seele aus dem Leib.

»Capplan, um Gottes willen!«, brüllt Rudi und stürzt vor, Ingvar stellt ihm ein Bein, Rudi schlägt mit dem Gesicht auf, blutet den Boden voll. Amalia kreischt, hat alle Hände voll zu tun, ihre halbblinde Sardine zu retten, sie heult vor sich hin, brabbelt Sinnloses.

Capplan taucht ohne Übergang aus seinem Wahn auf. Sieht, fällt auf die Knie, flennt zum Steinerweichen.

Ingvar schaut von oben herab auf Engelke, aber mit einem anerkennenden Nicken. »Respekt, bist doch ein hartes Gewächs.«

Sie bleibt stumm. Die Schmerzen lassen klares Denken nicht zu, aber: *von mir hörst du nichts, du Satan!*

»Hör mir zu, Angelika Kristensen!«, flüstert Ingvar, reißt ihr den Kopf hoch an ihren Haaren, hält ihr die Beretta vor die Augen. »Das ist meine kleine Freundin, ungefähr so alt wie du. Hat mich noch nie im Stich gelassen, drum raus mit der Sprache: Wo hast du die Mäuse? Bei drei erschieße ich – Amalia. Und danach deinen Alten.«

Stößt den knienden Capplan verächtlich mit dem Fuß um, die neunschwänzige Katze, die sich um Engelkes Schultern gekrallt hat, raschelt schlaff zu Boden.

»Eins.«

Ingvar richtet die Pistole auf die bibbernde Amalia.

»Zwei.«

»Engelke, mien Engelke ...«

Ingvar öffnet den Mund zur »Dr...«.

»... ich sags«, stöhnt sie. Ingvars Ohr ist nah vor ihrem Mund, den blutverkrusteten Lippen.

Sagt es.

»Der Sod in der Rosencrantz-Ruine«, informiert Ingvar die Runde. »Das hättest du dir alles ersparen können, Mädchen. Meinst du, mir macht das Spaß?«

Ja, das macht mir Spaß!

»Was lungerst du hier herum? Los, hol es her!«, schreit er Capplan an. »Und flott, wenn ich bitten darf, wehe, du machst auch Sperenzchen!«

Reißt ihn vom Fußboden hoch, wirft ihn zur Tür hinaus. »Und du, Rudi, mach sofort den Kahn klar!«

Die Sardine humpelt knurrend hinterdrein, biegt ab zum Boot *alle vollkommen verrückt geworden!*

Amalia bleibt. Ingvar sieht ihr scharf in die Augen. »Kümmer dich um sie! Steck sie nach nebenan in die Wirtschaftsküche, den verstockten Balg.«

Die zitternde Amalia tut wie geheißen. Zerrt an der Lehne, schleift Engelke samt dem Stuhl heraus, mühsam in die Kammer vor den großen Tisch, die Schlachtbank, *dass wir so was noch erleben müssen, nein aber auch – wie damals fast.*

»Her kommst du, Boysenmädchen!«, ruft Ingvar aus der Stube. »Hierhin! Damit ich dich sehen kann.«

9. Alte Geheimnisse

Es rumpelt oben, Ingvar guckt hoch, hält den Kopf schief *wie eine boshafte Krähe* – wie es heißt, wofür jedoch die Krähe nichts kann. Amalia stolpert auf einen weiteren scharfen Ruf hin aus der Küche in den Schankraum, hangelt sich zum Tisch, zum Sofa. Der Williams Christ blickt sie mitleidig an. Sie greift danach und beträufelt ihre wehe Seele.

»Hast das Saufen auch nie lassen können«, stellt Ingvar fest. Setzt sich neben sie. »Wann hast du eigentlich damit angefangen?«

»Geht dich nix an!«, murmelt Amalia.

»Wetten, dass das mindestens seit Hamburg so geht? Gibs zu! Wie bei deiner alten Freundin Agnete. Die hat den Köm aber gegen Weihwasser ausgetauscht.«

»Du mussts ja wissen!«

»Als der Rudi aus dem Verkehr war, dreiunddreißig, und du auf dem Strich, da hast du jedenfalls schon nicht reingespuckt. Weiß ich auch von Agnete.«

Das trifft Amalia Boysens letztes, dafür umso besser gehütetes Geheimnis. Das hat sie nie ausgeplaudert, so betrunken konnte selbst sie nicht sein.

Am Tag nach ihrer Hebammenprüfung ist sie mit

Rudi ganz nach Hamburg-St. Pauli abgehauen. Ein Jahr später ist der junge Kristensen jedoch auf einmal weggeblieben – musste er doch sechs Monate gesiebte Luft atmen wegen nachgewiesener Versicherungsbetrügereien. Amalia blieb zurück. Ohne Geld. Ohne Stellung. Nur mit Luft und Liebe.

Letzteres beherrschte sie jedoch so vorzüglich, dass sie sich damit über Wasser halten konnte. In der Bar »Zum Blauen Meer« und auf der Straße davor, wo ihr nur die Freier und ihre Busenfreundin Agnete die Stange gehalten haben.

Da ist ihr doch glatt der verflixte Ingvar über den Weg gelaufen. Aber sie hat den Bruder vom Sardinen-Rudi nicht rangelassen, um alles in der Welt nicht, der war ihr immer schon unheimlich gewesen, schon als sie Kinder waren auf Holgrunt. Und er hätte sicher auch nicht bezahlt.

Das hatte Agnete dann erledigt. Grün und blau war die nachher.

Sechs Monate später ist der Rudi entlassen worden aus Fuhlsbüttel. Aber an dem Morgen, an dem sich dem kleinen Kristensen die Eisentore zur Rückkehr in die Welt geöffnet haben, stand zeitgleich Amalias Vater vor deren Tür, hat sie barsch und ohne großes Reden eingesackt, nach Holgrunt expediert und an den Erich Boysen verheiratet.

Da hat sie das Trinken so richtig angefangen.

Rudi traute sich erst Wochen später zurück nach Holgrunt.

Sie atmet pfeifend aus *Ingvar, du Beelzebub!*

Der kniept verschwörerisch ein Auge zu, grinst.

Als aus Paales Zimmer erneut ein Geräusch dringt, mault er: »Was treibt der Kerl da oben?« Springt auf. »Halbtote haben das Maul zu halten und ruhig zu liegen. Ich geh rauf und guck, was Herzbruder treibt. Wahrscheinlich holt ihn gerade der Teufel. Und du, Amalia: tu nichts, was du später bereust.«

Er knarrt nach oben, im Schankraum wirds ruhig bis aufs Seedonnern und Windheulen. Amalia Boysen ringt nach Atem, es hat ihr die Luft genommen.

Aber das Meerfrollein geht ums Haus!

Die bibbernde Amalia arbeitet sich wieder zu Engelke vor, ein fürchterlicher Anblick: zerfetzte Bluse, Striemen, Blutkrusten um Rücken, Schultern, Hals und Mund; die Deern ist kaum bei sich.

Amalia sägt mit dem Kartoffelmesser an den Fesseln herum, die Finger so gichtig, der Isolierkram so zäh, sie gibt endlich auf, die Schneide kann sie nicht mehr führen mit den Zitterfingern, doch niemand kommt und hilft der armen Amalia.

Weg muss die Deern vom finsteren Ort!

Wenns überhaupt was nützt.

Um die Schlachtbank herum zerrt sie den Stuhl mit der Kristensentochter, zieht ihn ums Eck zwischen Wand und Dielenschrank, daran der alte Spiegel. Wühlt in allen Schubladen: kein Schlüssel, das Gelass zu verriegeln.

Noch ein bisschen schnippeln, dann versagen Amalias Kräfte endgültig. Sie schleppt sich in die Küche auf die Bank. Beten, sonst geht nichts mehr.

Engelke hängt vornüber in den Seilen, die Augen fast zugeschwollen, die Haarspange zerborsten, die langen Strähnen kleben im blutigen Gesicht.

Hebt den Kopf, kotzelendig, sieht in den halbblinden Spiegel.

Die Fußbodenbretter knarren, als Ingvar darübergeht, die Tür zu Paales Zimmer aufdrückt, die Hand am Abzug. Paale Kristensen liegt noch so im Bett wie sie ihn hineingewuchtet haben, vollbekleidet und mit Schuhen, eine Decke flüchtig über den massigen Körper.

Keine gute Luft hier.

Ingvar tritt langsam näher, sieht die umgefallene Sauerstoffflasche, die Maske am Boden: der Krach.

Das wars wohl, Paale! Grüß mir Ole in der Hölle!

Dreht sich weg. Da fasst ihn eine Hand am Arm, »... auf ein Wort ...«

Ingvar wendet sich um, überrascht, sagt: »Du lebst ja noch – und so höflich ... gibs zu: hättest nicht gedacht, mich noch mal zu sehen.«

»Nur über Kimme und Korn.«

Ingvar macht eine wegwerfende Handbewegung. »Glaubst du, ich hätte nicht gewusst, wann du in Hamburg warst all die Jahre? Und später deine Schergen, die du auf mich gehetzt hast ...«

»Bist bestimmt ein prima Schnüffler.« Paale hustet

das Wort ins Kopfkissen, versucht ein bitteres Lächeln.

Ingvar nickt geschmeichelt. »Auch ein hartes Stück, deine Tochter. Nur sentimental. Ich hatte zudem gute Argumente.« Ingvar zeigt die Pistole vor.

Paale: »Die anderen Strolche: Rudi, Capplan gehört ja wohl auch dazu ... – tu nicht so, als wenn du was abgeben wolltest.«

»Das hat dein Bruder auch nicht nötig. Was soll mir das Pack? Fürs Mittelmaß bedeutet ein Hügel Hochgebirge ...«

Er stockt, repetiert, was er gerade gesagt hat. Findet, es hört sich gut an.

»Ich scheiß auf die Regeln!«, fährt er fort. »Scheiß auf euch alle. Damit bin ich bisher immer gut gefahren. Kein Mitleid, keine Rücksichtnahme. Nur so bist du frei.«

»Du gottverdammtes Raubtier!«

»Meinst du, lieber Bruder?« Ingvar zieht versonnen eine Deckenfalte glatt. »Ich glaube, dieser Gott hat genau vorbestimmt, dass wir Kristensens so sind, wie wir sind. Übrigens: Gerade du musst mir wohl nicht mit Gott kommen, du nicht!«

»Lass wenigstens Engelke«, flüstert Paale, »sie hat genug gelitten durch dich ...«

»Es ist deine Tochter.« Ingvar steht auf. »Für mich eine Fremde. Mehr nicht. Hättest besser auf sie achten sollen und nicht nur saufen und schmuggeln.«

Er will gehen, als Paale fast unhörbar flüstert: »Denkst du manchmal noch an Vibe Drosinck?«

Ingvar erstarrt mitten in der Bewegung. Dreht sich langsam zum Bett zurück. »Warum kommst du mir jetzt mit alten Kamellen?« Versucht zu lachen. Aber das bleibt ihm im Halse stecken.

Vibe Drosinck. Vor ihr hat er sich gekrümmt.

Da ist er ungefähr achtundzwanzig gewesen, als sie ihm in die Augen kam, von heute auf morgen. Bis dahin hatte er sich nicht dazu herabgelassen, die Drosinck und ihre uralte Großmutter, diese nach Holgrunt verschlagenen Weiber überhaupt zur Kenntnis zu nehmen.

Dann stand sie plötzlich in der Tür vom »Walfisch«, sie fragte wohl nach Lampenöl, was genau, er hat es vergessen. Nicht aber diesen Schauer; er brachte kein Wort heraus, guckte nur auf dieses zarte Wesen, das mit roten, großen Augen vor ihm stand, und mit langem Weißblondhaar – erst Paale, der hinzukam, riss ihn schroff aus seiner Vibe-Welt.

Fortan ist er ihr nachgegangen, heimlich, der Vibe-Mariette Drosinck; die Sechzehnjährige aus dem Wrack, das die Holgrunter im Steenackgrund nach einem Sturm geborgen hatten, das Mädchen mit seiner Großmutter als einzige Überlebende. Die Waise, die dankbar war für jede winzige Aufmerksamkeit, etwas unendlich Fremdes, Scheues hatte, die ein merkwürdiger Zauber umhüllte, der sie so anziehend machte für Ingvar – trotz ihres Klumpfußes und ihrer Albinoaugen. Es waren andere Dinge, die Ingvar gefangen nahmen. Sie zu nennen war er nicht in der Lage.

Nachgeschlichen, dann nachgelaufen ist er, das veritable Mannsbild, diesem blutjungen Ding, dem Hinkefuß – was hatte sie in ihm bewirkt *was ist mit mir?*

Die Saite aus des Teufels goldenem Haar wollte nicht verklingen. Tag für Nacht trieb es ihn in ihre Nähe, aber sie wies ihn ab, hatte Angst.

Vibe.

Die bewusste Partei, deren Mitglied er von Anfang an war, sandte ihn auf eine längere Reise, das kam ihm zupass, es sollte ihn abkühlen. Als er jedoch nach wochenlanger Abwesenheit wieder anlandete auf Holgrunt, ist ihm die Drosinck gleich in den Sinn geschossen – nein: in Wahrheit war er wegen ihr zurückgekommen, nicht wegen der Partei, wegen der Brüder, die mochte alle der Teufel holen.

Vibe.

Er konnte an nichts anderes denken, bereits als er aus dem Boot sprang *ich muss, ich werde es ihr sagen!*

Aber er, der gewiefteste und abgefeimteste Kristensen – er traute sich nicht. Dazu war die Hilfe seines und der Brüder Freundes Alkohol nötig.

Ingvar hat sich nach herzlicher Begrüßung und Aussprache mit diesem Freunde aufgemacht zu seinem hinkenden Elflein, um endgültig zu erforschen, was so mächtig war an ihr, ihm die Träume zu füllen; und als er mutig besoffen an die Tür pochte *bitte komm raus, Vibe, zeig dich, red mit mir!* war die Sonne versunken, das Mädchen längst im Bett gewesen.

Dann ist es geschehen. Die Großmutter steinalt und stocktaub, Vibe heraus nur im Hemd, ein zerbrechliches Königskind mit Feengesicht, elfenbeinerner Haut, kleinen Brüsten, leise verwunderte Töne ausstoßend *was willst du von mir, Ingvar?*

Er hat sie in die kleine Düne gelockt, hinterm Sultanspalast *lass uns endlich reden, guck, ich hab ein schönes Fläschchen dabei, Schampus, macht lustig, hab ich doch was Feines, komm, sprechen über uns* – es sprudelte aus ihm heraus, er redete sie nieder, machte sie trunken mit Worten und Schaumwein, dass sie ihre Vorsicht vergaß für einen Moment. Doch das war nur kurz gewesen *nein, geh weg, lass mich!*

Ingvar sieht sie deutlich vor sich *will nicht, will dich nicht.*

Er begriff es nicht. Er hatte es nie anders gelernt. In ihm kochte eine Wut auf, was machte sie aus ihm? Er fällte sie, besorgte es ihr hart und blutig wie etliche Jahre später der anderen. Vibe schrie lautlos, dann in einem hohen, schrillen Ton, verfiel in Krämpfe, Schaum trat aus ihrem Mund. Schrie, bis er durchdrehte und sie mit seiner Faust zum Schweigen brachte. Wie die andere. Wie viele danach.

Diese Wut ist ihm geblieben. So liebt er.

Vibe verkroch sich, allen aus den Augen. Die, welchen sie nachts begegnete, sprachen von ihr wie von einem Glassplitter, der kurz aufblinkt, wenn die Sonne tief steht. Oder von der *Gespenstin*.

Die Drosincks haben sich weggeschlossen. Nur der Amalia machten sie die Türe auf. Dass Vibe den Ingvar nie verraten hat während des folgenden Getöses, des Spießrutenlaufens, als sie sie doch einmal gefangen, herumgezerrt hatten *schaut diese Dirne, diese Schande, das hinzugelaufene, das ledige Weib, sabberndes, hinkendes weißes Tier, über so was geht höchstens der Gottseibeiuns drüber!* – das wundert ihn heute noch. Dazu haben die Kerls der Drosinck einen Walpimmel an die Tür genagelt.

Nur der Sultan hat sich rausgehalten.

Ingvar hatte es geschehen lassen, war Gast einer Theateraufführung, höchstens zu Applaus oder Pfiffen gehalten – nicht mal das.

Er war dann noch mal weit und lange unterwegs. Hörte irgendwann, das Kind wurde tot geboren.

»Dich hab ich damals gehasst dafür, damit hat es angefangen. Vibe ... sie hat auch mir nichts gesagt ... als ich die Wahrheit hörte von Amalia, wars zu spät.« Paales Atem, die Worte kommen jetzt stoßweise, er ist kaum zu verstehen.

Ingvar beugt sich über seinen Bruder, knurrt: »Es ist eben passiert.«

»Sie kam zur gleichen Stunde nieder wie meine Alte ...«, flüstert Paale. Das Sprechen macht ihm Mühe, die Lungen stechen, »... nur, dass es meine zwei nicht überlebten, mein Sohn nicht und auch nicht die Frauke.

Und zur selben Zeit, nebenan in der Drosinck-Hütte, bekam die Vibe eine gesunde Tochter. Allein. Ihre Großmutter lag im Husumer Krankenhaus.«

Er hat es noch in den Ohren. Wie Amalia getobt hatte, hin und her gewetzt war *ach, diese trächtigen Kühe!*

»Hat sich quälen müssen, das arme dumme Vibe-Mädchen, wusstest du, dass Vibe *kleine Frau* heißt ...«

Die Erinnerung ist auch ihm nicht gnädig. Paale sieht es genau vor sich: Amalia wand der Frauke den reglosen Jungen aus den erkaltenden Armen, schlich sich mit der Totgeburt aus dem Haus, hat sie neben die im Fieber treibende Vibe gelegt. Ihr das gesunde Mädchen genommen und neben die sterbende Frauke Kristensen gebettet. So hatte alles sein Gutes. Nur Paale, der allein vor Ort war, der hat das mitgekriegt. Sonst keiner.

Ein Kind, Paale! So hat Amalia ihn beschworen. *Nicht dein Kind. Aber ein Kristensen! Und es ist ein gesundes Kind. Für den Schweinehund von Vater kanns ja nichts. Guck, wie die Deern doch süß schläft, ein Engel. Und Freya ist mit Onno in Kiel wegen seiner Untersuchung, die kommen frühestens nächste Woche heim, die kriegen nichts mit, gar nichts. Und die alte Drosinck stirbt garantiert im Hospital.*

Sie gelobe hiermit feierlich bei ihrer Seele: nie käm davon was über ihre Lippen!

Paale Kristensen hat lange gegrübelt, Amalia hat lange zugeredet. Dann nahm Paale das Mädchen hoch, hat auf das billige Wandbild geguckt und schweratmend hervorgestoßen: *Gut, Amalia. Und es soll Angelika heißen. Kein Wort zu irgendwem. Und besonders nicht zu Ingvar, dem Dreckshaufen!*

Dass seine Frau, sein Sohn die Sache nicht überlebten, brach Paale nicht. Das Verhältnis zwischen den beiden war, zumindest aus seiner Sicht, ohnehin hauptsächlich von finanziellem Reiz gewesen.

Und dass sich die Vibe am übernächsten Tag von der Klippe stürzt, hat ja niemand wissen können.

Einen Stolz auf die *Tochter* musste er sich jahrelang befehlen, der Amalia hat er aber nach Engelkes Krankenhausaufpäppelung das Grundstück mit ihrer elterlichen Kate geschenkt. Und sie hat wirklich den Mund gehalten.

Paale ist völlig erschöpft, der Film reißt. Ingvar starrt seinen Bruder an. Hat dessen inneren Sermon nicht zur Verfügung. Schweiß kommt ihm trotzdem auf die Stirn, wird zu Salz.

»... hast dich erst Jahre später drum gekümmert, du verdammter Hurensohn. Da aber richtig.« Paale verzieht das Gesicht, eine bittere Miene, Wasser kommt dem alten Walross in die Augen.

Ingvar steht lange da, bis er begreift; zieht sich langsam zurück, hebt die Pistole. Zielt auf Paales Stirn, ein Brausen im Kopf, der Weg neigt sich.

»Nein, so einfach nicht«, flüstert Ingvar endlich, steckt das Schießeisen zurück in die Jackentasche. »Verrecken sollst du, ganz langsam!« Sein Magen rebelliert *nur raus hier!*

Er stürzt die Treppe hinunter, die Küchentür aufgetreten bis über die Angeln an die Wand, das haut die Gläser aus dem Regal – einerlei. Er übergibt sich in den Spülstein, wischt sich die Stirn, trinkt im Schankraum aus der Flasche einen großen Schluck vom reinigenden Williams Christ.

Da wächst Amalia vor ihm auf. Amalia Boysen stellt sich dem großen Ingvar in den Weg. Lässt ihn nicht aus.

»Es muss ein Ende haben, Ingvar!«, sagt sie.

»Verschwinde!«, herrscht der sie an. »Geh und sag deinem Sardinenfänger, dass er das Boot klarhalten soll. Capplan müsste längst zurück sein mit dem Geld, versteh nicht, wo der Blödmann bleibt. Los! Geh endlich, bevor Rudi einpennt auf seinem Kahn. Um Engelke braucht ihr euch keine Sorgen zu machen. Das ist nun eine Sache zwischen mir und ihr...«

»Hätte alles nicht so weit kommen dürfen, nicht so weit kommen müssen, wenn ich nicht so feig gewesen wär«, jammert Amalia zum Himmel, und ihr stürzen wieder die Wasserfälle aus den Augen.

»Du kannst nichts mehr tun«, sagt Ingvar dumpf. »Hast recht, Boysenmädchen. Es muss wirklich ein Ende haben.«

Der Wind heult, schlägt draußen irgendetwas Loses zu. Die Boysen dreht sich abrupt um, lässt Ingvar stehen – Amalia geht. Und niemals kehrt sie wieder.

10. Feurige Liebschaft

Amalia Boysen kramt ziellos im engen Unterdeck der »Alten Liebe« herum. Die Erinnerungen schwappen hoch, sie sieht alles vor sich, beinah als wärs gestern gewesen – die finsteren Gäste treffen auf eine Widerwillige, die kann aber nichts gegen den Besuch unternehmen.

Rudi kniet vor der Koje, wirft mit Seekarten um sich, faucht: »Der Miststurm wird immer stärker. Schaffens nicht mehr nach Sylt, auch nicht nach Dagebüll, da wett ich mein letztes Auge drauf. Kommen höchstens noch die Tiefe hinauf nach Klippsbüll, das wird schwer genug… keine Lust, im verdammten Watt abzusaufen. Ingvar kann mir den Buckel runterrutschen!«

Amalia hört ihn nicht, hat den Sultanspalast um sich herum aufgebaut, die Tränen kullern. Und die Deern ist wieder in der Hoffnung, sie siehts ihr an. Es hört nicht auf.

»Woher hätt ich wissen sollen, dass Ingvar so ein Monstrum… ach Amalia!« Rudi versucht, sie zu trösten, streichelt ihr das Haar. Sie gleitet ihm in die Arme, ratscht über das Pflaster an der Wange, er lässt sie fahren.

Die »Alte Liebe« zerrt heftig an den Halteleinen, schwerer Seegang. Rudi zieht sich auf die Stiege, schiebt die Klappe auf, wuchtet sich aufs Deck, zurrt die Leinen fester, man weiß ja nie.

Klettert zurück in den Schiffsbauch.

»Ich geh rüber, vielleicht ist der Capplan endlich zurück mit dem Geld; versteh nicht, was in Ingvar gefahren ist, war doch nicht so geplant, nur das Geld *zack!* und ab dafür.«

Er nähme vorsichtshalber einen anständigen Bootshaken mit, »... falls Ingvar komplett austickt!«

»Und Paale? Und Engelke?«

»Was weiß ich? Engelke nehmen wir meinetwegen auch mit, Paale muss den Sturm hier abwarten. Wird schon gehen.«

»Paale stirbt, so ohne Hilfe!«

»Selbst wenn!«, brüllt Rudi. »Er war doch sowieso praktisch tot. Glaub nicht, dass ich ihn bedauere, so wie der damals mit mir umgesprungen ist wegen der paar geklemmten Antiquitäten, letztlich hat er auch meine verbrannte Fresse, mein Auge auf dem Gewissen – ich wünsch ihm, ach: wünsch meinen beiden Brüdern die Pest an den Hals. Aber Ingvar hats Geld. Darum muss er mit. Und darum muss Paale hierbleiben.«

Macht weiter mit aufrüsten.

Amalia fährt fort, monoton vor sich hin zu plappern, man müsse zu Doktor Stellvers wegen Rudis Schmarren, wegen Engelke. Und wegen Paale Bescheid sagen.

Rudi hat das wieder nicht richtig mitgekriegt, nur den Namen *Stellvers*, spottet: »An den erinnere ich mich. Praktiziert der alte Sack denn noch?«

»Natürlich. Kannst du ja nicht wissen. Bist selten zuhause gewesen. Dich haben sicher immer die Klabauters zusammengenagelt, mien Rudi …«

»Lass die ollen Kamellen«, brummt der. »Lang her das alles. Erinnerungen helfen jetzt keinem weiter. Vergiss es!«

Amalia holt tief Luft, es hat gedrückt die ganzen sechsundzwanzig Jahre lang. Es ist nichts dagegen gewachsen – Rudi hat recht: Es muss vergessen werden!

Das Boot krängt stark über, die Orkanböen werden kriminell. Die Fender aus alten Gummireifen knarren zwischen Bordwand und Anleger, quälen sich am Holz.

»Ja, Rudi. Wollen vergessen. Wollen zusammen weggehen und vergessen«, bettelt Amalia, guckt die Sardine an aus großen nassen Augen. »Lass uns neu anfangen, hast recht, mach jetzt los, der Deern hilft das Meerfrollein, Ingvar und der Biologe helfen sich selbst, dem Paale kann keiner mehr helfen. Hast recht, schiet aufs Geld, oh mein Rudi – lass fahren, sonst ist alles dahin.«

Rudi will nochmal los, zum letzten Mal in den »Walfisch«, er fasst das Eisen fester. Geld ist berechenbar. Der Sturm nicht.

Amalia bleibt unter Deck. Das Weglaufen hat immer geklappt bisher, besonders das vor sich selbst. Warum nicht jetzt auch? Das Gewissen würde auf Holgrunt bleiben.

Alles verfliegt mit den Jahren, besonders wenns wirre Angelegenheiten sind, irgendwann vergisst du, was sich vergessen lässt, nur etwas Dumpfes bleibt nach, eine Trägheit, quasi verschüttet in Ewigkeit, wenn keiner nachgräbt.

Aber manchmal will das heraus – der Tag ist jetzt da.

Amalia rafft sich auf, wankt zum Schränkchen. Nimmt die Flasche Gin heraus, gießt sich ein Glas voll.

Kurz drauf rumpelt der Schiebedeckel zur Seite, ein Schwall Wasser stürzt mit Rudi die Stiege herunter, der flucht schrecklich.

»Nur der Paale da. Besinnungslos. Oder tot. Sonst keiner zu finden: von Ingvar nur die Brille auf dem Tisch, von Capplan, Engelke nichts – keine Seele. Zum Sultan bin ich nicht mehr hingekommen, gibt nur noch Wasser und Schlamm drüben!«

Amalia kippt Seelentröster nach. »Ach, wenns dich nicht gäbe ...!«

Rudi guckt verdutzt, weiß nicht, wen sie nun damit meint.

»Lass uns fahren. Fahren und vergessen«, greint sie, zieht ihn am Arm, fleht: »Wir bleiben jetzt auf ewig zusammen, mein Rudi, oh mein Rudi.«

Lange bleibt der bewegungslos, mit dem Rücken zu ihr. Dann dreht sich Sardinen-Rudi um.

»Weißt du, Amalia ...«, er hockt sich müde neben sie auf die Pritsche, wischt die Augenklappe weg, eine brandige Höhle tut sich auf.

»Wir sind nicht mehr die Jüngsten.« Gießt sein Glas voll, bis es überläuft.

»Lass uns vernünftig bleiben. Ich mein, wem hilfts, wenn du dich wieder an mich kettest? Die Zeit ist uns davongelaufen. Und – vergessen? Das heute werd ich nie vergessen, Gott ja: die Engelke wirds überstehn, er wird ihr schon nix tun, der blufft doch, der Ingvar. Der hat sich auch geändert, ist älter geworden, vernünftiger. Soweit man das kann als Kristensen. Ich hätte das Geld so gut gebrauchen können, außer dem Kahn hier hab ich nicht viel ...«

»Aber du hast jetzt mich!«, begehrt Amalia auf. »Und ich hab dich!«

»Na – da haben wir aber jeder was Schönes, wir zwei«, sagt er bitter, schaut ihr ins Gesicht, das andere Auge blau und tief. Er schüttet den Schnaps hinunter.

»Bis vor kurzem hab ich sogar ne Tochter gehabt. Und weißt du, wie viel mich das interessiert hat? So viel!« Er schnippt mit dem Finger. »Ich nehm dich mit nach Klippsbüll, besitze noch rund fünfhundert Dollar, kriegst die Hälfte ab, das reicht für einige Wochen. Aber ich fahr weiter. Allein. Übers Meer bis ans Ende der Welt. Nach Feuerland.«

»Rudi ...«, schluchzt Amalia.

»Schau dich an – schau uns doch an!«, brüllt die Sardine. »Sind nix – haben nix. Und keine zwanzig mehr! Auf uns wartet nur die Abwrackstation. Ich hab so lange Zeit ohne Familie und ohne dich gelebt, warum sollte das die letzten zwanzig Jahre nicht auch funktionieren? Wir haben so wenig Gutes und so viel Schlimmes, an was wir uns erinnern müssen. Wollen wir uns auch noch mit diesem Abend herumschleppen? Warum hast du dich auch so an mich gehängt? Ich wollte das nie. Hättest ruhig andere haben können, hätt mich nicht gestört. Hab auch genug andere gehabt. Wenn du glaubst, du kannst nicht ohne mich sein – dein Pech. Ich kann weiterhin gut ohne dich!«

Er steht schweratmend vor ihr. Ringt die Hände. Amalia wimmert nur noch.

Arme dumme Boysentochter! Er brauchte dich nie. Aber Besserwissen ist ein Leichtes, wenn man nicht betroffen ist.

Das ist die irdische Strafe für meine ozeangroße Feigheit und Trägheit! gesteht sie sich ein. Doch damit erklärt sie sich einverstanden. Das Ende der Welt ist gekommen, wo abgewogen wird.

Rudi klettert noch mal hinauf, es hat heftig gescheppert, der Sturm orgelt auf tausend Pfeifen.

Das Häufchen Amalia bleibt unten. Nimmt aus der Kitteltasche ein kleines Fläschchen. Kippt die Hälfte des glasklaren Inhaltes in das halbleere Pinnchen des Rudolf Kristensen. Gießt mit Fusel auf.

Sardinen-Rudi rumpelt herab, schüttelt unwirsch den Kopf, strammt den Gürtel, greift zur Mütze.

»Ich mach jetzt das Boot los. Der Deibel soll die Verrückten holen und das Geld. Hätt ich alles vorher gewusst, weggeblieben wär ich.«

Und unwirsch zu Amalia: »Entweder wir machens auf meine Art – oder du bleibst auch hier. Holgrunt und die Kristensens können mir endgültig den Buckel runterrutschen. Und du auch. Drauf geschissen!«

Schüttet sich den Schnaps in den Hals.

Sekunden später verharrt er stocksteif, kippt dann vornüber mit rundem Auge.

Rudi, die Sardine, ist nicht mehr.

Und Amalia wuchtet ihn auf mit wunderbaren Kräften, bettet ihn zärtlich in die Koje, kuschelt sich an den Geliebten, schenkt sich selbst auch einen ein aus ihrem geheimen Fläschchen. Hebt feierlich ihr Glas, »La Paloma!«

Und runter damit.

Greift die blakende Petroleumlampe vom Tisch. Schmeißt sie zu Boden, dass das Glas in alle Ecken splittert und die Flammen sich verschreckt in den Teppich retten.

Die Lohe kriecht behutsam näher. Legt sich dazu.

11. Geheime Entdeckungsreisen

Im Frühsommer 1961, wenige Wochen nach Engelkes sechsundzwanzigstem Geburtstag, hat Peter Capplan den Marten Hoeger erwischt, als der den Sekretär im Eck der Schankstube durchschnüffelte.

Der Hoeger war noch so geistesgegenwärtig, schuldbewusst und vergebungsheischend dreinzuschauen, war außerdem nüchtern und somit relativ friedlich. Nach der Capplan'schen Standpauke gab er sich denn auch zerknirscht und gelobte sofortige Besserung.

Peter Capplan nahm die Entschuldigung in Aufwallung gottgefälligen Absolutierungsbedürfnisses glatt an *tun Sies also nicht wieder!*

Und sagen täte er nix, der Herr Capplan? Hoegi war unruhig. Sah Insel, Kneipe, Engelke davonschwimmen.

Keine Angst! log der Biologe. *Fällt sozusagen unters Beichtgeheimnis!*

So geriet dem Peter Capplan die geheime Korrespondenz des Alten in die Hände, Rosencrantz etc. samt Schreiben der Husumer Kanzlei.

Diese Summe! Er hat nachgedacht, den Weg gesehen, den Ingvar bekniet, der versprach: *wenn das klappt, bist du mich los. Aber erst muss dieser Hoeger aus dem Weg!*

Capplan hat dem kurz drauf also bedeutet: *Hören*

Sie, Herr Hoeger. Ich glaub, es ist für alle besser, wenn Sie die Engelke in Frieden lassen.

Aber Hoeger war vergesslich. Der wohlmeinende Rat blieb ohne Erfolg, erst Capplans gezielte Indiskretionen Engelke gegenüber wirkten.

So standen Paale und Engelke längst unter geheimem Kuratel; der Hoeger schien sich kurz nach seiner Bloßstellung offensichtlich endgültig verabschiedet zu haben. Legion wie man hörte. Oder Hochsee.

Und Michels. Capplan wusste es Ingvar sogleich zu berichten, dass einer aufgetaucht sei, so ein langer: einäugig, angebrannt und zugewuchert. Der jedoch ausnehmend gut Bescheid wusste.

Der Biologe ist öfter heimlich und schweißtreibend dauergelaufen, in der Dämmerung von Holgrunt bis Klippsbüll. Über den Damm. Zum Telefonieren.

Das ist Rudi, was mein Bruder ist, der gilt auch als tot, hatte Ingvar in die Muschel gebellt, *ich habs nie richtig geglaubt. Hörte schon, dass so ein schräger Vogel, der sich Kristensen nennt, im Lande ist und auf einem fremden Boot hier herumtuckert. Der Rudi! Traut sich aus Israel wieder her... der hat vielleicht Nerven. Aber Vorsicht! Der ist nicht blöd. Wetten, dass der da unten Wind vom Inselverkauf gekriegt hat, der Mistkerl?*

Der *Mistkerl* war nach seinem vorgetäuschten Brandopfer angesengt, mit zahnlosem Oberkiefer und schlecht gefälschten dänischen Papieren auf einem Frachter in die weite Welt abgehauen. Hatte lange Jahre zugebracht auf aller Herren Länder Sardinentrawlern, war zuletzt nach Israel gekommen, besser: dort gestrandet. Hat dort – welch Zufall – die Golda getroffen. Die, mittlerweile in finanziell besten Verhältnissen, erkannte ihn auch mit seinem Brandschaden *hoi, diese Freude, der kleine Rudolf! Wie gehts denn dem Paale, hat er vergessen?*

Und dem jüngsten Kristensen umgehend eine neue Prothese machen lassen *damit du so gut aussiehst wie früher, mein Armer!* Und irgendwann auch von der beabsichtigten Holgrunt-Transaktion erzählt *beehrst mich ja sicher dort!*

Dazu muss man wissen, dass der Paale Goldas Huld nicht als Einziger genossen hatte – was er nie erfuhr: auch der kleine Bruder durfte ab und an vom Paradiese naschen. Nicht zuletzt darum hat Golda dem Rudi neben der neuen Prothese – diesmal verzichtete Rudi sogar auf extravagante Goldeinschlüsse – aus lauter Wiedersehensfreude noch dreitausend Dollar geschenkt, sie konnte es sich leisten.

So ist dem Sardinen-Rudi, dank Goldas liebevoller Geschwätzigkeit, der Wind von der Schatzinsel zur zweiten Glückseligkeit in die Nase gekommen. Trotz der Erwerbskosten würde der Golda so viel übrig bleiben, dass sie als zukünftige Holgrunt-Herrin ihren Lebensherbst sehr kommod verbringen konnte – und hieran wollte der Rudi teilhaben, sitzend zur Rechten.

Wenigstens zu Füßen.

Kurz danach hatte er sich jedoch aus Haifa absetzen müssen wegen diverser Gaunereien, aber eben mit dreitausend Bucks und dem vielversprechenden Wissen um Goldas Immobilienpläne im Gepäck.

Ein kleiner israelischer Polizeiinspektor hatte aber Interpol was gesteckt von dem angeblich dänischen, eher aber nordgermanischen Schaf im Wolfspelz *nicht wichtig und staatstragend, aber man sollte die örtlichen Behörden vorsichtshalber informieren!*

Diese Information sickert via Interpol zwar kurzfristig, aber relativ unernst genommen erst in die dänische, dann in die deutsche Polizeilandschaft, versackte tiefer und tiefer, um auf dem Schreibtisch einer Landpolizeidienststelle hinter Husum zu verstauben.

Dort saß jedoch einer, dem der Name Rudi Michels alias Rudolf Kristensen auffiel, weil er nämlich einem anderen Kristensen, dem Ingvar, hörig war; wusste Letzterer doch genau, warum und woher der Herr Hauptwachtmeister Jochen Graves immer Freikarten für das Provinzbordell bekam.

Also landete eine Kopie des Dienstschreibens mit dem Reizwort »Kristensen« bei Ingvar. Der legte sich nach Informationsrückfrage bei Graves bzw. einem ähnlichen Spezi bei der schleswig-holsteinischen Küstenwache auf die Lauer – und tatsächlich: Sardinen-Rudi hatte sich inzwischen für die Dollars einen alten Kutter, jene »Alte Liebe«, zugelegt in Emden, notdürftig aufgerüstet, sich damit bis Schleswig-Holstein durchgeschlagen und bis Holgrunt.

Rudis Liegeplatz befand sich in der äußersten Ecke vom Dagebüller Fährhafen, dort fischte Ingvar die Sardine ab. Nach gegenseitiger Beschimpfung, Androhung von Mord und Totschlag und anderen Liebesdiensten schlossen die beiden Brüder vorläufig Waffenstillstand. Ingvar entwickelte spontan den Plan, dass Rudi – unerkannt – die derzeitige Inselsituation ausspionieren sollte und auch sonst ein waches Auge auf die Sache haben, dem Capplan traue Ingvar nicht von zwölf bis Mittag. Der Alte sei ohnehin komplett außer Gefecht und die Engelke so harmlos wie blond.

Rudi versprach mitzuziehen – unter der Voraussetzung, dass kein Blut fließen sollte. Dachte sich außerdem listig: *egal, was letztendlich dabei herauskommt – kannst immer noch die Reusen auslegen für die Golda!*

Was Ingvar genau plante, konnte Rudi ja nicht ahnen.

Capplans Nachricht, dass Engelke den baren Segen plötzlich abzuholen wünschte, brachte Ingvar auf Trab, besonders als Rudi ergänzend morste: *Engelke losgefahren, kommt heute Nacht an in Husum!*

Gut, dass Ingvar in der Endphase der Unternehmung seinen Wohnsitz schon kurzfristig nach Husum verlegt hatte – in der Bahnhofshalle konnte er die Engelke deshalb gleich in Augenschein nehmen – sie entwischte ins sichere Hotel. Das belauerte er die ganze Nacht, schlich ihr am anderen Morgen nach zur Totmanngasse, um später den gefüllten Truthahn an einer stillen Ecke zu verputzen. Aber diese Chance vergab der Durchwachte schmählich – er, ein Privatdetektiv, gegen den sich selbst ein Philip Marlowe *taube Nuss!* schimpfen lassen müsste – er war, kauernd hinter eine Zaunecke, übermüdet eingenickt.

Als es dämmerte, hat ihn ein Schutzmann geweckt und des Platzes verwiesen. Engelke war selbstverständlich längst über alle Berge.

Geflucht hat er, Husum durchschnürt, ist zum Bahnsteig gegangen, hat geguckt, überlegt – *Teufel!* Da saß sie im Abendzug, er also heran, wieder nett getan, sie erkannte ihn wiederum – nicht.

Fast hätte es geklappt, wäre er nicht über den Möwenvogel gestolpert, wäre nicht die Lok plötzlich angerollt *die Dreckskiste!*

Der Notarzt verpflasterte, vernähte ihn mit drei Stichen, ihm war so übel, dass er bis zum anderen Morgen im Krankenhaus lag. Dann hurtig mit dem Mittagszug gen Klippsbüll gefahren.

Die Kristensen war dort auch nicht mehr – aber abends zuvor gesehen worden im »Wattwurm« mit einem Jörn Klatte. Nur dass der nichts mehr zu erzählen hatte, als sie ihn und seine Tante aus den rauchenden Schuttmassen gekratzt hatten, die vorher die Pension »Störtebeker« gewesen waren. Außerdem war Sturmwarnung ausgegeben worden: doppeltes Pech.

Ingvar wurde nervös – und disponierte um. Telefonierte den Rudi an in Dagebüll, wo der im Fährhafen lag, über den Hafenmeister fernmündlich erreichbar *sofort herkommen! Alles läuft einen Tag früher!*

So sind der große Detektiv in seinem Trenchcoat am späten Nachmittag zu Fuß über den Damm und der große Fahrensmann mit seinem Seelenverkäufer von Dagebüll her durchs rumorende Wattenmeer hergekommen – Letzterer auf die Art, auf der es auch retour gehen soll, mit Ingvar, mit Rudi und Capplan. Mit Amalia womöglich auch noch – *vielleicht ist das zu vermeiden!* denkt der große Detektiv.

Aber jetzt ist er hier – *ja, ich bin hier!*

12. Peter Capplans Abgesang

Das Blut längst getrocknet in Engelkes Gesicht, ein Dröhnen in den Ohren, die Fesseln schneiden.

Reiß dich zusammen! befiehlt die im Spiegel.

»Hilf mir«, wimmert Engelke, fast besinnungslos.

Ich habe dir oft geholfen.

Engelke hängt vornüber, flüstert: »Ich habe Angst.«

Und ich nie mehr! sagt die im Spiegel.

Erhebt sich und tritt heraus. Das Band zerreißt.

Peter Capplans Jacke ist längst zerfetzt. Er hat sich sofort verirrt, schon vorm »Walfisch« hat ihn eine Böe genommen, mit ihm gekegelt.

Schwarze Nacht, der Mond davon, der Palast sonst nur zweihundert Meter vom »Walfisch« entfernt. Aber er hat sich weggezaubert, hat sich versteckt hinterm Geblase. Und lacht.

Der Sturm schlägt Capplan aufs Maul, stopft die Ohren zu. Sand ätzt die Augen *wie das brennt!*

Verloren wäre der Biologe gewesen, wäre er von der Kante gestürzt in die Klipptiefe, die saugt, reißt, er fängt sich mit letzter Not. Wie er dahin geraten ist, an die Kante, die *Vibekante*, weiß der Teufel *wie lange hier herumgeirrt?*

Eine blaue Feuersäule fährt hinten ins Watt, der Donner bläst ihm den Dreck aus den Ohren, ein Regenguss schlägt ihm ins Gesicht, putzt die Augen klar: Balkenreste, Mauerstücke, nur wenige Meter noch.

Peter Capplan wirft sich mit letztmöglicher Anstrengung gegen den Bläser; der fordert ihm Schritt vor Schritt ab, er stolpert, fällt auf die Knie. Der Sturm amüsiert sich, wollte er, bliese er den Wicht bis Husum. Lässt ihn dafür durch den Sand ackern auf Händen und Knien, beschüttet ihn aus Eimern.

Beim Holunder hievt Capplan sich auf, dort ist es: fünf Schritte bis zur Sultanstür, hinein und ins Höfchen. Der Wind bricht sich hier, Capplan lehnt seinen ausgelaugten Körper an ein Mauerfragment, hätte er das alles bloß vorher gewusst!

Vor gut anderthalb Jahren ist der Ingvar Kristensen erneut vor ihm gestanden. Im Hamburger Bahnhof. Rund sechs Monate nach der italienischen Krise.

Soso, bist jetzt Fotograf? Ach – auf Holgrunt? Das trifft sich gut!

Erzählte dem Capplan eine wüste Geschichte vom großen Erbe, das ihm seit Jahren von Seiten des Bruders Paale vorenthalten würde. Und dass der Herr Biologe wie geschaffen sei, den Einschleicher zu machen, denn Ingvar röche eine neue Chance auf Rückgewinnung des Erbes – möglicherweise. Aber Paale müsse mit Vorsicht genossen werden.

Peter Capplan war nicht begeistert, doch Ingvar sagte

daraufhin süffisant, er, Capplan, solle nicht vergessen, an eine gewisse *Fatima* zu denken!

Das hat ihn gleich wieder scharf in die Magengrube getroffen. Dann die Sache mit dem Schlaganfall und der Rosencrantz-Transaktion. Und das Aufkreuzen der Engelke. Doch Ingvar hatte nur laut gelacht: *Was soll uns aufhalten?*

In einer Gehirnecke zuckt, wühlt sich was frei, flüstert: *Maria hilf, was hast du getan? Zeig jetzt Stärke! Sei wenigstens einmal heroisch!*

Capplan strafft sich. Ingvar sollte nicht glauben, er könne alles machen mit ihm. Das verdammte Geld wird er dem Kerl entgegenschleudern, sagen: *Lass Engelke in Ruhe! Zeigst du mich eben an.*

Aber: fünfhunderttausend.

Peter Capplan senkt das Haupt unterm Wind, und Engelke tritt brav zurück in die zweite Reihe.

Er steuert die Hofecke an: Müll, Schutt. Leichtgewichtiges segelt vorbei. Er ächzt das Gerümpel, dann den Soddeckel beiseite, die Grube klafft – hoffentlich hatte die Kristensentochter nicht gelogen, Gott, das würde die bereuen, das ließ sich der Ingvar nicht gefallen! Capplan wagt nicht, weiterzudenken, wagt auch nicht, eine Garantie für sich selbst zu geben, keine einfache und schon gar keine neunschwänzige.

Oben hängt nichts – dann muss die Beute unten liegen!

Er leuchtet hinein in die Kloake, die früher eine Zisterne war. Aus der es barbarisch stinkt, da kann selbst der Sturm nichts ausrichten.

Da: Im matten Schein der Handlampe glänzt der Henkel einer Reisetasche, mitten im Unrat. Dazu Spinnweben, Flechten wie Bärte, ein Krabbeln und Schlieren. Was gäbe Capplan jetzt für einen Bootshaken, eine Stange, einen Draht. Doch der Sultan hat nichts davon parat.

Es muss sein! Tief lässt Peter Capplan sich herab, setzt Tritt unter Tritt auf die Steigeisen, Rost beißt sich in seine Handflächen, auf den letzten anderthalb Tiefenmetern fehlen sie ganz – wieder heraus heißt also: Klimmzug.

Ein ekliges Behältnis. Schnell die Tasche aufgenommen.

Der Strahl zittert über die Leiche, belichtet Lederhose, Stiefel, die Jacke mit den aufgenieteten Adlerschwingen, alles in knöcheltiefem Wasser.

Der Schädel glotzt her, einzelne blonde Stoppeln kleben an schleimigen Fleischfetzen, ein klaffendes Loch, was ein Mund war.

Der Marten Hoeger sieht nicht mehr gut aus.

Capplan lässt die Lampe fallen, die Lungen saugen Fäulnis ein, das Herz rast. Pumpt Adrenalin.

Nichts nützt es. Sein Atem kommt pfeifend wie aus einer Luftpumpe. Capplan zwingt sich mit letzter Kraft, bückt sich nieder.

Die Tasche ruht, wo des Hoegers Bauch gewesen ist. Capplan würgt, kotzt hinter sich.

Streckt vorsichtig den Arm aus, nimmt die Tasche an sich, hängt sie um – alles ganz behutsam, als möchte der Hoeger vielleicht noch beißen.

Es knarzt unter Capplans Schuhen: Knochen. Aber die gehören dem Hoeger nicht.

Und es lauert noch was. Wie man es spürt, wenn man nicht allein ist im vermeintlich leeren Zimmer.

»Ingvar?«

Keine Antwort, oben nur ein Scharren. Capplan wird auf der Stelle panisch, er wirft sich an die Eisen, rutscht ab, noch mal hoch, noch mal heruntergebrochen.

Endlich kriegt er die Griffe zu fassen mit seinen aufgerissenen Händen, hinauf jetzt, alles in Sekunden, sich aus dem Schacht geworfen *Halleluja!*

Fatima steht im Hof *ihre Füße ihr Haar ihre Schultern,* sagt: »Geh mir aus dem Weg, Capplan!«

Der lässt die Tasche fahren, die kollert über den Hof, die Hunderter, Tausender heraus, wirbeln durcheinander und überallhin. Plötzlich fährt ein Blitz ins Gestrüpp, in dem Fatima stand, heraus tritt nun die Jungfrau Maria, das Kind drohend gegen ihn gereckt *wehe ich sage euch!* Den Weg hinab rennt der Biologe, schreiend, ein Brecher kommt übers Land, schlägt ihn wie beiläufig zu Boden, spült ihn fort über die Wiesen, die Klippen, in die Ewigkeit.

Die Jungfrau sagt: »Fahr zur Hölle, Peter Capplan! Du warst so ein großes Arschloch.«

Und das Kind senkt den Daumen.

13. Gladiator

Die Böe hat die Tür hinter Amalia Boysen zugeknallt, von der mühseligen Amazone ist nichts mehr zu sehen, zu hören. Ingvar Kristensens Blick gleitet durch den Schankraum, durch die Jugend, haspelt sich über die Wände. Die Buddelschiffe. Die getrockneten Fische. Die Tampensammlung. Übers Portrait des Ole Kristensen, der auf ihn herabschaut mit düsterspöttischem Blick. Das vergilbte Foto aus dem Sekretär: drei und das Mädchen Golda.

Wie damals, nichts hat sich verändert *ja wie damals, verdammt!*

Er guckt auf die Armbanduhr. Capplan bleibt aus.

Es ist was schiefgegangen.

Setzt sich, stiert zu Boden. Lange Zeit.

Ingvar Kristensen hat sich immer zugute gehalten, nicht zu *denen* zu gehören, die paralysiert vom Hoffen ins Harren taumeln, jene ständig vom Leben gezausten Vögel, irrend zwischen Abend- und Morgenrot. Nicht zuzugehören zu diesen kleinen Leben, für die Spielregeln gelten – er ist einer von den Silbernen zwischen Erde und Himmel, die das besitzen, was die anderen Traumtänzer nie besitzen werden: Klarheit. Logik. Stringenz. Zielstrebigkeit.

Diese Herrschaften vertragen sich selten mit Moral oder Gewissen, was nur belastet, schwächt, die Ziele vernebelt.

So denkt er, Ingvar, der Mann im Mond.

Aber ein Fleck, eine Geschwulst ist gewachsen. So wie sich Dani mit der Isetta zielstrebig um den einzigen Chausseebaum auf hundert Kilometern gewickelt, damit sich, ihren Kinderwünschen und ihrem Ehemann ein jähes Ende gesetzt hatte, so ist diese Geschwulst auch Ingvar nach, hat sich getürmt zu einem Pfahl in seinem Fleisch, der einen Schatten in seinem Mondlicht warf, über dreizehn, über sechsundzwanzig Jahre weit, der holt ihn jetzt ein. Trägt den Namen *Vibe*.

Aber nicht nur.

Ingvar steht auf, geht schwer durch die Tür der Wirtschaftsküche, ruft mit brüchiger Stimme nach denen, die noch hier sind: »Engelke«.

Licht fällt über den Stuhl: umgestoßen. Zerschnitten die Fesseln, der Spiegel zersplittert. Die große Hoftür schwingt hin und her im Geblase, Schneeregen netzt die Schwelle.

Ingvar Kristensen weiß jetzt, wohin gehen.

Es muss ein Ende haben!

Sie tritt in die Arena, sie ist wieder da. Hat es oft versucht, konnte aber nie weit genug vorkommen. Seit einem Jahr steht sie vor der Schwelle, hat jetzt die herumirrenden Schatten beiseitegestoßen, ist endlich hereingekommen, man konnte es ihr nicht mehr verwehren.

Der Sultan auf seinem fliegenden Teppich winkt ihr zu. Sie winkt zurück.

Auch die Möwe hockt wieder auf der Mauer. Hat ihre Verwandtschaft zwischen hier und Husum mitgebracht. Kunststück, dass die jetzt nicht davonfliegen aus der Arena, von der Walstatt, wo es gleich etwas zu sehen gibt.

Alle Wetter!, ruft die Möwe, und: dass wir dich wieder hier haben, schön dich zu sehen, Gladiator, habe die Ehre. Und jetzt: wehr dich!

Hier ist es zu tun.

Die auf den Rängen, unterm Baldachin, die tausend. Das Kind im Schoß, es wedelt mit dem Schwanz. Man applaudiert. Und sie grüßt: Morituri!

Ein tausendfaches Krekk! zurück.

Sie wirft sich den blutigen Umhang um die Schultern. Das Tor der Arena wird aufgestoßen. Licht fällt herein.

Er ist wieder da.

Ingvar steht im Sultanshof. Das Gestrüpp hat ihm die Jacke weggerissen, er ist hingekracht auf die Steine, den Weg, das hat ihm Knie und Ellenbogen zerschunden.

Blitze. Donner. Regen flutet ihm in den Hemdkragen. Er greift an die Seite, aber die Jacke, die Pistole längst verloren – die Gestalt dort.

»Engelke!«, brüllt Ingvar Kristensen gegen das Brausen, »Engelke!«

Die Gestalt im Mantel hebt die Arme. Federwolken lässt sie aus ihren Händen in den Wind. Eine der

Banknoten taumelt Ingvar vor die Füße. Aber der sieht nicht hin.

Sie blickt auf. Er kommt aus der Sonne, durch die Säulen. Sein Atem geht schwer, er packt hart ihre Schultern.

»Ich habe *einen* Fehler gemacht im Leben«, schreit Ingvar in den Orkan, nimmt sie, schüttelt sie, »einen Fehler und dreizehn Jahre danach einen zweiten. Vibe … hab sie – geliebt. Vorher keine und auch nachher keine mehr. Aber ich musste sie bestrafen, weil sie mich abgewiesen hat, niemand weist einen Ingvar Kristensen ab …«, er wischt sich den Regen, die Tränen aus den Augen.

»Und später musste ich Paale bestrafen, weil er mich davongejagt hat, niemand jagt einen Ingvar Kristensen davon, verstehst du?«, brüllt er. »Ihm kam ich nicht bei, ich zerstörte deshalb, was ihm etwas wert war – dich. Hätte ich gewusst …« Er streicht ihr durchs blutverkrustete Gesicht, in das der Regen seine Spuren wäscht, schiebt ihr die Kapuze nach hinten, die Haare fallen herunter wie ein nasser Schleier. »Tochter … Engelke … es muss ein Ende haben!«

»Wer ist schon Engelke?« fragt die Kinderstimme. »Ich wurde geboren, als du Engelke umgebracht hast *als du Vibe noch mal umgebracht hast,* dann war ich fort. Ich bin zurück. Bald bin ich frei. Es ist Zeit zum Kofferausleeren.«

Ingvar zieht sie an sich. »Frei …«, flüstert er. Legt ihr

dabei seinen Mund ans Ohr, nimmt ihr Gesicht in beide Hände.

»Frei – ja. Wir werden frei sein!«

Er führt seine Hände über ihre Wangen, sie rutschen tiefer, legen sich um ihren Hals, sie sieht ihn an.

»Weißt du, was Angst ist, Ingvar Kristensen?«

Er verkrallt die Finger, sieht ihr starr in die sich langsam schließenden Augen. Drückt die Kehle zusammen mit Macht, sie lässt es geschehen, er flüstert: »... ich mach dich frei von Angst. Und mich.«

Hat Regen in den Augen. Und Tränen.

Das Ungeheuer beißt ihr in den Hals, will ihr das Kleine rauben. Sie beruhigt das Wurm, das greint, speit, drückt es an sich. Mmm-mmm. Summt, schaukelt, wiegt das Kleine, nur eine Mutter kann das; schlaf, schlaf doch, alles wird gut jetzt – hebt die Hand, schiebt sie dem Ungeheuer in die Brust, greift das Herzausstein, das plötzlich lebendig wird in ihren Fingern, hüpft, zappelt wie ein Vogel, tobt, bis es glüht. Bis es vergeht.

Die Spiegelscherbe hat Ingvars Bauchschlagader durchtrennt, heiß jagt es heraus. Seine Hände fallen ab von ihrem Hals, pulsierend das Blut, pulsierend die Ader auf seiner Stirn, dann schwächer. Schwächer. Die Augen, der Mund weit.

Er will noch etwas sagen. Macht zwei, drei Schritte rückwärts. Der Minotaurus fasst sich an die Brust, kippt nach hinten, zu Boden. Ist frei.

Sie verlässt die Arena unter dem tosenden Beifall der Menge, der Lorbeer – eines noch, das wartet.

Der Weg, das Haus, die Schwelle.

Hier ist es zu tun.

Tür auf, zwei Schritte. Irrlichter haspeln sich durch Vorhangritzen, Staub tanzt darin. Kleine Elfen.

Überm Bett der goldgerahmte Engel hält den Atem an. Die ausgestopfte Möwe auf dem Fensterbrett flüstert *Krekk*.

Wolken jagen sich überm rasenden Meer, Flammen rütteln an der Scheibe.

Seine Klaue rutscht vor, klemmt ihre blutige Hand in einen schweißnassen Schraubstock, zieht sie mit einem Ruck aufs Deckbett. Sie beugt sich über ihn, hört draußen das Kind, sein Kichern, Rutschen, sein Tappen, das sich im Flur verliert.

Der weiße Engel schickt sich an, herabzufliegen.

Sie flüstert: »Warum hast du das zugelassen? Und wieder zugelassen?«

Seine Antwort bleibt unverständlich, ein Gurgeln, sein Gesicht ein Ringen *warum hast du es nicht längst getan, warum tust du es nicht jetzt, sei barmherzig.*

Diese Qualen.

Vergib mir!

»Jetzt kann ich es«, sagt sie.

Er schließt die Augen, lässt ein Röcheln aus der Brust. Sie beugt sich, nimmt das Kissen in beide Hände, bedeckt langsam, beinahe zärtlich sein Gesicht, birgt ihres darauf. Schließt die Finger zum Gebet. Erhebt sich nach drei *Vaterunsern*. Zieht den Mantel um die Schultern, verlässt diesen Ort.

Es ist vollbracht.

Die Hölle stößt das Fenster auf.

14. Die letzte Höllenfahrt

Die Böen haben die Glut hergeschleudert, als die »Alte Liebe« auseinanderbrach, der Dieseltank eine Flammensäule herausjagte; die schoss hoch in den Sturm, ein Feuerzauber bis gegen den »Walfisch«, der Liegeplatz nur einen Steinwurf weit weg.

In einem Strohballen am Stall hat es sich gefangen, ist hinübergesprungen ins Gelumpe unterm Schankraumfenster. Nun frisst das rote Glosen die Holzverkleidung, schlingt an den mürben Brettern, zwängt sich unter die Wellbleche, splittert mit dem Sturm im Bunde die Fenster ein. Der Stall flammt lichterloh, die Tür glüht in den Angeln *heyja!* wie das Dach aufbricht, goldene Funken zum Himmel jagt.

Der Orkan *Vincinette* atmet tief ein über Holgrunt, saugt alles auf, was nicht festgemauert ist, ein Röhren, die stiebenden Funken sind die Hühner aus dem Schuppen, die nun hoch oben im Sturm verzappeln, verglühen, verlöschen wie Silvesterraketen.

Dann birst der »Walfisch«. Glühendes Wellblech senst durch die Luft *hoppla – jetzt komm ich!*

Die Piratenpforte wird wuchtig aufgestoßen, zerlegt sich funkenpulvernd am lodernden Gehäuse – mit weitem Sprung schnellt was heraus, geschwärzt, geflämmt, mitten hinein in die Gischt, in den Schlamm, der die Planken vorm »Walfisch« längst überflossen hat.

Engelke rafft sich aus dem Matsch, den Höllenofen im Genick, der das Leder brät, die Haare kräuselt und sengt, die spritzende Glut *weg hier, weg!* Auf allen vieren.

Sie stemmt sich hoch. Doch die Böe fasst in den Mantel und reißt sie gleich nieder. Sie kann sich des Fetzens entledigen, rutscht blind vor Wasser, Ruß und Dreck auf allen vieren vom Anleger weg, da schwillt hinter ihr das brennende Wrack der Sardine auf und will über sie auf einer schwarzen schlammschlürfenden Grundsee. Doch das Heck, was der lodernde, aber noch stabile Rest des Kutters ist, rammt sich über einen Pfeiler des Anlegerfußes, hängt, zerrt, reißt die morsche Pier in das Toben – aber bei Engelke hat die »Alte Liebe« nicht mehr landen können.

Dafür ist die Luft gespickt mit scharfen Stücken vom Anleger und von Rudis Kahn, mit *Schuppen* vom »Walfisch«, alles lernt fliegen über Holgrunt.

Wohin bloß? Das Gummiboot lange in Fetzen, hätte diese Hölle nie ausgehalten, ist beim Teufel wie das Sardinenboot; der Orkan und das Meer raken gierig herum in den Resten des Baues, die Kapelle fällt – und hinten der Damm, die sieben Kilometer, noch hält der, im Geblitze leuchten die Schienen aus dem Wasser *das schaffst du nie zu Fuß*, wäre die »Lille Havfrue« ... doch die steht hinten mit kaputter Lichtmaschine, Anlasser, Batterie, weiß der Henker; eine Tür ist offen geweht, der

Kübel ruckt vor, will auch eilends weg; das Getriebe, Gekette bremst ihn, obwohl er bockt wie ein angehobbeltes Pferd – die rechte Tür steht ab wie ein Segel, noch halten die alten Scharniere.

Er ruckt! Engelke wühlt sich herum, gestoßen, geworfen, dreimal fallen – sie kauert hinterm Wagen, dem fliegt auch die Fahrertür auf, das sind jetzt zwei Segelohren, die gegen den Wind plustern. Der Kasten schüttelt sich, will endgültig vorwärts *das war noch Wertarbeit, diese Scharniere und Beton für die Lage, gut gemacht, Hoegi!* – und Engelke wirft sich hinein …

Handbremse los: Stopp und Steh, ein Gespringe *das sind die verdammten Ritzel!* Unterm Sitz liegen ein Haufen Schraubenzieher, Zündkerzen, Radkreuz, ein Beil *Gott sei Dank ein Beil!* Schlag die Ketten von den Ritzeln, Mädchen! Schlag sie ab, hau drauf, die erste und die zweite, und sieh zu, dass sie dir jetzt nicht abhaut, die »Lille Havfrue«!

Die Segel blähen sich, und langsam, dann immer schneller nimmt sie Fahrt auf.

Und wie sie sich unter Vollzeug vor den Wind legt, anrasselt über die Schienen, sich durch die Gischt wühlt mit der Eisenstraße unter sich *Klippsbüll ahoi!* und läuft und läuft – da frisst hinter ihr eine schwere See den Rest vom »Walfisch«, holt sich den Sultan, die Katen, Salzwiesen, rasiert die Kristenseninsel weg, und wo gerade noch Holgrunt war, schäumt jetzt das Meer; so wird es bleiben, bis Ostern und Pfingsten auf einen Tag fallen.

Und alles hinter Engelke her.

Der geht dieses Schauspiel ab im rumpelnden Karren, sie hängt mit dem Oberkörper quer überm Stuhl, Knie, Füße schrappen über den Schotter. Kriecht endlich ins Gehäuse, zieht sich am Armaturenbrett hoch, sitzt nun ganz gerade. Bohrt ihren Blick ins schwarze Loch voraus, kein Fünkchen zeigt sich vor ihr, nur die Blitze, fährt wieder *übern See übern See.*

Die nasse Hölle tobt hinter ihr, hat den schalen Bissen Einöde verdaut, will sich jetzt den Fliegenschiss von *Käfer* als Nachtisch gönnen samt der leckeren Füllung. Ein Gleiten, ein Schwallen durch die Türlöcher, durch die zerschlagene Heckbrezel kübelt es; bloß weiter, Engelke, und in die Dunkelheit, Volldampf voraus!

Aber die *NordseedieMordsee* zögert ein wenig, als solle die wilde Jagd gehen schier bis in Ewigkeit, doch der Sturm macht jetzt den Wellen ordentlich Dampf, die holen auf, kommen dran, drauf, drüber – ein bitteres Gefühl wächst in Engelke *so also sieht das Ende aus, das nasse Grab? Rudi, Ingvar, Hoegi, Capplan, Vater – wer?*

Erinnerung verwischt sich.

Hilf mir!

Ich habe dir schon oft geholfen.

Die See greift endgültig an, wirft sich eimerweise hinein in die Seejungfrau, die schüttelt sich todwund, bleibt oben *weiter, weiter!* rasend schnell – die Tachonadel ist tot, weil ohne Antriebskraft, was soll sie melden? Und Hoegi sitzt hinten, lacht, juchzt, an Engelke flackern Bilder vorbei vom Leben. Dann herrscht

Schwärze auf der Mattscheibe, bis aufs weiß- und groß-geschriebene Wort: ENDE.

Die »Lille Havfrue« kracht mit fast fünfzig Sachen auf den Festlandsdeich.

15. Vom Loslassen

Die Klippsbüller sind alle auf dem Damm. Sind mit Hacken und Schaufeln zugange, mit schweren Betonplatten und Trägern an Baggern und Kränen, die müssen hinter die Sielschleusen. Schieben Karren daher, voll mit Sandsäcken, falls die vermaledeite Nordsee den gequälten Hügel doch bricht, ein Geschrei, ein Machen und Tun. Die Feuerwehr installiert einen Scheinwerfer, drei Lastwagen vom Technischen Hilfswerk sind ebenfalls vor Ort, sogar ein Borgward-*Sanitätskoffer* der Bundeswehr.

»Die armen Säue, die jetzt draußen sind ...«, brüllt einer. »Und die Holgrunter«, ein anderer, »von denen siehst du keinen mehr!«

Das Blasen hat weit über Stärke zwölf, mindestens hundertachtzig Sachen. Wasser, Sand, Schlick, Strandhafer – alles geradlinig über den Deich mit diesem gottverdammten Pfeifen; die Seen jagen ihre Schaumköpfe herüber mit Regen, Hagel, Blitz, die Klippsbüller oben sind nur noch waagerecht zugange im mörderischen Toben, demütig vorm Blanken Hans.

»Allmächtiger ...«, ruft ein Mann, »... da kommt was angeflogen, mitten durch die Flut!«

Die Männer der Feuerwehr werfen sich hinter den

Suchscheinwerfer, ächzen ihn herum, das Licht auf jene Stelle. Ein jeder stolpert auf die Deichkrone, gebückt, krallt sich oben ins Gras, der Mann schreit wieder, der Sturm reißt ihm die Worte aus dem Mund, er weist ins Gebrodel, auf eine rasende, schlingernde, geflügelte Kugel, die sich als Volkswagen-Käfer entpuppt, der mit offenen Türen, Wellen und Sturm am Hintern, die Schienen entlangschrammt auf den Deich zu, jetzt eine schwere See von steuerbord kassiert: der Moment, in dem die Chaise aus den Schienen springt, in die Steinschüttung des Deiches kracht, umschlägt und zurück ins tobende Meer kollert, vorher jedoch etwas herausschleudert mit Wucht und nahebei, aber ins schlimmste Gestrudel.

Engelke ist ganz leicht. Das Meer wiegt sie mit kalten weichen Armen, vor ihr, über ihr Lichter. Eine sanfte Stille, so feierlich, in der versinkt sie. Aus dem Licht schält sich Gevatter Tod, der reicht ihr die Hand *hallo Freund Hein, schön dass du kommst, denn lass uns man gehn –*

»Er hat sie! Der Schlachter hat sie!«, brüllt einer der Männer. »Er holt sie raus!«

Von See her schreitet der Riclef Bethlehem über den Deich. Den Fluten entstiegen kommt er daher, wie er immer daherkommt in langem Ölzeug, Südwester. Wasser schwappt aus den Stiefeln. Kommt daher mit Engelke über der Schulter, trägt sie den Deich hinunter, legt sie auf eine Feldpritsche. Sagt nichts. Geht seiner Wege.

Engelke Kristensen erwacht. Verpflastert, verbunden, Infusionsflasche.

Der Sanitäter schiebt sie in den Rettungswagen, »alls kloar, Deern, wird schon werden!«

Blaulicht, Sirene, ab ins Krankenhaus.

Engelke. Hat kein Geld, kein Zuhause, keinen Menschen mehr. Und keine Erinnerungen. Auch die Träume sind fort.

Du bist frei.